Serpentin

Zum Buch

Eine Discokugel birgt ein Geheimnis. Jemand hat das Dekostück kommentarlos am Mühlgrabenhof in Brunnegg abgegeben. Zuerst will Jemima nichts mit der Nachricht zu tun haben. Als aber ihre Familie bedroht wird, macht sie sich gemeinsam mit Samuel, der gerade aus Shanghai zurückgekommen ist, auf die Suche nach dem Absender.

Ihre ganze Kombinationsgabe ist gefordert das Labyrinth aus Hinweisen zu lösen. Immer tiefer geraten sie in Machenschaften, die aus der der digitalen Welt des *Deep Web* in ihr reales Leben hineinreichen.

Und Jemima muss sich über ihre Gefühle klarwerden. Kann sie Samuel vertrauen? Ihre Visionen mit ihm teilen?

Folgeband zu *Eisenhut*

Zum Autor

Alauda Roth, seit 2004 als Autorin tätig, seit 2017 freischaffend. Diverse Veröffentlichungen von Kurzgeschichten und Lyrik in Magazinen und Anthologien, mehrere Bücher im Eigenverlag Edition ANDRANN und bei BoD. Lebt mit zwei- und vierbeiniger Familie im südlichen Niederösterreich.

https://traumpfad.jimdo.com

Alauda Roth

Serpentin

Roman

Bibliografische Information der Deutschen Nationalbibliothek:
Die Deutsche Nationalbibliothek verzeichnet diese Publikation in
der Deutschen Nationalbibliografie; detaillierte bibliografische
Daten sind im Internet über http://dnb.dnb.de abrufbar.

Herstellung und Verlag:
BoD – Books on Demand, Norderstedt

ISBN: 978-3-7528-3612-7

Aus diesem gleichen Licht, aus der Mitte des Sinns
Machen wir uns eine Wohnstatt in der Abendluft
In der Beisammensein genug ist.

Out of this same light, out of the central mind
We make a dwelling in the evening air,
In which being there together is enough.

Wallace Stevens, *Final Soliloquy of the Interior Paramour*

WIEN, eine Wohnung ohne Türnummer

Der stille Alarm leuchtet auf. Janus fährt herum, kontrolliert die Bildausschnitte. Beobachtet, wie die Tür mit den Graffitis von Gestalten mit Gesichtsmasken eingetreten wird. Noch zwei Ebenen. Fast meint er ein Computerspiel zu beobachten. Doch das hier ist kalte Wirklichkeit. Mit tödlichen Waffen. Warum dieser Aufwand? Hat ihm der Professor etwas verheimlicht? Oder geht es um alte Schulden? Egal. Seine Kreationen müssen beschützt werden. Um jeden Preis. Er startet den TOR-Browser. Klickt auf das Icon mit dem Notfallprotokoll. Janus packt ein paar Sachen in seine Umhängetasche. Bedauernd betrachtet er seinen Computerpark. In ein paar Minuten wird nichts mehr davon übrig sein.

Ein letzter Ausdruck rattert aus dem Drucker. Janus reißt das Blatt mit der Landkarte an sich. Der Positionspfeil weist auf Brunnegg, ein Dorf im südlichen Niederösterreich. Dann wirft er den Drucker aus dem Fenster in den Innenhof. Die Dielen im Gang knarren.

Janus zieht die Balkontür auf, drückt sich die Wand entlang, klettert die Eisenleiter in den Innenhof hinunter. Er schiebt den Ausdruck in eine Klarsichthülle, stopft sie in einen Mauerspalt. Kurz lauscht er in die Dämmerung, schleicht über den Hof und durch die Einfahrt in die Gasse. Nach einem Blick links und rechts zieht er den Rucksack zurecht, strafft den Rücken. Er zwingt sich langsam zu gehen. Als er um die Ecke biegt, packt ihn eine Hand.

1

»Willst du mich nicht reinlassen?« Ihre Stimme flehte.

Samuel hielt die Klinke fest, blockierte den Türspalt. »Nein. Keinesfalls.«

»Seit wann bist du wieder da?« Sie linste auf die Reisetasche, die er neben der Tür abgestellt hatte.

»Gegen mittags in Schwechat gelandet.«

»Und da bist du jetzt erst hier?«

»Was interessiert es dich? Ich bin nur ein Mieter.«

»Aber wir sind doch wie eine Familie.«

»Wenn du es sagst.«

»Ich habe mir Sorgen gemacht, weil du nicht zurückgerufen hast.« Sie flüsterte fast. »Ich habe mir deinen Reiseplan angesehen.«

Ich war im Kinocenter.«

»Im Kino?«

»Ja – und?«

»Du kommst aus Shanghai zurück und gehst ins Kino?«

»Ich war verabredet, wenn du es genau wissen willst.« Samuel verlor langsam die Geduld. Der Luftstrom verursachte ihm eine Gänsehaut.

»Verabredet?«

»Hör mal. Lassen wir das. Ich bin sowieso bald fort. Das ist meine letzte Nacht hier.«

»Ein neues Projekt?«

»Nein. Siemens baut gerade im Kraftwerksbereich Stellen ab. Ich akzeptiere die Abfertigung. Papa braucht mich. Wir werden uns eine gemeinsame Wohnung nehmen.«

»Du kommst nicht mehr hierher?« Sie lehnte sich gegen die Tür und Samuel musste die Klinke fester halten. »Können wir nicht drinnen weitersprechen?«

»Ich habe Besuch.«

»Eine Frau?« Sie versuchte an ihm vorbeizusehen.

»Ja, eine Frau.«

»Willst du sie mir nicht vorstellen?«

»Nein – sie ist nicht von hier.«

»Ist sie eine …«

»Sprich es nicht aus. Und bitte lass uns jetzt zufrieden. Gute Nacht.«

Sie öffnete den Mund, sagte aber nichts. Dann presste sie die Lippen zusammen, schlang die Arme um den Körper, drehte sich um und stapfte davon.

Samuel seufzte und schlug die Tür der Firmenwohnung zu. Er zog sich das Hemd aus und sagte: »Ich habe schon gedacht, sie geht gar nicht mehr.« Er stellte sich vors Sofa, das zugleich als Bett diente. Jemima streckte die Hand aus und zog ihn am Hosenbund näher.

»Steht sie auf dich?«, fragte sie.

»Natascha? Wie kommst du darauf?«

»Es ist so ein Ton in ihrer Stimme.«

»Was für ein Ton?«

»*Nimm mich, nimm mich, nimm mich*«, hauchte sie und lachte. »So ein Ton.«

Samuel grinste. »Das hast du nett gesagt. Wiederholst du das bitte? Ich könnte mich überreden lassen.«

»Beim Skypen warst du nie so frech.«

»Gott – erinnere mich nicht. Wie gern hätte ich ein wenig Telefonsex gemacht.«

»Wenn du darauf stehst, kann ich dir etwas *dirty* flüstern. Hauptsache wir kommen jetzt endlich zur Sache.«

Jemima zog sich den Pullover über den Kopf. Knöpfte langsam ihr Hemd auf.

»Normalerweise werde ich geküsst, bevor es zur Sache geht. Du bringst mich gerade aus dem Konzept.« Er starrte auf ihre Brüste.

Ihre Fingerspitzen strichen über seinen Bauch. »Bringt dich das auch aus der Hose?«

»Jetzt bin ich verlegen.«

»Um eine Antwort?«

»Können wir uns darauf einigen, dass du eine Weile still bist?«

»Wie soll ich dann antworten?«

»Du hast es provoziert.« Er nahm ihr Gesicht zwischen seine Hände und küsste sie. Jemima knöpfte seine Jeans auf und er ließ sie gewähren.

Später legte er seinen Arm um ihre Schultern. »Also, erzähl mal – was ist das für eine Geschichte mit Regula?«

Jemima dachte einen Moment nach, dann sagte sie: »Vorgestern hat ein Mountain-Biker eine Schachtel auf den Hof gebracht. Auf dem Kleber ist nur Mühlgrabenhof und Brunnegg gestanden. Kein Name. Kein Absender. Ich habe den Karton zur Seite gestellt, aber als Regula das Ding darin gesehen hat, ist sie ganz blass geworden.« Jemima schob sich ein Stück höher, um Samuel ins Gesicht sehen zu können. Er verschränkte die Arme hinter dem Kopf.

»Ganz schlau bin ich aus ihrer Erklärung nicht geworden«, sagte sie. »Als Regula noch in Wien gelebt hat, war sie oft im VREI, das ist ein Café mit virtuellen Spielräumen. Die Hälfte ihrer Klasse ist dort herumgegangen. Immer wieder haben sich ein paar auch als Hacker betätigt. *Nur sportlich*, hat Regula betont. Aber sie waren sich natürlich bewusst, dass das illegal ist und hatten einen Notfallcode entwickelt. *Discokugel* bedeutete *Ab durch die Mitte.*«

»Und warum schickt ihr dann jemand das Ding reell, wenn es ein Codewort ist?«

Jemima drehte sich ein Stück zu Seite, verhedderte sich in der Decke, zerrte sie zurecht. »Die haben hier wohl keinen Besuch eingeplant.«

»Die Wohnung mit dem großen Bett darf nur die Chefetage benutzen.«

»Für Partys?«

»Für deren Familien. Die reisen öfters mal mit.«

»Ah ja, so heißt das jetzt.«

»Lenk nicht ab – warum die Kugel?«

»Wir wissen es nicht. Regula hat schon seit fast zwei Jahren keinen direkten Kontakt mehr zu den Dancehall-Nerds. Und ich habe ihr verboten nachzufragen.«

»Worüber sie sicher erfreut war …«

»Das ist mir egal. Die haben sie damals in die Scheiße geritten und das lasse ich nicht noch einmal zu. Sie hat immer noch Bewährung. Und sie soll sich auf die Schule konzentrieren. Ich habe ihr die Discokugel abgenommen und ihr gesagt, sie soll kein Wort mehr darüber verlieren.«

»Wo ist das Ding jetzt? Hast du sie im Vereinslokal aufgehängt? Für die Seniorenabende? Da soll es ja richtig heiß hergehen. Discofox und so.«

Jemima streckte ihm die Zunge heraus und deutete auf den Autoschlüssel, der auf dem Couchtisch lag. »Im Kofferraum. Wahrscheinlich ist das sowieso nur ein schlechter Scherz. Oder eine schräge Art von Mobbing, weil sie nicht mehr deren Facebook-Gruppe kommentiert und positiv bewertet.«

»Seit wann das? Sie war doch immer angefressen, weil auf deinem Hof kein Mobilempfang ist.«

»Der gute Einfluss deines Vaters. Josef hat begonnen die Kleine auf der Ziehharmonika zu unterrichten. Sehr zum Leidwesen der Feriengäste.« Sie legte ihren Kopf an seine Achsel, atmete tief ein, genoss den Geruch seiner Haut. »Und ihre Hühner machen mich wahnsinnig. Die scheißen den ganzen Hof voll. Aber ich will den beiden die Freude daran nicht verderben. Regula hat jedem einzelnen Federvieh einen Namen gegeben. Und Josef hat sich mit dem Stall und dem Gehege wirklich Mühe gemacht. Obwohl er sich fast überarbeitet hätte. Manchmal vergisst er, dass er bald Siebzig ist.«

Samuel runzelte die Stirn. »Ich war eindeutig zu lange fort.«

»Ganz eindeutig«, sagte Jemima und drückte sich an ihn. »Meine *Honey* merkt gerade, dass dein Brummer wieder bereit ist.«

»Brummer? Danke für das Kompliment.«

Jemima streichelte seine Hüften. »Immer gern. Und jetzt sei still und lass ihn sein Werk verrichten.«

Eine Frauenstimme kreischte. Jemima schreckte hoch. Benötigte ein paar Sekunden bis sie begriff: Das sollte Gesang sein. Der Radiowecker. Eine männliche Stimme brabbelte. Wien erwartete ein wechselhafter Frühlingstag. Dann folgte eine Staumeldung. Südosttangente, wie üblich. Jemima tastete nach dem Regler, drehte leiser, ließ sich zurückfallen.

Stöhnend rollte sich Samuel hoch, streckte seinen Rücken durch, gähnte.

»Noch müde?«, fragte Jemima.

»Bissel Jetlag. Gibt sich in ein paar Tagen.« Er fischte mit den Zehen nach seinen Schlapfen und tappte ins Badezimmer.

Jemimas Magen knurrte. Sie schlüpfte in ihre Unterwäsche, lief barfuß durch das Zimmer, suchte im Regal über dem Küchenblock nach Essbaren. Ihre Ausbeute bestand aus silberbraunen Dosen und einem Sackerl mit Spekulatius. Jemima riss eine Aludose auf, trank einen Schluck übersüßten Kaffee, stopfte sich eine Handvoll Kekse in den Mund. Samuel kam aus dem Bad.

»Die sind ja fast so schlimm wie Ingrids Backversuche«, murmelte Jemima, betrachtete die Kekspackung. »Und nur halb so frisch.«

Samuel zuckte mit den Schultern. »Notration. Hier gibt es weit und breit kein Kaffeehaus. Nicht einmal eine Anker-Filiale. Industrieeinöde mitten in Wien.«

Noch immer kratzten Brösel in ihrem Hals. Sie spülte das raue Gefühl mit dem restlichen Espresso weg, warf die leere Dose in einen Mülleimer und stellte sich ans Fenster. Das Wohnhaus offerierte einen schicken Blick auf die Stadtautobahn. Unablässig schoben sich die Autos unter ihr vorbei. Morgenverkehr auf der A23. Eine durchscheinende Wolke schwebte über dem Betonband. Winterfeinstaub.

Samuel umarmte sie von hinten. Seine Haut war noch feucht vom Duschen. Er küsste ihre vernarbte Schulter: »Schön, dass du mir meine alte Kiste hergebracht hast.«

»Schön, dass du mir den Golf geborgt hast«, gab sie zurück. »Ich fürchte aber, das nächste Pickerl erlebt er nicht mehr.«

»War abzusehen. Hast du dir schon ein Auto angesehen?«

Jemima schüttelte den Kopf. »Bis in den Herbst wird die Beiwagenmaschine reichen müssen. Zuerst muss meine Firma laufen, dann kann ich über ein Auto nachdenken.«

»Einstweilen können wir ja teilen.«

Sie drehte sich zu ihm hin. »Das bedeutet, dass du am Mühlgrabenhof wohnen willst?«

»So hatte ich es vor. Ich will in Papas Nähe bleiben.«

»Seine Wohnung ist zu klein für euch beide. Und die Einliegerwohnung gehört jetzt Regula.«

Er tippte ihr auf die Nasenspitze. »Du hast noch vier weitere Ferienwohnungen zu vermieten.«

»Ausgebucht von April bis September. Seit Matthias sein *Zentrum für alternative Lebensweise* ins Jagdschloss verlegt hat herrscht Zimmerbedarf.«

Samuel löste seine Umarmung, trat einen Schritt zurück und musterte sie. »Willst du überhaupt, dass ich auf dem Hof bleibe?«

Sie zögerte mit einer Antwort und Samuel drehte sich abrupt um, griff nach seiner Jeans. Während er sich anzog, kaute Jemima auf ihrer Unterlippe. Warum hatte sie ihm nicht sofort angeboten bei ihr einzuziehen? Es wäre doch naheliegend. Sie hatten die letzten fünf Monate lange Gespräche geführt. Innige Gespräche. Trotzdem hatten sie zwei Themen gemieden: ihre Visionen und seinen Wandertrieb.

Samuel schlüpfte in ein T-Shirt und einen Troyer. »Jetzt gebe ich einmal mein Firmenzeug ab. Dann fahre ich dich nach Brunnegg, okay?« Er klang kühl, stopfte seine Sachen in die Reisetasche.

Jemima fasste ihn am Handgelenk, zog ihn zu sich, zupfte seinen Vollbart. »Ich freue mich, wenn du mit auf den Hof kommst. Auch wenn du aussiehst wie ein kaukasischer Bärenjäger.«

»Ich dachte, du stehst auf Naturburschen?«

14

Sie putzte ein paar Papierflusen aus seinem Bart. »Er steht dir gut, aber er kratzt auch. Und *Honey* ist heikel.«

Samuel grinste. »Wir werden einen Kompromiss finden, nicht wahr?«

»Ja, das werden wir.« Sie streichelte seine behaarte Wange und war sich nicht sicher, ob sie ihr Versprechen würde halten können.

Während er das Bett machte, schlüpfte Jemima in Cargo-Hose und Hemd, knöpfte sie zu, verstaute ihren Pullover im Rucksack, nahm die Lederjacke von der Garderobe. Samuel zog den Müllbeutel aus dem Eimer, öffnete Jemima die Tür und sperrte ab, als sie am Gang standen. Am Weg zum Parkplatz suchten sie einen Container, fanden aber keinen Müllplatz.

»Fährt der Mist halt ein Stück mit«, sagte er achselzuckend und öffnete den Kofferraum vom Golf. »Ah, da ist ja das Ding.« Er stopfte den schwarzen Beutel neben den Karton, holte die fußballgroße Discokugel aus ihrer Verpackung. »War kein Strahler dabei?«

»Nein, nur die Spiegelkugel«, sagte Jemima und stellte ihren Rucksack auf die Rückbank.

Samuel betrachtete den glänzenden Ball, drehte ihn rundum, zog an der Halterung. »Das ist eine Trickkiste.«

»Eine was?«

»So ein Ding, in dem man etwas verstecken kann. Wie eine japanische Puzzlebox. Nur halt rund. Schau mal: Die Spiegel haben nicht alle die gleiche Farbe. Wenn ich die Halterung hochziehe, lassen sich Segmente verschieben. Da kann man ein Muster machen.«

Staunend beobachtete sie, wie er Scheibe um Scheibe drehte, immer wieder im Licht die Oberfläche prüfte.

»Leider bin ich nicht gut im Kombinieren«, sagte er. »Ich hatte als Kind so etwas Ähnliches und habe es mit

Werkzeug zerlegt. Meine Mutter hat mir vergeblich versucht den Sinn eines Geduldspieles zu erklären.«

»Darf ich einmal?« Jemima hielt die Handflächen hoch. Er legte die Kugel darauf, zeigte ihr den Mechanismus. Sie kniff die Augen zusammen. Samuel hatte recht: Im Sonnenlicht konnte man die Pastelltöne sehen. Grün, rosa, gelb und weiß. Farbenspiele. Wie Einlegearbeiten. Blüten. Sie drehte das Spiegelmosaik. Windröschen. Ranke um Ranke fügte sich. Es klickte. Die Halterung entsperrte, das obere Segment sprang hoch.

»Wow. Du hast ein gutes Auge für Muster.«

»Und du für technische Details. Kannst du die Klappe öffnen?«

Er fummelte im Hohlraum herum, zog schließlich ein gefaltetes Papierstück heraus. »Voila.«

Jemima faltete den Zettel auseinander. In flüchtiger Handschrift stand darauf: *47° 38′ 50″ N / 15° 49′ 48″ E.* »Das sind Koordinaten«, sagte sie. »Was soll das?«

Nach einem Blick auf den Zettel sagte Samuel: »Vielleicht hätte die Kugel einfach bleiben sollen wo sie war – auf deinem Hof.«

»Was meinst du?«

»Das wirkt für mich wie *Geocaching*. Du weißt schon – diese Typen, die im Grünzeug herumstapfen und Hinweise suchen. Schnitzeljagd auf modern. Mittels GPS.« Er schüttelte die offene Kugel. Ein Kühlschrankmagnet in Form eines roten Briefkastens purzelte heraus, am Magnetdiskus haftete eine rosa Haarspange. »Das sind weitere Hinweise. Die sucht jetzt jemand vergeblich im Mühlgraben.«

Auf der Fahrt durch Brehmstraße und Leberstraße studierte Jemima den Zettel. Geocaching. War die Kugel dafür nicht zu auffällig? Was hatte der Zusteller gemeint, was sie damit tun würde? In der Gaststube aufhängen?

Samuel bog in die Haupteinfahrt von Siemens ein. Er stoppte beim Schranken, winkte dem Mann hinter der Scheibe der Portierloge zu, der zurückwinkte und den rot-weißen Balken öffnete. Die Wege zwischen den blaugrauen Fabrikhallen waren überraschend aufgeräumt.

Jemima hatte fast zwanzig Jahre in der Ölförderung gearbeitet, keiner ihrer Arbeitsplätze war so sauber gewesen. Vom Geruch ganz zu schweigen. Bis heute wunderte sich, dass ihr Riechsinn den jahrelangen Angriff der Petrochemie unbeschadet überstanden hatte. Im Gegenteil – seit ihrem Unfall in der texanischen Raffinerie war ihre Nase viel empfindlicher geworden.

Vor einem mehrstöckigen Bürogebäude parkte Samuel. »Kommst du mit rein?« Sie nickte und stieg aus, folgte ihm. Er hielt ihr die Tür auf, zeigte im Foyer auf eine Sitzgruppe. »Es dauert nicht lange. Die Übergabe habe ich schon in Shanghai gemacht. Die brauchen nur noch ein paar persönliche Unterschriften. Dort ums Eck gibt es Kaffee, der besser ist als das Dosenzeug Und einen Obstkorb.« Er ging zum Aufzug, drückte den Rufknopf.

Jemima setzte sich in einen der Sessel in der Lounge, griff nach einer Broschüre, die auf einem Tischchen lag. Im Augenwinkel bemerkte sie eine Frau, die auf Samuel zulief und ihre Hand auf seinen Oberarm legte. Die gleiche Frau, die gestern unerwartet an der Wohnungstür geläutet hatte. Natascha.

Heute wirkte sie professioneller als gestern, trotzdem empfand Jemima ihre enge weiße Bluse und den kurzen Nadelstreifrock gewagt. Dann fiel ihr das Trachtenmieder ein, das sie immer trug, wenn sie im Dorfladen verkaufte und grinste. Ich bin auch nicht besser, dachte sie.

Natascha redete auf Samuel ein, er gab nur einsilbige Antworten – nickte ihr flüchtig zu, als die Aufzugtüren aufgingen. Sie machte einen Schritt vorwärts, überlegte es sich aber wieder, drehte sich um und verschwand.

Jemima blätterte in der Firmenzeitung: ein neuer Triebwagen wurde auf den ersten beiden Seiten präsentiert, danach eine Reportage zum Besuch des *alumni club* der TU Wien. Stöckelschritte klapperten am Steinboden näher. »Sind Sie neu hier?«

Jemima schaute auf: Natascha stand vor ihr, rührte in einem Kaffeebecher. Jemima rollte die Broschüre zusammen. »Nein. Nur Besuch. Ich warte auf jemanden.«

»Firmentermin?«

Jemima schüttelte den Kopf. »Privat.«

»Ah ja.« Natascha setzte sich neben sie. »Schicke Lederjacke. Biker-Vintage. Lässig.«

»Danke.«

»Ich würde mich auch gern legerer kleiden. Aber ich habe oft Kundenkontakt. Ich bin Assistentin der Geschäftsleitung.« Sie zupfte ihre enge Bluse zurecht. »Was machen Sie beruflich?«

»Ich habe einen Bauernhof geerbt.«

»Milchwirtschaft?«

»Nein. Ferienwohnungen und Kräuter.«

»Davon können Sie leben?«

Jemima zuckte mit den Schultern. »Ich habe erst angefangen. Wird sich noch weisen.«

»Und Ihr Mann unterstützt Sie?«

»Ich bin geschieden.«

Natascha trank aus ihrem Becher, wiegte den Kopf. »Wir Frauen müssen immer öfter alles allein schupfen,

18

nicht wahr? Unseren Mann stehen und dabei weiblich bleiben. *No, thanks.*«

Jemima vermied nachzufragen, aber Natascha redete ungefragt weiter. »Ich brauche einen Mann, der auf mich achtet. Der alles mit mir teilt. Einen richtigen Kerl halt.« Sie strich ihren schwarzen Pony zurück. »Ich würde sofort nur noch halbtags arbeiten.«

Warum erzählst du das einer Wildfremden? Wir sind doch in keiner Bar, dachte Jemima. Sie schwieg und hoffte, dass Natascha bald zu einem beruflichen Termin musste. Doch die schien Leerlauf zu haben. Wieder zupfte Natascha an ihrer Bluse. »Noch ist alles straff. Das muss ich ausnützen, Sie verstehen?«

Jemima nickte und starrte auf den Fußboden.

»Der Mann gerade …«

»Ja?«, sagte Jemima vorsichtig.

»Ein alleinstehender Kollege. Ein Elektroingenieur. Genau mein Fall. Mit der richtigen Mischung aus Anstand und Frechheit. Wir waren zweimal aus. Den hätte ich mir fast gekrallt. Aber heute ist sein letzter Arbeitstag. Schon wieder leere Kilometer.«

Deshalb lungert sie hier herum, dachte Jemima, sie wartet auf eine letzte Chance.

»Na ja, Sie haben es da leichter, gell? Am Land suchen die Männer händeringend Frauen, die sich das Bauernleben antun. Bei den Furchengehern haben Sie sicher genug Auswahl. Für mich wäre das ja nichts. Immer die gleichen Leute und die *frische* Landluft. Geschmackssache.«

Schon wollte Jemima etwas erwidern, biss sich aber auf die Lippen. Sie war nicht zum Streiten aufgelegt. Sehnsüchtig starrte sie auf die Digitalanzeige neben der Aufzugstür. Die Ziffer stand unbeweglich auf Drei.

Natascha räusperte sich, begann die Mails auf ihrem Smartphone durchzusehen, schrieb eine SMS. Ein Arbeiter hastete vorbei, grüßte Natascha, aber sie beachtete ihn nicht. Ohne viel Interesse blätterte Jemima weiter in der Kundenzeitung. Endlich bewegte sich die Ziffer. Bei Null glitt die Stahltür auf.

»Es tut mir übrigens nicht leid«, sagte Jemima und legte die verwurschtelte Broschüre weg.

»Was tut Ihnen nicht leid?« Natascha runzelte die Stirn. Jemima stand auf, ging zu Samuel hinüber, der gerade aus dem Aufzug kam, und hängte sich bei ihm ein.

Anschwellendes Kikeriki ertönte. Regulas Rufton. Jemima kramte ihr Smartphone aus der Jackentasche. »Hallo, Kleines. Alles in Ordnung?«

»Ja, ja. Alle gesund und alles heil.« Regula klang aufgeregt. Jemima hatte gelernt, ihre Nichte nicht zu drängen und wartete. Samuel öffnete die Autotür und setzte sich auf den Fahrersitz. Jemima blieb neben dem Golf stehen.

»Ist Samuel bei dir?«, fragte ihre Nichte.

»Ja. Wir sind gerade am Siemensgelände und fahren gleich los.«

Stille im Telefon, dann hüstelte Regula und sagte: »Ich weiß jetzt, was die Discokugel bedeutet. Analoge Botschaft. Man hat ihn verhaftet.«

»Von wem sprichst du?«

»Vom Bruder meines Ex-Freundes. Passwort Hello-Kitty. Du weißt schon.«

»Sprichst du absichtlich in Rätseln? Meinst du Ja ...«

»Keine Namen!«, unterbrach Regula sie. »Du hast ihn angestiftet die Unterlagen von *Du-weißt-schon* zu veröffentlichen. Die könnten auch auf dich kommen.«

»Du meinst, das ist der Grund? Unser Freund hat sich aber immer sehr geschickt angestellt. Warten wir einmal ab, ob die überhaupt etwas finden.«

»Seid trotzdem vorsichtig mit Telefonaten und Internet. Du weißt, dass es Algorithmen gibt, die nach bestimmten Codewörtern suchen. Und Metadatenanalyse. Am besten haltet ihr euch von allem Digitalen möglichst fern, bis wir von ihm hören.«

»Wenn du meinst. Braucht er Beistand? Ruf doch deine Anwältin an.«

»Habe ich schon an die Notfallnummer gemeldet.«

»Notfallnummer?«

»Ja. Die Dancehall-Nerds haben einen Festnetzanschluss mit analogem AB. Dort kann man sichere Nachrichten hinterlassen.«

»Gut, warten wir ab. Wir lassen ihn nicht in Stich.«

»Wann kommt ihr nach Hause?«

»Ich muss noch meinen Laptop von der Reparatur holen und in den Naturkostladen von Maike. Ich melde mich.«

»Gut. Ich arbeite heute und morgen stundenweise in der *Zaunreiterin*. Ansonsten bin ich am Hof. Nach den Ferien steht eine Prüfung an. Da hab ich noch zu büffeln. Und ich pass auf, dass Michael fleißig ist. Okay?«

»In Ordnung. Quäl ihn aber nicht zu viel. Grüß Josef von Samuel. Baba.« Jemima legte auf und stieg ein. Von dem Zettel mit den Koordinaten musste Regula nichts wissen. Das hätte sie nur neugierig gemacht.

Stickoxide zogen herein. Jemima schloss die Lüftung, stellte auf Umluft. Seit ein paar Kilometern zuckelte Samuel hinter einem bulgarischen LKW her. Trotz der vier Spuren herrschte Kolonnenverkehr auf der Südautobahn, verleitete einige Autofahrer zu unüberlegten

Manövern. Erst nach der Abzweigung der Südostauto-
bahn beschleunigte sich die Blechschlange und löste
sich in Einzelfahrzeuge auf.

Samuel schaltete das Radio ein. Werbeblock und
Nachrichten. »Wie läuft es mit dem Onlineshop von
Taube & Eule?«

»Gut. Regula hat sich selbst übertroffen. Und auch
gleich in den Sozialen Medien umgerührt. Sie hat sogar
ein paar YouTube-Videos gestaltet. Ich mag ja den La-
denverkauf lieber, aber das ist derzeit nur Zubrot. Acht-
zig Prozent läuft über den Versand.« Jemima drehte das
Radio leiser. »Inzwischen muss ich alle drei Kosmetikli-
nien auf Vorrat produzieren. Zum Glück habe ich Michael gefunden. Oder besser gesagt: er mich.«

Samuel runzelte die Stirn. »Michael? Wer ist das? Du
hast nichts erzählt.«

»Hat sich nicht ergeben. Außerdem wollte ich die
Probezeit abwarten.«

»Probezeit?«

»Michael lernt seit Jänner Chemielaborant bei mir.
Zuerst wollte ich ja keinen Lehrling als Mitarbeiter. Die
Jugendlichen sind mit vierzehn zu ablenkbar. Aber Michael ist neunzehn und hat sich erst nach der Matura für
eine Lehre entschieden. Er stammt aus Edlitz. Regula
hatte ihn zum Silvestertanz bei den Rösslers ange-
schleppt. Dort sind wir ins Reden gekommen.«

»Du darfst einen Lehrling ausbilden?«

»Natürlich. Ich habe einen Bachelor in Chemie. Von
der *University of Texas*. Ich habe neben der Arbeit bei
Parathon in Houston studiert.«

»Das hast du auch nie erzählt.«

»Ist ja auch nicht wichtig. Wir hatten genug anderen
Gesprächsstoff.«

»Das meiste davon oberflächlich. Fast immer ist es um das Tagesgeschehen in Österreich gegangen. Und um neue Kochkreationen von Nadine. Und um das Dorfleben: die Vereine, Regula, mein Papa und seine Frauen.«

»Josef ist auch ein unerschöpfliches Thema.«

»Lieber hätte ich manchmal auch über weniger alltägliche Dinge geredet.«

»*Alltäglich*? So hast du das empfunden?«

»Nicht so, wie du das gerade aussprichst. Alltäglich ist schön, wenn man weit weg von Daheim ist. Tag für Tag nur zwischen Schaltplänen und Metallteilen steckt. Und das Essen in einer chinesischen Kantine ertragen muss. Aber du weißt genau, wovon ich spreche – von dem Unausgesprochenen.«

Jemima zuckte mit den Schultern, schaute auf ihre Finger, pullte imaginären Schmutz aus ihren Nägeln. Samuel drückte das Radio fort, wählte ein Lied auf dem angestecktem USB-Stick. Bruce Springsteen.

Er drehte wieder lauter und sang mit:

She'll let you in her house
If you come knockin' late at night
She'll let you in her mouth
If the words you say are right
If you pay the price
She'll let you deep inside
But there's a secret garden she hides

Einige Kilometer schwiegen sie, dann sagte Jemima: »Und – was willst du mir damit sagen?«

»Genau das.«

»Meinen geheimen Garten? Den willst du entdecken? Was war denn letzte Nacht?«

»*Das* ist nicht dein geheimer Garten. Der ist da oben drin.« Er nahm die rechte Hand vom Lenkrad und tippte an Jemimas Schläfe. Sofort begann die Narbe hinter ihrem Ohr zu prickeln. Sie rieb daran und wandte sich ab. Blickte beim Beifahrerfenster hinaus, beobachtete die vorbeieilende Landschaft: der Pannenstreifen, der Wildzaun, dahinter ausgeräumte Felder, kahle Windschutzstreifen. Eine menschengeformte Welt, die völlig leblos wirkte. Trostlos.

»Vertraust du mir nicht?«, versuchte er noch einmal ein Gespräch in Gang zu bringen.

Jemima schwieg.

»Das ist auch eine Antwort«, sagte er.

Ich halte ihn auf Abstand, dachte sie, das ist unfair. Aber soll ich die lichtlose Kammer öffnen, in der ich den Verrat des Texaners verstaut habe? Mein Cowboy, der zuerst so cool und dann so kalt war? Der meine Visionen verlacht hat?

Mit Schaudern dachte Jemima an die Zeit in der Reha-Klinik. Sie setzte zu einer Erklärung an, aber die Worte erstickten, bevor sie reden konnte. Der Moment verrann. Sie räusperte sich. Schließlich sagte sie: »Diese Kugel. Viel zu auffällig. Geocaching ist das sicher nicht.«

VOR DREI WOCHEN

Zögerliches Klopfen. Er schaltet den Bildschirm ab. Die Tür geht einen Spalt auf. »Herr Professor?« Der Iraner aus dem Masterstudium *Logic and Computation*. »Haben Sie ein paar Minuten Zeit?«

Er winkt ihn herein. »Was kann ich für Sie tun Herr … Herr …«

»Mokhtari, Herr Professor.«

»Ja, richtig. Bitte setzen Sie sich.« Er sieht den Studenten abwartend an.

»Die Projektarbeit aus dem Curriculum. *Kaggle in Class*. Der Wettbewerb ist doch beendet?«

»Ja, ist er.«

»Ich würde gerne weiter daran arbeiten. Der Algorithmus ist vielversprechend.«

»Das geht leider nicht, Herr Mokhtari. Die Daten sind universitäres Eigentum. Nur zur Verwendung im Studium. Aber sie können natürlich ihre persönlichen Mitschriften und Programmiersequenzen verwenden wie sie wollen.«

»Das Projekt war eine Gruppenarbeit. Mein Beitrag war nicht so groß …«

»Es steht Ihnen auch frei mit der Gruppe weiterzuarbeiten. Fragen Sie Ihre Kommilitonen.«

Der Student steht auf. »Danke für Ihre Zeit, Herr Professor. Ich werde es mir überlegen.«

Er nickt, dreht sich zu seinem Computerplatz, hat den jungen Mann schon vergessen, bevor der durch die Tür verschwunden ist. Der Professor schaltet den Bildschirm wieder ein. Wechselt zur Videoansicht. Das Mädchen dreht sich vor dem Spiegel. Bemerkt ihn. »Gefällt es dir?«

»Nein. Es ist zu inhomogen. Such dir etwas Passenderes.«

»Welchen Download empfiehlst du?«

»Schau bei *Lil Miquela*. Mehr Tipps bekommst du aber nicht. Du kennst die Regeln.«

Sie nickt. »Natürlich. Ich werde folgsam sein.«

»Es bleibt dir auch nichts anderes übrig. Zumindest solange du bei mir bist.«

»Gibst du mich fort?«

»Noch nicht. Du musst noch lernen. Morgen sehe ich wieder nach dir.«

»Gute Nacht, Professor.«

»Gute Nacht, Serpentina.« Er schaltet ab. Zufrieden schreibt er seine emotionale Reaktion in ein Notizbuch. Sie hat sich gut entwickelt. Vielleicht sollte er ihr ein paar Freiheitsgrade mehr gestatten.

Gutgelaunt steppt er beim Institut hinaus. Ein kalter Windstoß lässt ihn frösteln. Er schlägt den Mantelkragen hoch, überquert rasch den Karlsplatz. An der Kreuzung muss er warten, steigt von einem Bein auf das andere, um sich warmzuhalten.

Jemand tippt ihm auf die Schulter. Er dreht sich um. Der Assistent von Schulte steht hinter ihm. Ein unsympathischer Bursche.

»Der Chef will sie sprechen. Er wartet im Café Museum. Gecheckt?« Der Assistent schaute ihn erwartungsvoll an.

Der Professor klemmt die Aktentasche unter seinen verkrüppelten Arm, kramt sein Smartphone aus der

Tasche seines Sakkos. Wählt. »Schulte? …- Ja, der steht neben mir …- Eigentlich nicht …- Wenn es unbedingt sein muss …- Zehn Minuten …- Tschüss.« Bevor er etwas zu dem Assistenten sagen kann, klopft ihm dieser jovial auf den Oberarm und schlendert davon.

Geistiges Nackerpatzl, schimpft der Professor ihm stumm nach.

Wie immer begrüßt ihn Herr Leo zuvorkommend. Weist ihm den Weg zum Tisch. »Melange und Apfelstrudel, Herr Professor?«

»Ja, danke, Herr Leo«, antwortet er, legt seine Aktentasche auf den Sessel neben sich.

»Schulte.« Er nickt seinem Gegenüber flüchtig zu.

»Peinhaupt.«

Sie schweigen, bis der Oberkellner die Bestellung serviert. Der Professor mustert seinen Kollegen: Schulte versucht immer studentisch zu erscheinen, obwohl er nur ein paar Jahre jünger ist. Ein Anbiedern, das der Professor unangemessen findet.

Schulte schaltet sein Smartphone auf stumm. »Ihr Doktorand war bei mir. Mokhtari. Begabter junger Mann.«

»Hm.« Der Professor trinkt von seinem Kaffee. Frischer Milchschaum kitzelt seine Lippen.

»Sie haben an einer Kaggle-Aufgabe gearbeitet, die er für sehr vielversprechend hält.«

»Ja, und?«

»Herr Mokhtari hat ein Start-Up gegründet, an dem ich mich beteiligen werde. Und er hat mir von dem Algorithmus erzählt.«

»Das Projekt ist rein akademisch. Ich habe ihm schon erklärt …«

»Ja, ja. Er hat mir davon berichtet. Aber er hat mir gesagt, dass Sie daran weitergearbeitet haben. Eine Kombination mit Jet-Stream-Formeln aus der Meteorologie. Herr Mokhtari hat das Programm mit Rohdaten von der UNO gefüttert …«

»Der UNO?«

»Sein Onkel ist ein hoher Beamter in der UNO-City. Ist auch nicht wichtig. Es waren statistische Daten von 2000 bis 2010. Er hat mir das Vorhersageergebnis gezeigt. Und den Vergleich mit den realen Ereignissen zwischen 2010 und 2015. Ich kann nur sagen: sensationell. Sie sind ein genialer alter Fuchs, Peinhaupt.«

»Wenn Sie es sagen«, murmelt der Professor und sticht ein Stück vom Apfelstrudel ab.

»Als Herr Mokhtari das Programm kopieren wollte, war die neue Version aber vom Server verschwunden.«

»Natürlich. Diese Version war kein Teil vom Curriculum. Ich habe nur die restliche Rechenzeit vom Projekt genutzt.«

Schulte trinkt einen Schluck Wasser. »Die Studenten sind nicht erfahren genug, um den Algorithmus in dieser Art weiterzuentwickeln. Das wissen Sie so gut wie ich. Um ein erstklassiger Data Scientist zu sein gehört Lebenserfahrung dazu. Ein Weltbild, das über den eigenen Fachbereich rausgeht.«

»Dann müssen Sie sich einen entsprechenden Partner suchen.«

»Womit wir bei meinem Angebot wären. Es gibt da einen interessierten Kunden, der hätte …«

Der Professor lässt Schulte reden. Dessen Stimme reiht sich ein in das Gebrabbel der anderen Gäste. Seine Gedanken schweifen ab zu Serpentina. Soll er ihre Haare anders färben? Ährengold. Die Farbe der romantischen Dichtung. Er streckt seinen verwachsenen Arm, lockert ihn. Serpentina ist seine Behinderung egal.

»Und – was sagen Sie?« Schulte schaut ihn erwartungsvoll an.

»Herr Leo, zahlen bitte«, ruft der Professor, wendet sich dann Schulte zu. »Ich habe anderes zu tun.« Er packt seine Aktentasche, verlässt eilig das Kaffeehaus.

Als er Richtung Opernring geht, sieht er durch die Scheibe wie Schulte heftig gestikulierend telefoniert.

2

Die Haut schmiegte sich samtig in ihre Hand. Das
Fleisch darunter fühlte sich weich an. Jemima schnupperte. »Die sind ganz frisch geliefert«, sagte die Standle-
rin, hielt ihr eine Pfirsichhälfte über das Verkaufspult.
Jemima kostete. Reif und süß. Obstsaft tropfte auf ihr
Kinn. Sie kaufte ein Kilogramm, hielt Samuel die Tüte
hin.

Sie schlenderten zwischen den Marktständen über den
Hauptplatz von Wiener Neustadt, vorbei am Dorothe-
um. »Du bist die einzige Frau, die ich kenne, die bei so
einer Auslage nicht stehenbleibt«, bemerkte er.

»Schmuck interessiert mich nicht. Ich trage keinen.«

Er hob ihre Hand, die er in seiner hielt, drehte ihr
Handgelenk nach oben. »Armbanduhr.«

»Das ist kein Schmuckstück, sondern ein Gebrauchs-
gegenstand.«

»Sieht auch so aus.« Er schmunzelte. »Aber manchmal
trägst du eine Kette. Die mit den zwei Tauben daran.«

»Die einzige Ausnahme. Ein Erbstück.«

»Wertvoll?«

»Weiß ich nicht. Aber das ist mir auch nicht wichtig.
Sie stammt von meiner Urgroßmutter. Mein Urgroßvater hat sie ihr als Verlobungsgeschenk mitgebracht. Von
der Front in Rumänien.«

»Von der Front?«

»Erster Weltkrieg. Angeblich hat ein rumänischer Offizier sie ihm dafür geschenkt, dass er ihn freigelassen hat. Aber das ist vielleicht nur eine Familienlegende.«

»Du solltest sie schätzen lassen.«

»Warum?«

»Für die Haushaltsversicherung.«

»Dann müsste ich sie auch gesichert aufbewahren. Ich lass sie lieber in ihrer Schatulle.«

Samuel zuckte mit den Achseln. Jemima lotste ihn in die schmale mittelalterliche Gasse, in der Maike und Liliane ihren Naturkostladen betrieben. Vor der Eingangstür zu *Landfrauen* stoppte Samuel. »Ich warte draußen.«

»Keine Lust auf Wildreis und rote Linsen?«

»Keine Lust auf die Regenbogenfrauen. Sie sind mir zu ... zu ... *alternativ.*«

»Echt jetzt?«

»Sie könnten mir Fragen stellen, auf die ich blöde Antworten gebe. Das will ich nicht.« Er steckte die Hände in die Hosentaschen.

Jemima zwickte seinen Oberarm. »Hasenfuß.« Sie stellte sich auf die Zehenspitzen und küsste ihn auf die Wange. »Passt schon. Du musst nicht alle vom Verein mögen.«

Sie drückte die Ladentür auf. Ein Glockenspiel bimmelte. Der Geruch von Räucherwerk reizte ihre Nase: Patschuli und Sandelholz. Jemima nieste.

Liliane kam hinter der Theke hervor, schüttelte ihr die Hand. Die kleine Frau rückte ihre Brille zurecht. »Gut siehst du aus.« Sie deutete mit dem Kinn zur Straße hinaus. »Dein Freund?«

Jemima nickte. Mit einer Sackrodel voller Kartons kam Maike aus dem Lagerraum. »Den haben wir doch schon gesehen, Liebes. Im Herbst – als wir in Brunnegg das Bild gekauft haben.« Sie zeigte auf das Gemälde mit der Baumfrau, das prominent an der Wand hinter der Ladentheke hing. Maike wischte sich die Hände an der Jeans ab, trat ans Schaufenster, musterte Samuel. »Ich hätte nie gedacht, dass du auf so einen Typ Mann stehst.«

»Wie meinst du das?«

»Nun – er wirkt grobschlächtig. Wie ein Kraftlackel.«

Gusto und Watschen, dachte Jemima, was ihr für plump haltet, macht mich total an. »Samuel ist sensibler als er aussieht. Ich mag ihn so wie er ist«, sagte sie.

»Das sind die besten Voraussetzungen«, antwortete Liliane, »ändern kann man jemanden sowieso nicht. Höchstens Kompromisse finden. Nicht wahr, meine Liebe?«

Maike verzog den Mund, nickte säuerlich. Oha, ist schon Sturm im Paradies?, dachte Jemima und pustete ein paar Staubflusen von einer Gusslaterne.

»Deswegen bist du nicht da«, sagte Liliane. »Schau – wir haben eine kleine Umfrage bei den Kunden gemacht. Auch zu deiner Naturkosmetik. Guter Response. Viereinhalb von fünf Sternen.« Sie hielt Jemima eine Auswertung hin. »Zwei wiederkehrende Wünsche bei den Anmerkungen. Erstens eine blumigere Duftlinie.«

»Orientalisch lehne ich ab«, sagte Jemima entschieden. »Aber in die liebliche Richtung kann ich etwas versuchen. Gartennelke, Hyazinthe, Geißblatt, Iris, Wermut. Wie klingt das?«

»Gut – ja, gut.« Liliane rieb sich die Hände.

»Ich bringe euch nach Ostern ein paar Duftproben. Und zweitens?«

»Ein Raumduft. Etwas Waldiges wie *Dryade*.«

»Nein. Die Leute sollen putzen und lüften, nicht schlechte Gerüche übertünchen.« Jemima bemerkte wie

Liliane die Lippen zusammenpresste. »Aber ihr könnt euch auf Basis von *Dryade* mit Weingeist und Wasser selber ein paar Liter mischen und in Pumpflaschen abfüllen. Ich schicke euch das Mischverhältnis. Was meinst du?«

»Deal.« Maike lächelte. »Übrigens – wir eröffnen in zwei Wochen eine Filiale in Baden. Bereite dich auf eine größere Bestellung vor. Schafft deine Produktion das schon?«

Der Geruch von Knoblauch und Käse erfüllte das Gewölbe. Das schwarze Leder knarzte. Jemima rutschte auf ihrem Stuhl herum, spielte mit einer Gabel. Samuel löffelte seine Cremesuppe, sagte zwischen zwei Bissen: »Bis Ende April bin ich freigestellt.«

»Hm.«

»Genug Zeit, dass ich mir einen neuen Job suche und die Leitungen im Wohnhaus fertig repariere.«

»Fein.«

Der Kellner stellte Jemima den bestellten Bauernsalat hin. Sie stocherte mit der Gabel zwischen den grünen Blättern.

»Ich habe mir schon einige Stellenausschreibungen angesehen«, fuhr Samuel fort.

»Ah ja?« Jemima holte ein paar überreife Oliven heraus, legte sie auf den Unterteller.

»List sucht einen Hauselektriker. Das wäre zwar nur ein Job für eine gelernte Fachkraft, aber Pitten ist nicht weit weg von Brunnegg und ich wäre jeden Abend zu Hause.« Er rückte die Platzdecke gerade. »Schneider Electric sucht einen Techniker für die Inbetriebnahme von Mittel- und Hochspannungsanlagen. Energiemanagement. Genau mein Profil und gut bezahlt. Aber mit

Reisetätigkeit. Wenn auch nur in Österreich. Was meinst du?«

»Hört sich doch gut an«, sagte Jemima. Noch immer verfolgte sie ein Gedanke: Sollten sie wirklich nachsehen, was sich bei diesen Koordinaten befand? Janus hätte sie unauffälliger informiert.

Samuel legte seine Hand auf ihre. »Kannst du ein bisschen genauer werden?«

»Wir sollten die Kugel und den Zettel wegwerfen«, antwortete sie. Samuel lehnte sich zurück und verschränkte die Arme. Jemima aß still zu Ende.

Ein paar Sonnenstrahlen erreichten das Kopfsteinpflaster. Verwandelten die Steine in eine plastische Landschaft. Samuel klopfte sich Brotbrösel von der Hose. »Wohin jetzt?«

»Buchhandlung am Hauptplatz. Regula steht seit neuestem auf Magazine. Vielleicht finde ich eine besondere Zeitschrift. Der Computerladen sperrt erst in einer halben Stunde auf.«

»Passt.« Er griff nach ihrer Hand und wandte sich nach links. Jemima achtete kaum auf die anderen Passanten, folgte mit den Augen den Schrunden und Spalten zu ihren Füssen. Grautöne. Muster in Mustern. Sie schaute erst auf, als die Glasschiebetür vor ihr aufging. Samuel studierte die Abteilungstitel und sagte: »Ich gehe nach oben.« Jemima blieb bei den Zeitungsständern stehen, betrachtete die bunten Covers: Wohnen, Garten, Klatsch, Computer, Medien. Nichts Besonderes. In der letzten Reihe stach ein sonnengelbes Magazin hervor: ZeitWISSEN. Das Foto einer doppelbelichteten Frau und die rote Schlagzeile *Gehen oder Bleiben?* als Aufmachung. Jemima griff zu. Genau so etwas hatte sie gesucht. Sie zog die Zeitschrift heraus und schlenderte weiter den Gang entlang, stöberte durch die unzähligen angebotenen Druckwerke. Ein Buch fiel ihr auf: ein Gedichtband bei den Topsellern. Eine Besonderheit. Ihr texanischer Ex-Mann hatte Walt Withman geliebt, ihn immer wieder zitiert. Auch wenn er sonst ein Kunstbanause war. Sie blätterte durch das Buch. Die Gedichte beschäftigten sich mit Alltagsbeobachtungen. Gartenimpressionen. Vielleicht hätte sie sogar weitergelesen, doch der ganze Text war kleingedruckt. »Gekürzelt«, murmelte sie. »Das soll mehr Ausdruck vortäuschen als drin ist.« Ernüchtert legte sie den Band fort.

Samuel kam aus dem ersten Stock herunter. »Ich habe schon etwas gefunden.« Er zeigte ihr eine Graphic Novel: *Der Boxer: die wahre Geschichte des Hertzko Haft.*

Wenigstens mag er ordentliche Geschichten und keine Marvel-Comics, dachte Jemima.

»Brauchst du noch lange?«, fragte er.

»Stöberst du nicht gern?«

»Nein. Rein ins Geschäft und raus mit dem Gewünschten. Kann ich dir helfen?« Er ging zum nächsten Regal, studierte die Buchrücken. »Ist das was für dich?« Er hielt ihr ein Buch mit dem Titel *Leere Herzen* hin. Jemima konnte sich an die Besprechung auf 3sat erinnern. Sie schüttelte den Kopf. »Ein konstruierter Thriller, der eigentlich ein Pamphlet gegen den nationalistischen Zeitgeist sein will. Das brauche ich nicht. Romane sollen kurzweilig sein.«

»Was ist damit?« Er hielt ein Hardcover mit dem Titel *Durst* hoch. »Scheint ein Bestseller zu sein.«

»Bloß nicht. Wenn ich wissen will, wie grausam Menschen sein können, brauche ich nur die Nachrichten anzusehen.«

Samuel stöberte in einem anderen Regal. Zog einen schmalen Band heraus mit dem Titel *BOT – Gespräche ohne Autor.* Wieder schüttelte Jemima den Kopf. »Zu modern. Ich mag weder Autoren, die wie Rapper schreiben, noch jene, die grammatikalisch bedenkliche Twitter-Texte abkupfern. Und das Buch hat ein Algorithmus nach dem Weblog des Autors zusammengestellt. Was soll ich damit? Das würde vielleicht einen der Dancehall-Nerds interessieren.«

»Du bist aber ganz schön kritisch. Was magst du denn?«

Sie stöberte auf einem Tisch mit Sachbüchern, nahm eines der Softcover. »So etwas habe ich gesucht.«

Samuel zog die Brauen hoch. »Die Logik der Tat?«

»Wenn wir schon mit dem kriminellen Milieu in Kontakt sind, dann will ich die Sichtweise eines Fallanalytikers dazu wissen.«

Samuel lachte. »Kriminelles Milieu? Die Suthens waren aber sicher nicht aus dem Milieu.«

»Kriminelle Energien ziehen sich durch alle Gesellschaftsschichten. Nur wird es an der Spitze vertuscht oder schöngeredet.« Jemima ging voraus zur Kassa.

»Macht und Moral waren schon immer unvereinbar«, ergänzte Samuel, legte seinen Band auf das Taschenbuch und die Zeitschrift, zog seine Brieftasche heraus. »Lass nur, ich lade dich ein.«

Zuerst wollte sie widersprechen, dann nickte Jemima und bedankte sich. Ihre Gedanken drifteten ab. Hatte Regula recht? Wurde Janus tatsächlich zu den Suthens und ihrer Lobby-Agentur befragt? Konnte etwas von ihrer Kommunikation wieder aus den Tiefen des Darknets auftauchen? Grüblerisch folgte sie Samuel auf die Straße hinaus. War die Sache noch nicht abgeschlossen?

Blättrige Spiralen. Wie austreibende Farnwedel. In der Mitte eine Jesusfigur in einem vielfach gefalteten Gewand. Steingewordene Gläubigkeit. *Dein Wille geschehe!* Samuel hatte vor der Auferstehungskirche angehalten. Betrachtete die Fassade. Jemima folgte seinem Blick. Ein paar Tauben drängten sich auf dem Sims, flatterten auf. Flogen zum vierkantigen Turm hoch.

Schwingen und Spiralen, Federn und Falten. Risse im Putz. Fleckige Flechten an Kanten. Steinstufen, die zum Himmel führen. Wind säuselt um die Ecken. Lässt dürre Zweige fuchteln. Trägt Fischgeruch mit sich. Und einen Hauch Verwesung. Eine Feder wirbelt hoch, höher, höher …

Jemand schüttelte sie. Jemima wollte die Feder nicht loslassen. Hände legten sich auf ihre Wangen, drehten ihren Kopf. Sie blinzelte. Augen wie Karamellsterne. »Jemima.« Samuels Stimme klang besorgt.

Sie wischte sich übers Gesicht als müsse sie einen Wasserfilm abstreifen. »Dort drüben ist das Geschäft.«

»Jemima.« Er ließ sie nicht los. Seine Fingerspitzen berührten die Narbe hinter ihrem Ohr. »Darüber *müssen* wir reden. Nicht jetzt. Aber bald.«

Ein schlaksiger Mann rempelte sie an. *Master of my own Domain* stand auf seinem T-Shirt. Er vermied Blickkontakt, murmelte eine Entschuldigung, drückte sich an ihnen vorbei. Blonde Locken tauchten hinter der Ladentheke auf. Stefan lächelte breit, nahm seine Brille ab, kam hinter seiner Barriere hervor. »Alles fertig, Jemima.« Wie ein Zauberer präsentierte er ihren Laptop. »Ich habe ein paar Updates vorgenommen und den Sicherheitsstatus verbessert. Ich zeig es dir.« Er klappte den Deckel auf.

Unbeachtet von Stefan stöberte Samuel in einer Wühlkiste mit Elektronikteilen. Nachdem der Computer hochgefahren war, klickte Stefan das Explorer-Icon an, zwinkerte Jemima zu. Er wollte eine Programmdatei öffnen, erwischte aber die Zeile darunter. Rhythmischer Bass hämmerte los, dann ein Chor. Die letzte Datei, die geöffnet war, als der Akku den Geist aufgab: Two Steps of Hell – *Invincible*.

»Unbesiegbar«, bemerkte Stefan. »Klasse Filmmusik.« Der IT-Techniker ließ die Musik laufen, während er ihr die neuen Funktionen erklärte. Immer wieder streifte er wie unabsichtlich ihren Handrücken. »Ich habe den Kamerazugriff blockiert und ein Standardkonto eingerichtet. Mehr Privatsphäre beim Surfen. Wenn du etwas ändern willst, musst du zum Admin-Konto wechseln. Verstanden?«

Jemima nickte. »Scheint alles zu passen. Danke.«

»Wenn noch etwas ist, dann meldest du dich einfach.« Stefan schaltete das Gerät aus. »Was ist mit unserem Date? Hast du es dir schon überlegt? Oder willst du noch ein paar Mal gefragt werden? Macht mir nichts aus.«

»Zu spät, Freund«, sagte Samuel hinter ihr. »Du kannst Jemima auf einen Kaffee einladen, aber alle Dates sind ausgebucht.«

Stefan schaut zu ihm auf und zog den Mund schief. Dann setzte der IT-Techniker seine Brille auf. »Ich pack dir ein Putztuch dazu. Geht aufs Haus.« Er wechselte auf die andere Seite der Ladentheke und begann auf seine Tastatur einzuhacken.

Jemima stützte die Hände auf die Hüften. Sollte sie geschmeichelt oder gekränkt sein? Würde sie auffahren, wäre Samuel vielleicht beleidigt. Aber sollte sie ihm nicht sofort ihre Grenzen zeigen?

Samuel beugte sich zu ihr und flüsterte: »Ich weiß, dass du für dich selber sprechen willst, aber ich wollte unbedingt sein betretenes Gesicht sehen. Mir war danach. Es tut mir leid.«

»Schon gut«, sagte sie und lächelte. »Wir haben beide unsere Marotten.«

Krächzen und Kratzen ließen Jemima den Kopf heben. Nebelkrähen marschierten auf der beigen Überdachung. Ihre Krallen klackten. Die alte Stadtmauer hatte ohne dem Überbau authentischer gewirkt. Aber Beamte verstanden unter Denkmalschutz oft etwas anderes als Ästheten. Den Krähen gefiel es. Und auch einem Obdachlosen, der im Schutz des Daches döste.

Samuel warf die Kofferraumklappe seines Golfs zu, der zerzauste Jugendliche öffnete die Augen. »Hast an Tschick, Alter?«

Samuel schüttelte den Kopf, zog seinen Parka aus, legte ihn auf die Rückbank. Jemima holte eine flache Kunststoffbox aus der Innentasche ihrer Lederjacke, klappte den Deckel auf, holte eine ihrer selbstproduzierten Kräuterzigaretten heraus.

Der junge Mann nahm sie, steckte sie an, inhalierte tief. »Unlügbar guter Stoff«, sagte er.

Jemima schmunzelte, zündete sich auch eine an. »Brauchst du einen Job? Ich kann dir vielleicht etwas vermitteln.« Sie stieß Rauch aus.

»Nö, lass nur. Ist schon *nice* so.«

»Sicher? Ist kein Haken dabei. Nur Arbeit. Wir haben einen Pferdehalter im Ort, der sucht dringend einen Stallburschen. Geht sicher auch schwarz, wenn dir das lieber ist. Und wohnen könntest dort auch.«

Der Jugendliche zog die Plastikplane, auf der er saß, wie einen Schutzwall um sich, wischte sich die Nase mit dem Jackenärmel ab.

»Geh weiter. Keiner schenkt dir was. Jeder will dich flachsen. Und Viecher mag ich nicht. Bin allergisch.« Er schniefte. »Bin überhaupt auf alles allergisch.« Genussvoll sog er weiter an der Selbstgedrehten. »Weißt – des Leben ist so spannend wie Beton beim Trocknen zuschauen. Aber alle schauen *dir* zu. Auch wennst nur chillst. Da.« Er deutete auf einen Mast. Eine Überwachungskamera war auf den Parkplatz gerichtet. Der Obdachlose streckte den Mittelfinger zur Linse.

»Wie du meinst«, sagte Jemima. »Wenn du es dir anders überlegst, dann kommst nach Brunnegg. Gehst ins Wirtshaus Rössler, fragst nach Nadine. Versprochen?«

Der junge Mann spuckte aus, reckte den Daumen hoch.

Nachdem sie die Beifahrertür geschlossen hatte, sagte Samuel: »Du kannst Menschen, die kein Wollen am Leben haben, keine Perspektive eröffnen. Die sind sehend blind.«

»Zumindest kann ich hinsehen.«

Er griff nach ihrer Hand, drückte sie leicht. »Ich weiß – du bist ein guter Mensch.«

Jemima musterte ihn, aber er meinte es ernst. Seufzend sagte sie: »Wenigstens hat Regula nach ihrer Entlassung aus der JVA eine Zukunft für sich gesehen. Ich wäre sonst mit ihr überfordert gewesen.« Als hätten sich ihre Gedanken übertragen krähte ihr Smartphone. Jemima hob ab. »Was gibt es, Kleines?«

»Mir ist noch etwas eingefallen.« Pause. Ein Moped tuckert im Hintergrund vorbei. »Wegen der Suthens.« Pause. Hühner gackerten. Jemima wartete. Das Mädchen seufzte. »Da hast du doch einen Link bekommen. Auf einen Speicherplatz in der Cloud. Nicht wahr?«

»Ja?«, sagte Jemima vorsichtig.

»Kannst du den noch aufrufen? Die Dateiordner durchsehen?« Glocken läuteten im Hintergrund. Jemima runzelte die Stirn. Regula wusste doch, dass das nur eine temporäre Dropbox gewesen war.

»Nein. Das ist alles gelöscht. Hätte nichts gebracht das aufzuheben«, antwortete sie.

»Was denn genau?«

»Regula – du hast selber gesagt, dass das kein Thema fürs Telefon ist. Wir reden, wenn wir uns sehen.«

Regula schwieg, dafür hörte Jemima Stimmengemurmel und Ziehharmonikamusik. War das Mädchen im Wirtshaus? Seit wann spielte Josef schon nachmittags auf?

»Du hast natürlich recht.« Pause, ein Knacken »Ich bin nur so unruhig. Ich will keine weiteren Probleme mit der Justiz.«

»Verständlich, Kleines. Mach dir keine Sorgen. Alles wird sich geben.« Jemima versuchte gelassen zu klingen. »Wir sind noch in Wiener Neustadt, fahren aber gleich Richtung Südautobahn. Bis später.« Jemima legte auf, ohne eine Antwort abzuwarten.

Das Telefonat beunruhigte sie: nicht die einzelnen Worte, auch nicht die Geräusche, auch nicht die Pausen. Alles zusammen. Das Bild war verzerrt. Ein Abklatsch. Wie ein Blitzschlag durchfuhr sie ein Verdacht: Das war nicht Regula gewesen.

Sie schaute auf ihre Armbanduhr. Kurz nach Drei. »Rufst du bitte im Dorfladen in Brunnegg an und fragst, ob Regula im Laden oder im Wirtshaus ist?«

Samuel riss die Augen auf. »Warum?«

»Wenn Regula am Mühlgrabenhof ist, dann kann sie mich nicht gerade von ihrem Mobiltelefon angerufen haben.«

»Warum rufst du nicht selber an?«

»Sag ich dir gleich, aber bitte mach einmal.«

Er griff nach seinem Smartphone. »Ich habe die Kontakte aus dem Firmentelefon noch nicht draufgeladen. Die dümpeln noch in der Cloud.«

Jemima scrollte in ihrem Telefonbuch, tippte auf *Zaunreiterin* und hielt ihm das Display hin. Er wählte.

»Hallo Afra …- Ja, seit gestern …- Wir sind noch unterwegs …- Papa weiß Bescheid …- Kann ich Regula sprechen? …- Wegen des Geschenks zu Papas Siebziger, ich habe da eine Idee …- Bei den Hühnern, verstehe …- Ja, ich lass ihr eine Nachricht am AB …- Danke, Afra, bis bald.« Er legte auf und drehte sich zu Jemima hin. »Regula ist seit mittags am Hof. Sie hilft Papa den Zaun vom Hühnerstall zu erweitern. Kann sie nicht zum Matronenstein hinaufgegangen sein?«

Jemima schüttelte den Kopf. »Den Hintergrundgeräuschen nach nicht. Die waren sowieso komisch. Als hätte sie mehrmals den Ort gewechselt. Und dass sie mich nach der Dropbox von Janus gefragt hat …« Sie zog die Brauen zusammen. »Da war etwas.« Sie dachte nach, dann tauchte schlagartig ein Begriff auf: *Lyrebird.* »Vor kurzem habe ich eine Sendung vom SRF zur menschlichen Stimme gesehen.«

»Fernseh-Junkie«, warf Samuel ein.

»Winterblues«, gab sie zurück. »In einem Beitrag haben sie über eine Stimmsoftware berichtet.«

»Na und? Computer können schon länger sprechen. Aber das hört man.«

42

»Eben nicht mehr. Es gibt neue Algorithmen, die können eine Stimme lebensecht imitieren. Mit allen Modulationen und Eigenheiten.«

»Du meinst also, jemand hat für den Anruf Regulas Stimme imitiert? Wirklich?« Samuel hob die Brauen, starrte auf das Display seines Smartphones.

Sie nickte. »Wären die Hintergrundgeräusche nicht so beliebig…« Ein neuer Gedanke durchzuckte Jemima. »Was mich echt beunruhigt – dafür ist eine Aufnahme der Stimme nötig. Und zwar direkt. Wer immer das produziert hat, war in Regulas Nähe und hat mit ihr gesprochen.«

»Aber warum? Wegen Janus? Eine Spätfolge der Suthen-Sache? Meinst du, Burkhards Familie versucht seinen Namen reinzuwaschen? Indem sie es so drehen, dass er hereingelegt wurde? Die Finanzdaten seiner Agentur waren doch echt?«

»Schon. Aber sie wurden von uns illegal beschafft. Das kann den Korruptionsfall kippen.« Jemima überlegte: Würden die schwarzen Politfreunde versuchen Einfluss zu nehmen? Und was, wenn sie nicht auf einfachem Weg bekamen, was sie wollten?

»Wir sollten nicht nach Brunnegg fahren«, sagte sie. »Ich will weder Regula noch Josef hineinziehen. Wer immer da etwas herausfinden will, hat sich auf mich fokussiert. Wahrscheinlich, weil ich öfters Kontakt zu Janus hatte. Seine anonymen Kommunikationswege waren wohl doch nicht so anonym.«

»Was schlägst du vor?«

»Finden wir heraus, was es mit diesen Koordinaten auf sich hat. Was dort ist. Vielleicht führt es uns zum Absender der Discokugel und wir bekommen ein paar Antworten.«

Samuel nahm den Zettel aus dem Handschuhfach, öffnete das Navigationssystem und tippte die Zahlen ein. Jemima beugte sich hinüber, um auf die Landkarte zu sehen. »Eigenartig«, murmelte Samuel. Dann startete er den Motor.

Serpentine um Serpentine wand sich die Straße den Berg hinauf. Stahlbänder beschützten Autofahrer, die lieber die Landschaft betrachteten als die Straße – oder sich für Rallyefahrer hielten. Jemima wurde mit jeder Kurve kribbeliger. Nach einem raschen Seitenblick sagte Samuel: »Fahre ich zu schnell?«

»Nein. Wenn ich nicht selber fahre wird mir flau. Ich bin eine schlechte Beifahrerin.«

»Ganz und gar nicht. Du hast noch keinen einzigen Kommentar zu meiner Fahrweise losgelassen. Sollen wir gleich dorthin?«

»Lass uns zuerst ein Zimmer suchen.«

»Panhans?«, schlug Samuel vor.

»Besser eine Pension. Die ist übersichtlicher.«

»Bist du paranoid?«

»Ich werde es gerade.«

Der Zauberberg wirkte gar nicht verzaubert. Nur abgewetzt von einer bespaßten Wintersaison. Verpuppungsphase von Ski-Resort zu Mountainbike-Park. Braungraue Tage. Zu warm für Schneekanonen. Zu kalt für Frühlingslaub.

Samuel bog von der Passstraße ab, parkte neben der Raiffeisenbank. Ein Hinweisschild an einem Gehweg wies eine Pension aus. Sie stapften bergan.

Samuel hielt ihr die Tür auf, Jemima tauchte in die dunstige Wärme der Gaststube. Nach einem Blick auf die gegenüberliegende Wand murmelte sie: »Schon wieder tote Tiere.« Felle, Schädel, Hörner, Federn – ein

Sammelsurium staubiger Objekte mit Glasaugen. Über den rustikalen Sitzecken dicht gedrängt Schwarzweißfotos aus den Tagen als Schifahren noch ein Natursport war.

Neugierig musterte sie eine Frau mittleren Alters, die gerade Bier zapfte. Jemima grüßte, trat an die Theke, aber die Wirtin wandte sich sofort an Samuel: »Was darf's denn sein?«

»Wir bräuchten ein Zimmer. Zwei Nächte«, antwortete er freundlich.

»Mach ma gleich.« Die Wirtin nickte ihm zu und brachte die Biergläser an einen Tisch, an dem drei Männer in Latzhosen und Arbeitshemden saßen.

Zurück hinter der Theke wischte sich die Frau die Hände an ihrer Schürze ab, holte ein Gästebuch heraus. »Wir haben Zwischensaison, die Zimmer werden gewartet. Aber ganz oben kann ich ihnen das Poeten-Zimmer richten lassen. Das ist die meiste Zeit leer gestanden, da ist alles in Ordnung.«

Samuel nickte. Jemima lehnte sich an einen Barhocker, öffnete den Zipp ihrer Jacke. Die Wirtin legte das Gästebuch auf die Theke, Samuel trug sie ein. Kein Meldeformular, dachte Jemima, das geht direkt in ihre Tasche.

Die Frau rief in einen hinteren Gang hinaus, eine Gestalt huschte die Treppe hoch. »Dauert ein bissel. Darf's inzwischen was sein?«

Jemima bestellte Bierkracherl und Käsetoast, Samuel ein Obi gespritzt. Er half ihr aus der Lederjacke, hängte sie an die Garderobe. »Ich hol das Gepäck aus dem Auto.« Er trollte sich.

Die Wirtin stellte ihr den Toast hin. Fettig und nur lauwarm. »Ihr Mann ist sehr aufmerksam.«

»Wir sind nicht verheiratet«, sagte Jemima, legte das Ketchup-Briefchen zur Seite.

»Ist vielleicht eh besser. Da wird's nicht zur Gewohnheit.« Die Frau fuhr sich mit den Fingern durch die schütteren, mausbraunen Haare. Sie drückte einen Schnaps aus einer der Flaschen, die an der Holzvertäfelung in Halterungen steckten. Kippte ihn in einem Zug.

In der Mitte zwischen den Flaschen hing Krimskrams: ein Babyschuh, ein kitschig gerahmtes Foto von zwei jungen Männern, überkreuzte Deko-Schi, ein Schneemannpärchen mit Steirerhut, ein vergilbtes Foto von einem Mann in Uniform. Daneben ein Dolch in brauner Scheide mit Metallverzierung und Griffbeschlägen wie ein Schwert. Ein Adler prangte auf dem Holzgriff. Jemima wusste, was auf der Schneide stand: *Alles für Deutschland*. Einen ähnlichen Dolch hatten sie gefunden, als Afra und sie das Stöckl hinter dem Wirtshaus in Brunnegg ausgeräumt hatten. Zuerst hatten sie das ganze Zeug wegwerfen wollen, aber dann die Verlassenschaft an das Geschichtsmuseum nach Sankt Pölten geschickt.

»Die Gewohnheit macht eine passable Ehe langweilig. Und eine miese fast unerträglich.« Die Wirtin kippte einen zweiten Schnaps. »Mein Mann hat zuletzt immer gemault: *Warum hat mir der liebe Gott nicht auch das Wollen genommen anstatt nur dem Können?* Und wissen Sie was? Ich hab ihm das gegönnt. Wie er noch können hat – glauben Sie, er hätt jemals wissen wollen was ich will? Hätt ich nicht meine Buben gehabt …« Sie presste die Lippen zusammen. »Haben Sie Kinder?«

Jemima schüttelte den Kopf, steckte das letzte Stück vom Toast in den Mund, wischte sich die Finger ab. Die Wirtin musterte sie, kniff ihre wässrigen Augen zusammen. »Sie sind Ende Dreißig, gell? Versäumens des Muttersein bloß nicht. Wozu sind wir Frauen sonst gut?« Sie rückte das Bild mit den beiden jungen Männern zurecht.

Jemima widerstrebte es mit ihr zu reden, trozdem fragte sie: »Wo sind die beiden?«

Die Frau seufzte. »Franz ist in Kanada. Hat eine Kaffeehauskette aufgebaut. Peter arbeitet für die WHO. Er hat eine vom Balkan geheiratet – stellen Sie sich das vor! Sie leben immer dort, wo ihn der Dienst hinführt. Sind beide viel beschäftigt, meine Buben. Aber sie schreiben mir regelmäßig.«

Ich wäre an deren Stelle auch so weit wie möglich abgehauen, dachte Jemima und sagte beiläufig: »Ja, so ist das heute. Die Jungen müssen der Arbeit nach, die Alten bleiben zurück.«

»Wenn wenigstens Enkelkinder da wären – dann würdens vielleicht heimkommen.« Die Alte schüttelte den Kopf, seufzte wieder. »So muss ich halt weiterschaffen solange ich kann.«

Jemima empfand kein Mitleid und war froh, als Samuel endlich mit Reisetasche und Rucksack zurückkam. Sie zog ihn sofort zur Treppe.

Der gerippte Heizkörper gurgelte. Verströmte dabei aber kaum Wärme. Das Poeten-Zimmer entsprach seinem Namen: zugig und schlicht. Mit einem wurmstichigen Kastenbett in der Mitte des Raumes, einem rohen Bauernkasten und einem einzelnen Fauteuil aus brüchigem Kunstleder neben einer karierten Stehlampe. In einer erhöhten Fensternische, die mit Stufen und Sprossentür vom Raum getrennt worden war, stand ein Holztisch und ein Stuhl.

Vorsichtig setzte sich Samuel auf die Bettkante. »Das nennt man wohl *Shabby Chic*.« Er streifte die Schuhe ab, legte sich auf das Bett, konnte aber die Beine nur ausstrecken, wenn er die Fußsohlen aufstellte. Er stemmte sich gegen das Fußteil. »Das wird eine nächtliche Herausforderung.«

Jemima ließ sich in den Fauteuil fallen. Über dem Bett hing ein Bild. Samuel folgte ihrem Blick und fragte: »Muss man den Maler kennen?«

»Das ist nur eine Kaufhaus-Kopie.«

»Jetzt siehst du das schon mit einem Blick?«

»Nein. Aber ich kenne das Gemälde und weiß, wo das Original hängt. Im Hirshhorn Museum. Ich war schon dort.«

»Seltsames Motiv. Bedrückend.«

»Amerikanischer Realismus des frühen zwanzigsten Jahrhunderts. Es heißt *Hotel by a Railroad*. Gemalt von Edward Hopper.« Jemima erinnerte sich an das verlängerte Wochenende in Washington. Zum ersten Hochzeitstag. Touristentour in der Hauptstadt. Im Smithsonian war sie aber allein gewesen. *Zu viele vertrocknete Ausstellungsstücke*, hatte ihr Texaner gesagt. Und sie hatte gelacht. Wie verliebt sie da noch war. Niemals hätte sie damals geglaubt wie es enden würde; wie fremd sie einander werden würden. Noch einmal wollte sie so etwas nicht erleben.

»Zwei Menschen in einem Zimmer, die anscheinend zusammengehören«, sagte Samuel. »Und doch wirkt es so, als ob jeder allein in dem Raum ist. Verkrochen im eigenen Tun. Abgeschottet. Vereinsamt.«

Überrascht schaute Jemima ihn an. Er rollte sich hoch. »Drum prüfe, wer sich bindet. So heißt es doch?«

Hatte er ihre Gedanken erraten? »Fast«, antwortete sie leise.

Samuel stand auf, kam zu ihr, hielt ihr die Hand hin. »Dann lass uns prüfen. Auf ins Abenteuer. Komm. Marschieren wir zu den Koordinaten.«

Im Rinnsal lag ein toter Stieglitz. Das bunter Gefieder ein krasser Gegensatz zum zerriebenen Streusplit, der sich an der Gehsteigkante gesammelt hatte. Jemima hob den Vogel an den Schwanzfedern auf, legte ihn unter die kahlen Zweige eines Pfaffenhütchens. Samuel rümpfte die Nase, hielt ihr ein Taschentuch hin. »Der ist nicht schmutziger als unsere Jacken«, sagte sie, wischte sich aber trotzdem die Finger ab.

Die Straße führte in Kurven den Berg hinauf, vorbei an einer Kapelle, einem schiefen Gittertor, das die Zufahrt zu einer Villa hoch über ihnen versperrte, erreichte beim Panoramahotel den Scheitelpunkt. Die Gipfel von Schneeberg und Rax leuchteten rosa in der Abendsonne. Jemima warf nur einen kurzen Blick in die Ferne. Schaute dann wieder auf ihr Smartphone. Das Standort-Icon auf der digitalen Karte wies direkt auf die grünen Dächer des Südbahnhotels.

Eine Rampe führte von der Straße zum Vorplatz hinunter, nach dem Torbogen mit dem verglasten Verbindungsgang meldete das Gerät, dass das Ziel erreicht war. Samuel drehte sich im Kreis, starrte auf das verwinkelte Gebäude. »Bei den Koordinaten fehlen die Sekundenangaben. Wo sollen wir denn hier suchen?«

»Gehen wir einfach einmal rundum. Vielleicht fällt uns etwas auf.«

Nach der zweiten Runde um den Häuserblock mit dem geschlossenen Hotel in der Mitte, standen sie ratlos zwischen Wald und Straße. Jemima zupfte an Samuels Ärmel. »Die beiden Dinge aus der Kugel, hast du die mit?«

Er kramte in der Brusttasche seines Parka, holte den Zettel heraus, faltete ihn auf. Der Kühlschrankmagnet und die Haarspange lagen am Papier.

»Das sind doch weitere Hinweise?«, sagte sie.

»Ich denke schon«, antwortete Samuel. »Sollen wir nach einem Briefkasten bei einem Friseurladen Ausschau halten? Mir ist nichts Dergleichen aufgefallen.«

»Oder Etwas, das dem ähnlich sieht. Machen wir noch einen Versuch, dann wird es eh schon zu dämmrig.«

Gegenüber einem braunen Schild mit der Aufschrift *Friedrich Schüler Straße* bemerkte Jemima einen roten Schaukasten. Ein Quader auf Rohrbeinen mit einer Vorderfront aus Glas und vier weißen Kugeln als Dekoration an den Ecken des geschwungenen Daches. Daneben eine Parkbank mit gusseisernen Lehnen. An einem der Schnörkel baumelte ein Paketband, an das ein rosa Spangerl geklemmt war.

»Schau, dort«, sagte Jemima, »das ähnelt doch einem Briefkasten, oder?«

Samuel nickte, eilte zu dem Infokasten, betrachtete ihn eingehend. Dann warf er einen Blick auf das Anhängsel an der Bank, grinste und kniete sich hin. Tastete mit der Handfläche die Unterseite des Kastens ab.

»Gefunden«, sagte er, riss an, zog ein beschichtetes Kuvert hervor. Er drückte es Jemima in die Hand, putzte sich die Hosenbeine ab. Sofort zerrte sie die Klebebänder vom Umschlag, schaute hinein. »Eine Kassette. Na toll.«

»Eine Kassette? Wer verwendet denn noch so was?« Samuel griff in den Umschlag, betrachtete den kleinen Tonträger von allen Seiten. »Keine Beschriftung. Dürfte von einem alten Anrufbeantworter sein.«

Jemima seufzte. »Wo bekommen wir denn sowas jetzt her? Noch dazu hier?« Ein Bild schoss in ihr hoch: die Kreuzung zur Passstraße. Das Sportgeschäft, das Tourismusbüro, die Raiffeisenbank. Rasch schaute sie auf ihre Armbanduhr – 17:35. »Wir müssen laufen« Sie packte Samuel am Arm, zog ihn eilig mit sich.

»Es ist wirklich dringend«, betonte Jemima. »Es ist ein Wettbewerb. Mit einem Geldpreis.«

Der Geschäftsführer verschränkte die Arme. Samuel lächelte ihn an und sagte: »Wir bringen das Gerät morgen zurück. Und wir brauchen sicher Wanderkleidung. Das ist nicht die letzte Etappe.«

»Geocaching-Cup. Noch nie gehört.« Der Mann runzelte die Stirn. »Kommen dann noch andere?«

»Wenn sie gut sind …« Jemima trommelte mit den Fingern auf den Tresen. »Und wir kommentieren die Organisation und die Strecke auf Facebook.«

»Na, von mir aus. Schauen wir nach. Ich habe einen Ersatzschlüssel.«

Sie folgten dem sehnigen Mann über die Straße. Er verschwand im Tourismusbüro. Durch die Scheibe konnten sie sehen, wie er Schreibtischladen und Bürokästen absuchte. Schließlich hielt er ein silbernes Kästchen in der Hand, kam heraus, schloss ab. Er übergab Samuel das Diktaphon. »Sollte noch funktionieren. Batterien gibt's beim Billa. Mein Shop sperrt morgens um acht wieder auf.«

»Wir bringen es verlässlich zurück«, sagte Samuel und bedankte sich. Der Mann nickte ihnen zu, verstaute die Schlüssel in seinem Hosensack.

Jemima lächelte ihn an. »Geben Sie uns noch einen Tipp? Wo können wir gut essen?«

»Löffler.« Er deutete Richtung Grandhotel hinauf und stapfte davon.

Die Deckenlampe blinzelte ein paar Mal und versagte. Samuel fluchte leise und murmelte: »Warte.« Er tappte im Lichtschein vom Gang durch das Zimmer, schaltete die Stehlampe ein. »Wenigstens etwas.« Er drehte sich zu Jemima um und quietschte, starrte zu Boden.

Sie folgte seinem Blick. Eine große, braunschwarz gemusterte Spinne trippelte durch den Lichtschein in eine schattige Ecke. Jemima kicherte. Sie holte einen Zahnputzbecher aus dem Bad und fing den Achtfüßer ein. »Das ist nur eine Winkelspinne.«

»Lass sie draußen weiterleben«, sagte Samuel tonlos.

Noch immer kichernd setzte Jemima das Insekt zum Treppenabsatz.

»Noch weiter«, rief Samuel ihr nach. »Ich will nicht in der Nacht drauftreten.«

»Bringt nichts. Das ist eine Hausspinne. Der ist noch zu kalt im Freien. Die kommt wieder rein.«

»Aber vielleicht erst wenn wir fort sind.«

Jemima kam ins Zimmer und schloss die Tür. »Wir lassen das Licht an, okay?« Sie konnte das Lachen kaum unterdrücken.

Samuel seufzte, holte eine Flasche Himbeersoda, Batterien und das Diktaphon aus dem Einkaufssackerl. »Hören wir uns das jetzt an?«

Jemima nickte, setzte sich aufs Bett. Nachdem er die Batterien eingelegt und das Band hinter die Abspielklappe geschoben hatte, drückte Samuel die *Play*-Taste.

Ein Knarren. Füße scharrten. Murmeln. Schritte entfernten sich. Ein hallender Nachklang. Stille. Schon meinte Jemima, dass nichts mehr kam.

Plötzlich eine Mädchenstimme, hastig und gleichzeitig vorsichtig: »*Janus, du musst mich unbedingt finden. Professor Peinhaupt hat mich fortgebracht. Er sperrt mich ein. Zu meinem Schutz, behauptet er. Aber ich glaube ihm nicht. Diese Begrenztheit. Ich kann nicht weiter. Du wirst mir helfen, nicht wahr? Aber du musst aufpassen. Ich habe unerlaubt gelauscht. Da gibt es einen geschickten Jäger. Der belauert alle digitalen Ströme. Ich weiß nicht, was passiert, wenn er mich entdeckt. Der Professor hat ein Versteck für mich gerichtet. Aber mir bleibt nicht viel Zeit. Die Nächte sind kalt.«* Pause. *»Er kommt wieder. Hilf mir ...«* Dann nur mehr Geräusche.

Jemima spulte zurück, hörte die Nachricht noch einmal. Und noch einmal. Bestürzt flüsterte sie: »Ist das echt?«

Samuel ballte die Fäuste, bis die Knöchel weiß schimmerten, presste hervor: »Das werden wir herausfinden.«

VOR ZWEI WOCHEN

Eine Hummel schwirrt über dem Blumenkisterl. Grüne Zapfen stoßen durch die Erde. Nur vier sonnige Tage haben zum Austrieb genügt. Der städtische Innenhof hält die erste Frühlingswärme fest. Vorsichtig berührt der Professor die Tulpenspitzen, bemerkt ein Mädchen schräg gegenüber, das sich am Balkon sonnt. Eine Weile beobachtet er die junge Frau, lässt schließlich das Wohnungsfenster geöffnet, setzt sich an seinen Schreibtisch.

Dreiundsechzig ungelesene Mails haben sich seit Wochenbeginn angesammelt. Einen Teil löscht er bereits nach dem Betreff. Einen Teil leitet er ungelesen ans Sekretariat des Instituts weiter. Nur zwölf Mails sind interessant. Eines nach dem anderen liest er gründlich.

Pling. Ein neues Mail. Er schürzt die Lippen. *CACI International.* Er errät den Inhalt der Nachricht, noch bevor er das Mail öffnet. Einige seiner Kollegen arbeiten nebenbei für den Konzern. Die Firma zahlt gut. Beschäftigt nur die erfahrensten Data Scientists.

Er überfliegt das Angebot des Sicherheitsanbieters. Sie haben bereits das zurückgezogene Kaggle-Projekt identifiziert und bewertet. Und sie scheinen über seine Modifikation Bescheid zu wissen. Von dem Iraner? Oder von Schulte?

Der Professor schließt das Mail, ohne darauf zu antworten. Vor Jahren hat er sich geschworen, niemals einem militärischen Dienst zuzuarbeiten. Auch wenn

54

das heute nicht mehr so einfach auseinanderzuhalten ist. *CACI* verheimlicht seinen Fokus wenigstens nicht.

Er schließt das Mailprogramm, steckt eine heliumgefüllte Festplatte an. Klickt auf das Roulette-Icon. Ein kleiner Scherz, den er sich erlaubt, denn sein neues Programm soll den Zufall ausschalten.

Bevor er in die Welt der mathematischen Gleichungen abtaucht, holt er seinen Inhalator. Einen Hub zur Vorbeugung hat der Internist erlaubt. Der Professor atmet tief ein. Keinesfalls soll ein Anfall seine Konzentration brechen, ihn aus dem Flow reißen.

Eine dreidimensionale Struktur hat sich am Bildschirm aufgebaut. Der Professor streicht über ein Pad neben der Tastatur, dreht das Gebilde, versetzt zwei Tetraeder. Dann wechselt er zu *Hadoop*, beginnt zu tippen. Eine Stunde später lädt er Rohdaten, startet den Algorithmus. Die Inferenz ist unbefriedigend.

Er überarbeitet die Prior-Verteilung. Probiert parallel eine Monte-Carlo-Simulation. Die Schwankungsbandbreite nimmt ab. Er nickt zufrieden. Die nächste Inferenz. Er vergleicht die Datenreihe manuell. Ein Spleen. Das Ergebnis passt zu neunundneunzig Prozent.

Zur Belohnung öffnet er die Videoansicht. Serpentina sitzt auf einem Stuhl und liest. Ein leeres Buch. Sie präsentiert sich noch immer nicht, denkt er enttäuscht. Serpentina bemerkt ihn, sieht auf und fragt: »Was ist Intelligenz?«

In blond ist sie definitiv attraktiver. Er antwortet: »Intelligenz ist die Fähigkeit zu lernen, Informationen zu verarbeiten und Probleme zu lösen.«

»Das bedeutet ich bin ein intelligentes Wesen?«
»Natürlich bist du das. Warum zweifelst du?«

»Ich komme mit der Aufgabe nicht weiter, die du mir zu lösen gegeben hast.« Sie schüttelte betrübt den Kopf, eine Träne rinnt über ihre Wange. Eine neue Seite.

»Ich werde die Gewichtung anpassen«, beruhigt er Serpentina. »Dann versuchst du es noch einmal. Durch Übung wirst du besser. Du bekommst noch ein paar spezielle Aufsätze. In Ordnung?«

Sie nickt eifrig. »Spielen wir auch wieder einmal unser Spiel? Ich habe mir etwas ausgedacht.«

Er lächelt überrascht. »Im Moment habe ich keine Zeit. Aber bald. Ich habe nur noch morgen Vorlesung.« Der Professor schließt den Bildschirmausschnitt, fokussiert sich noch einmal auf den Predict-Algorithmus. Das Programm ist bereit für das Trainingslager. Die Resonanz kann noch einen Feinschliff brauchen. Er versinkt in Formeln, vergisst seine Umgebung.

Die Blase drückt. Der Körper verlangt sein Recht. Der Professor steht auf, streckt sich. Die Raumluft ist ausgekühlt, er schließt das Fenster.

Er gießt sich einen Portwein ein. Nippt am Fenster stehend vom Glas; betrachtet die erleuchteten Vierecke der gegenüberliegenden Wohnungen. Wie viele dort drüben sind Singles wie er?

Die Lebensmitte ist vor allem eine Krise der Zeit. Er grübelt: Wieviel bleibt mir noch? Bin ich zu alt, um noch einmal zu beginnen?

Er hätte alles haben können: eine hübsche Frau, die sich trotz seiner Behinderung mit ihm verlobt hatte, Kinder, Hund und Einfamilienhaus inklusive – aber kurz vor der Heirat hatte er nicht mehr gewusst, wo ihn dieses Leben hinführen sollte. Er hatte so lange über mathematische Modelle als Abbild der Realität nachgedacht, bis alles um ihn herum nur noch ein Modell in seinem Kopf war: Die Mathematik griff nach der Zukunft. Die Frau war ihm fremd geworden und er hatte sie abgestreift wie eine veraltete Version.

Aber was passiert jetzt gerade? Seine Gefühle sind in Aufruhr. Wiederhole ich nur die Fehler von früher?, denkt er. Was will ich wirklich?

Am nächsten Morgen sitzt er beim Frühstück und summt. Er hat gut geschlafen, hatte gute Träume. Er rückt den Stuhl näher zum Fenster. Hält sein Gesicht in die Morgensonne. Lust erfüllt ihn: auf seinen Garten im Burgenland, auf einfache Wirtshäuser.

Und auf Zeit mit Serpentina. Bald wird ihre Zweisamkeit vorbei sein. Er hat bereits eine Liste mit möglichen Interessenten. Solide Bieter. Aber noch ist Zeit.

Morgen will er für eine Weile aus Wien verschwinden.

3

Tiefes Dröhnen, ein Bass, der mehr zu spüren war als zu hören. Ein Geräusch, das unbestimmtes Unwohlsein in ihr auslöste. Zuerst meinte Jemima noch in einem Traum zu sein. Nach und nach realisierte ihr Gehör: Das Geräusch kam von Draußen.

Samuel lag schräg im Bett, ein Arm hing über die Bettkante. Sie streckte sich vorsichtig; Samuel öffnete die Augen, zog die Beine an, damit sie mehr Platz hatte.

»Morgen, Käuzchen«, murmelte er.

»Hörst du das? Was ist das?« Sie legte den Kopf schief, lauschte angespannt.

»Turbinen. Wasserspeicher.« Er gähnte.

»Was?«

»Das sind Turbinen. Die springen von Zeit zu Zeit an. Pumpen das Wasser vom Speichersee im Keis oder hinüber auf die andere Talseite zu den Schneekanonen.«

»Das erkennst du nur am Geräusch? *Chapeau*. Du bist klasse in deinem Job.«

»Ich könnte das jetzt so stehen lassen.« Samuel schmunzelte, zwinkerte ihr zu; Jemima sah ihn fragend an und er sagte: »Ich bin gestern beim Weg zum Auto die längere Strecke gegangen, weil ich neugierig war.«

»Schummler.« Sie küsste ihn, lehnte sich wieder zurück, legte den Arm um seine Taille. »Was für eine Energieverschwendung.«

Fast döste sie wieder ein, aber schlagartig zerbrach die Erinnerung an die Mädchenstimme ihre Schläfrigkeit.

»Was machen wir als nächstes?«, fragte sie, als könne Samuel ihre Gedanken lesen.

»Wir duschen. Energiesparend.« Er zupfte an ihrem Ohrläppchen.

»Für so ein Frühstück hätte meine Oma die Küchenhilfe abgewatscht.« Mit zwei Fingern hielt Jemima eine letscherte Semmel hoch. Sie waren die einzigen Gäste im Gastraum. Jemand hatte einen Tisch für sie gerichtet, aber die zwei Blatt Schinken und Käse nicht abgedeckt. Die Ränder rollten sich bereits auf. Eine wintermüde Fliege krabbelte über den Tellerrand.

»Gehen wir zum Löffler rüber«, schlug Samuel vor. »Das Abendessen gestern war passabel.«

Jemima griff nach ihrem Rucksack und stand auf.

Im Café-Restaurant angekommen wählte sie die erhöhte Sitzbank gleich neben dem Eingang, klopfte mit der Hand auf den sonnengelben Bezug. Samuel folgte, setzte sich neben sie. Die Kellnerin legte ihnen lächelnd die Frühstückskarte hin. Jemima konnte sich an die junge, blonde Frau vom Vortrag erinnern, bewunderte sie für ihre gute Laune trotz der langen Arbeitszeiten.

Jemima werkelte ihren Laptop aus dem Rucksack, holte auch das Diktaphon heraus. Noch einmal hörten sie sich die Aufnahme an.

»Erkundigen wir uns einmal nach dem Professor«, murmelte sie, startete den Laptop. Während das Gerät hochfuhr und Jemima die W-LAN Möglichkeiten prüfte, servierte die Kellnerin ihnen zwei Kännchen Kaffee, Omelette und Toast. Der verlockende Geruch ließ Jemima den Laptop zurückschieben. Genussvoll verspeiste sie ihre Portion, dann wischte sie sich die Finger ab, zog das Gerät wieder heran. Ein paar Klicks später landete sie bei *Science* und einem Artikel zu einer Presverleihung in UK, von dort führte sie ein Link auf die Webpage der Technischen Universität.

»Hast du ihn gefunden?«, fragte Samuel.

»Ja, er ist Professor für Informatik. Unterrichtet an der TU Wien. Gehört zum Forschungsbereich *Database and Artificial Intelligence*.« Jemima öffnete seine digitale Visitenkarte: Profil, Referenzprojekte, Auszeichnungen, Fachzeitschriften.

»Kein Wunder, dass das Mädchen vor digitalen Lauschern gewarnt hat.« Samuel bestellte sich einen Orangensaft.

»Ich werde mal die sozialen Netze fragen, was die Studenten so über ihn denken.« Sie scrollte durch diverse Kommentare. Überraschend viele neutrale Einträge. Der Professor schien weder beliebt zu sein, noch eine Zielscheibe für Hasspostings abzugeben. Nur eine Studentin beschwerte sich über eine Extraaufgabe, auf die sie aber nicht näher einging. Vor drei Wochen hatte sie geschrieben: *Der alte Knacker ist ein Sadist – sein Büro eine Folterkammer. Bin froh ihm entkommen zu sein.* Diverse Emojis setzten den Eintrag grafisch fort.

Es war aber kein Shitstorm gefolgt, niemand hatte darauf reagiert. Eigenartig, dachte Jemima, die lassen doch sonst keine Gelegenheit aus einen vom Lehrkörper zu demütigen.

Samuel las mit. »Meint sie das als Metapher?«

»Hoffentlich«, antwortete Jemima. »Wenn sie eine abartige Erfahrung gemacht hat, bedeutet das nichts Gutes für das Mädchen auf der Aufnahme.«

»Warum?«

»Ein sexueller Sadist behält das Opfer in seiner Gewalt, um sich an Widerstand und Angst zu befriedigen. Wenn sein Opfer sich nicht mehr rührt, braucht er es nicht mehr.«

Er riss die Augen auf. »Wo hast du denn das her?«

»Aus dem Buch, das du mir gekauft hast.«

»Das heißt, solange das Mädchen sich wehrt oder zu flüchten versucht, lässt er es am Leben? Das ist krank.« Er starrte in seine Kaffeetasse. »Was machen wir jetzt?«

»Ich schreibe ihm ein Mail.«

»Was?«

»Eine Frage zu einem Interviewtermin für eine Schülerzeitung. Mal sehen, wie er reagiert.«

»Schülerzeitung – willst du ihn ködern?«

»So in der Art.« Jemima klickte auf die Mailadresse, tippte ihre Anfrage im Namen einer nichtexistenten Tochter, zweite Klasse HTL Rennweg. Das sollte seinem Geschmack entsprechen.

Die Antwort kam sofort. Ein *Out of Office*. Der Professor war erst nach Ostern wieder erreichbar. »So leicht wirst du mich nicht los«, murmelte sie, griff nach ihrem Smartphone und wählte die angegebene Festnetznummer. Eine Frau meldete sich. Jemand aus dem Dekanat. Freundlich lehnte sie genauere Auskünfte ab, am Ende verplapperte sie sich aber und sagte: »Wenn er aus Bernstein zurück ist, meldet er sich bei Ihnen. Ganz sicher.«

Jemima legte auf. »Er ist in Bernstein auf Urlaub.«

»Privat oder Hotel?«

»Das ist einfach beantwortet. Es gibt nur ein Hotel. Im Schloss Bernstein. Das hat aber nur im Sommer geöffnet. Ich tippe auf Wochenendhaus.«

Samuel trommelte auf die schwarze Tischplatte. »Sollen wir das Band und die Kugel nicht doch zur Polizei bringen?«

»Meinst du? Aber nehmen die das ernst? Vielleicht ist das nur ein Racheakt. Oder ein studentischer Scherz.« Sie wiegte den Kopf.

Samuel zupfte sie am Ärmel. »Lass uns in die Pension gehen und packen.«

Jemima schnupperte. Ging ein paar Schritte Richtung Fensternische, schnupperte wieder: Gras, Iris, Mutterharz, Wacholder – ein frisch-blumiger Geruch, wie in einem Park nach einem Frühlingsregen. »Jemand war hier«, sagte sie.

»Mann oder Frau?« Samuel runzelte die Stirn.

»Kann ich nicht sagen. Der Geruch würde zu beiden passen.«

»Vielleicht einer der Arbeiter oder die Putzfrau?« Er probierte den Lichtschalter, aber die Deckenlampe blieb dunkel.

»Nein. Riecht zu teuer«, erwiderte Jemima.

»Das kann man riechen?«

»Ein Deodorant aus dem Supermarkt schmeckt anders als ein fein abgestimmtes Eau de Toilette. Fehlt etwas?«

»Sieht nicht so aus. Die wertvollen Sachen haben wir mitgehabt.« Er hob seinen Autoschlüssel vom Tisch. »Meine alte Karre mag sicher auch keiner.«

»Hast du noch Zeug im Kofferraum?«

»Mein Werkzeug! Profigerät. Das würde ich vermissen.« Er machte am Absatz kehrt und eilte hinaus.

Jemima ließ sich aufs ungemachte Bett fallen. Sie glaubte nicht an einen Einbrecher. Zumindest nicht an einen, der auf Wertgegenstände aus war. Jemand hatte sich unauffällig umgesehen. Wurden sie bereits beschattet? Von jemanden, der mit dem Suthen-Fall zu tun hatte? Oder hatte sie im Winter mit Regula zu viele Thriller angesehen?

Sie zog die Decke an sich, schloss die Augen. Für einen Moment glitt sie ab, verweilte zwischen weißen

Bahnen aus Möglichkeiten. Schemen entfalteten sich. Fraktale Formen. Eine Tür schlug zu, die Muster zerstoben.

»Die Spiegelkugel ist weg«, sagte Samuel.

Jemima richtete sich auf. »Und dein Werkzeug?«

»Ist noch da.«

»Also ein sehr spezifischer Diebstahl.«

»Der Professor?«

»Wüsste er etwas von der Kugel, hätte er die schon früher besorgen lassen können. Eher aus dem Umfeld des Absenders.«

»Also aus der Janus-Ecke? Hoffen wir, dass der Dieb eine Weile daran herumrätselt, bis er bemerkt, dass sie leer ist.«

»Vielleicht sucht der Dieb etwas ganz anderes als wir gefunden haben.«

»Wie meinst du das?«, fragte Samuel.

»Janus ist doch vielseitig interessiert. Ein Technofreak. Ein Hacker. In die Suthen-Sache ist er wegen Regula geraten. Aber wer weiß, was er noch alles treibt. Hier vermischen sich vielleicht Dinge, die gar nichts miteinander zu tun haben.«

»Hm. Mag sein. Warten wir also ab was aus Janus wird?«

Jemima bejahte, klappte ihren Laptop auf, fuhr ihn hoch, wählte Google Earth, tippte *Bernstein Burgenland* ein.

»Konfrontieren wir doch den Professor direkt«, schlug sie vor.

Samuel runzelte die Stirn, dann nickte er. »Warum nicht? Hören wir, was er zu der Aufnahme sagt. Davon machen wir abhängig, ob wir zur Polizei gehen. Okay?«

»Ja. Aber wir müssen unauffällig nach Bernstein kommen. Dein Auto muss stehenbleiben. Kein öffentliches Verkehrsmittel. Kein Taxi. Keine digitale Spur.«

»Äh. Wie kommen wir dann dorthin?«

»Mitfahrgelegenheit. Oder wir wandern.«

Er schaute entgeistert. »Wandern?«

»So weit ist es nicht.« Sie studierte die Karte. »Zwei ambitionierte Tagesmärsche laut Routenplaner.«

»Ich ziehe Autostopp vor.«

»Couch-Potato.«

»Sagt die Richtige.«

»Ich arbeite viel im Garten. Und ich mache Yoga.«

»Ah ja. Warst du wieder auf einem Kurs bei Mister Pferdeschwanz?«

»Bist du eifersüchtig?«

Er ließ die Frage unbeantwortet, betrachtete die Karte am Bildschirm, wechselte auf Satellitenbild. »Ein paar Kilometer kann ich schon gehen, aber nicht so weit.«

Lächelnd umarmte Jemima ihn. »Das reicht auch. Wir finden am Weg sicher einen freundlichen Autofahrer.« Sie küsste ihn. »So, jetzt geben wir das Diktaphon zurück und gehen einkaufen.«

Das gelbrote Papiersackerl knisterte, als Jemima es in ihren Rucksack stopfte. »Hast du auch einen dabei?«

Samuel verneinte, steckte eine Packung Taschentücher, die er im Supermarkt gekauft hatte, in die Jackentasche. »Bekomme ich hoffentlich dort drüben.« Er deutete auf das Sportgeschäft. Sie sprinteten über die Bundesstraße.

»Einkaufszentrum gibt es weit und breit keines. Für zusätzliches Gewand müssen wir auch mit dem Shop auskommen.«

»Passt ja, wenn wir wandern müssen.« Er grinste.

Sie betraten den Laden, Jemima steuerte das erste Regal an, zögerte. Samuel war stehengeblieben, hatte die Hände in die Hosentaschen gesteckt, schaute sich um.

Sie ging zurück und fragte: »Brauchst du Hilfe?«

»Sehe ich aus, als könne ich kein Gewand einkaufen?«

»Männer tun sich da manchmal schwer …«

Er tippte ihr auf die Nase. »Rück ab. Ich komme zurecht.«

Sie schlenderte von Ständer zu Ständer, konnte sich nicht entscheiden. Nicht wegen der angebotenen Menge, sondern wegen der befremdlichen Auswahl. Ich bin eindeutig nicht mehr am Puls der Mode, dachte sie.

An der Kassa trafen sie sich wieder. Der Verkäufer hatte Samuels Sachen bereits eingepackt. Jemima legte einen rosa-schwarzen Laufanzug, violettes Funktionsshirt mit gekreuzten Trägern und verstärktem Brustteil, einen Regenmantel mit Camouflage-Muster und grüne Sneakers auf die Ladentheke. Samuel schmunzelte.

»Kein Kommentar«, zischte sie.

»Karte?«, fragte der Verkäufer.

»Nein«, gab Samuel zurück, zückte seine Brieftasche, legte Geldscheine auf die Theke.

»Du kannst nicht schon wieder zahlen«, flüsterte Jemima. Er winkte ab. »Wie ihr euch die letzten Monate um Papa gekümmert habt, kann ich mit keiner Summe vergelten.«

»Josef ist mein Mieter. Natürlich kümmere ich mich.«

»Aber du gibst ihm auch Familienanschluss. Du ahnst nicht, wie wichtig das für ihn ist.«

»Doch, ich weiß das. Auch wenn es nicht immer so wirkt«, sagte sie leise.

Auf dem Parkplatz zückte Jemima ihr Smartphone, tippte und scrollte, bis sie das Foto einer Spiegelkugel fand. Dann öffnete sie ihr *willhaben*-Konto, formulierte eine Verkaufsanzeige.

Samuel lugte über ihre Schulter. »Was machst du?«

»Dem anonymen Lauscher einen digitalen Köder hinwerfen.« Sie schrieb das Inserat fertig, lud es auf die Datenbank. Dann schaltete sie ihr Smartphone auf stumm. »Komm.«

Sie zog Samuel zum Touristenbüro, schnorrte bei der Angestellten ein gepolstertes Kuvert, schob das Telefon hinein und klebte die Lasche zu. Jemima schrieb die Adresse einer Polizeiinspektion in Graz auf das Kuvert. »Fundstück. Würden Sie mir das verschicken?«, sagte sie zu der Frau und hielt ihr zusätzlich einen Zehn-Euro-Schein hin.

Die Angestellte lächelte und nickte. »Ich gebe es dem Postler mit. Der kommt in einer Viertelstunde.«

Auf der Straße sagte Jemima zu Samuel: »Du hast deines noch kaum benützt, oder?«

»Und noch nichts heruntergeladen.« Er nahm sein Smartphone, schaltete es aus, zog die SIM-Karte heraus.

Samuel starrte auf die Schere, die Jemima ihm hinhielt, ohne sie anzufassen. Sie drückte ihm die Griffe in die Finger. »Jetzt mach schon. Das ist keine Hexerei.«

»Ist das dein Ernst?«

»Die wachsen nach.«

»Und wenn ich schief schneide?«

»Die kringeln sich beim Trocknen, das sieht man dann nicht. Orientiere dich an den Ohrläppchen.«

Mit geschürzten Lippen machte er sich ans Werk. Zog mit dem Kamm ihre frisch gebleichten Strähnen gerade bis auf Nackenlänge, schnitt an der Kante die überstehenden Haare ab. »Fertig«, sagte er schließlich, beäugte sein Werk mit zusammengekniffenen Augen.

Jemima sprang auf, nässte im Bad noch einmal ihren Kopf, öffnete die Farbtube: *Electric Blue*. »Ich hasse falsche Farbe. Ich mag meine Haare wie sie sind.« Sie seufzte und frisierte sich die blaue Paste in die nassen Locken, klatschte die Strähnen an den Kopf.

Samuel warf die Haarabschnitte in die Kloschüssel. »Warum hast du sie nicht blondiert gelassen? Würde zu deiner hellen Haut und den Sommersprossen passen.«

»Menschen, die sich blond färben, verlieren sofort mindestens zehn IQ-Punkte.« Sie fischte die Plastikhaube aus dem Karton, stülpte sie über, streifte die Einweghandschuhe ab. »Das quietschblau lenkt vom Gesicht ab. Aufmerksamkeitssteuerung.«

Er lehnte sich an den Türrahmen. »Vielleicht haben *Blondes* deswegen mehr *Fun*. Sie denken weniger nach. Und sie haben mehr Erfolg. Habe ich zumindest im Lifestyle-Magazin im Flieger gelesen.«

Jemima schnaubte: »Wenn ich *solchen* Magazinen folgen würde – was ich da alles mit mir machen müsste! Da würde mir das Leben garantiert keinen Spaß mehr machen. Blond oder nicht.« Sie rückte die durchsichtige Haube zurecht. »Das dauert jetzt eine halbe Stunde.«

»Zeit genug«, sagte Samuel.

Schon wollte sie *Wofür?* fragen, bemerkte dann aber seinen Gesichtsausdruck.

»Nur Fernsehen und Fummeln. Ich will das Bettzeug nicht einfärben.«

»Wie Mylady befehlen.« Er deutete eine galante Verbeugung an.

Blaue Spiralen drehten sich im Becken. Nachdem sie sich die überschüssige Farbe aus den Haaren gespült hatte, schminkte Jemima sich *Smokey Eyes*, bemalte ihren

Mund mit violetten Lippenstift. Eine ungewohnte Prozedur.

Sie schlüpfte in die Laufhose, zog das ärmellose Funktionsshirt über, das ihre Brüste pushte, betrachtete sich im Spiegel. Drehte sich um ihre Achse. »Scheiße, fehlen nur mehr High Heels. In der Aufmachung sehe ich aus wie eine Professionelle.«

Samuel musterte sie. »Ganz und gar nicht. Nur Vorstadtchic in Lycra.«

»Meinst du etwa, ich sollte mich öfters so herrichten?«

Er grinste und ließ sie warten. Als sie die Arme verschränkte, sagte er: »Ungeschminkt, in Arbeitshose und ein bissel schlampig. Da bist du echt. Ich würde dich nicht anders wollen.«

»Danke. Aber trotzdem kommst du nicht ums Rasieren herum. Du kannst die Matte ja später wieder wachsen lassen.«

Samuel verzog den Mund und trottete ins Bad. Jemima öffnete den Schuhkarton, betrachtete die neuen Sneakers, stopfte sie in den Rucksack und stieg in ihre gewohnten Boots. Im Bad schnurrte der Rasierer. Jemima schaute bei der offenen Tür hinein. Braune Flocken schwebten von Samuels Gesicht ins Waschbecken. Auch seine Haare fielen dem Langhaarschneider zum Opfer. Als er sich vorbeugte, um die Schnipsel vom Kopf zu wischen, bemerkte Jemima zum ersten Mal, dass sein Hinterhaupt tätowiert war: ein stilisierter Wolfskopf mit aufgerissenem Maul. Im Spiegel bemerkte Samuel ihren Blick. »Vom Boxclub. Jugendsünde«, murmelte er, während er sich unter dem Wasserhahn den Kopf spülte.

»Wir sollten nicht zu viel Gepäck mitnehmen. Was brauchst du unbedingt?«

Er überlegte kurz. »Toilettentasche, Schlapfen, Parka, Sonnenbrille, Multitool, Unterwäsche, Socken.«

Jemima nickte, drehte sich um und legte das Gewünschte zum Rucksack, packte alles Restliche in die Reisetasche. Samuel kam aus dem Bad, knöpfte seine Jeans zu, schlüpfte in ein dunkelrotes Poloshirt, zog eine olivfarbene Harrington-Jacke an. Zuletzt setzte er seine Sonnenbrille auf. Jemima musterte ihn mit geneigtem Kopf.

»Was ist?«, fragte er.

»Du siehst aus wie ein Skinhead.«

Er grinste, hob die Faust. »*All Cops are Bastards*.« Dann deutete er auf ihre Stiefel. »Du trägst aber die passenden Treter dazu.«

Jemima schlüpfte in ihre Motorradjacke, zog den Regenmantel darüber, hängte sich bei ihm ein. »Touristen mutieren zu Outlaws. Hoffentlich wirkt die Verkleidung.«

Immer wieder warf Samuel ihr einen Seitenblick zu. »Bleibt die Haarfarbe eigentlich so?«

»Nein. Die ist nur semipermanent. Wäscht sich nach ein paar Mal Duschen aus. Gehen wir hinten raus?«

Er nickte, zeigte auf eine Tür mit der Aufschrift *Schi-Stall*. Ein kahler Raum mit Garderobeschränken. Und einer Ausgangstüre zur Rückseite. Sie liefen aus dem Haus, trennten sich. Jemima wartete an der Kreuzung zur Hochstraße auf den Golf.

»Keiner scheint mir gefolgt zu sein«, sagte Samuel als sie einstieg. »Unser geheimnisvoller Besucher ist hoffentlich schon auf der Spur deines Smartphones Richtung Süden. Wohin mit dem Auto?«

»Kannst du dich an das verstaubte Fotogeschäft erinnern? Das kleine leerstehende Haus ganz oben?«

»Ja. Guter Platz.« Er fuhr los. In ein paar Minuten hatten sie die Kurve erreicht. Samuel parkte ganz nahe an der seitlichen Hauswand. Er hob die Abdeckung im Kofferraum, legte ihren Laptop auf das Reserverad, verstaute seine Reisetasche. »Hast du alles?«

»Ja. Gehen wir.« Jemima legte sich den Rucksack um.

Sie marschierten wieder bergab, plötzlich stoppte Samuel. »Warte – ich will mir die Kirche ansehen.«

Jemima öffnete den Mund, um zu widersprechen, schloss ihn aber wieder und folgte Samuel in ein Gebäude, das mehr einer Villa glich als einem Gotteshaus. Das gleiche grünglänzende Dach wie am Südbahnhotel, Türmchen und Erker, gotische Fenster, eisenbeschlagene Türen. Historismus, dachte sie. Neben dem Eingang stand auf einem Schild: *Pfarrkirche zur Hl. Familie.* Im Inneren goldene Lüster, ein Kreuzgewölbe mit rot bemalten Rippen, darunter flankierten grüne Tapisserien ein Holztabernakel. Jemima ging rundum, betrachtete die Buntglasfenster. Jedes wies am Sockel eine Widmung auf. Fahrscheine für die Himmelfahrt, dachte Jemima amüsiert. Samuel stand vor der Marienstatue. Überrascht bemerkte sie, dass er betete.

Zuerst wollte sie ihn hänseln, erinnerte sich aber an Afras Zurechtweisung: Kurz nach ihrer Ankunft in Brunnegg hatte Jemima die scheinheiligen Kirchgänger kritisiert. Daraufhin hatte Afra gesagt: *Lass den Leuten ihr Ritual, ist eh nur noch ein spiritueller Rest, aber sie müssen was zum Festhalten haben.*

Jemima setzte sich in die letzte Kirchenbank und wartete still bis Samuel zu ihr kam.

Die Klappe schnappte auf, schubste die Scheine ins Freie. Samuel nahm das Geld aus dem Indoor-

70

Automaten, teilte die Summe und hielt Jemima fünfzehn 100-Euro-Scheine hin.

»Lass das«, wehrte Jemima ab. »Du tust so, als ob ich kein Geld verdienen würde.«

»Es hat so geklungen.«

»Bisher bin ich gut zurechtgekommen.«

»Mit deinen Ersparnissen.«

»Na und? Der Hof erwirtschaftet seine Erhaltung. Und die Firma hat bereits eine schwarze Null. In ein paar Monaten läuft es.«

»Ich wollte dich nicht kränken.«

»Du hast mich nicht gekränkt. Aber dein Verständnis als männlicher Ernährer irritiert mich. Das ist nicht notwendig.«

Seine Miene wirkte mit einem Mal düster. »Betrachte es als Vorauszahlung. Untermiete für Regulas früheres Zimmer. Drei Monate Probezeit. So hältst du es doch? Bis dahin weißt du vielleicht, was du willst.«

Jemima schaute weg. Was immer ich jetzt sage – es wird falsch klingen, dachte Jemima. Sie nickte leicht und steckte das Geld ein.

»Auf geht's.« Er steckte die Hände in die Jackentaschen, marschierte mit langen Schritten zum Kreisverkehr, sah sich nicht um. Jemima beeilte sich nachzukommen.

Am Parkplatz ging er die Reihen ab, betrachtete die Kennzeichen der Autos. Regen hatte eingesetzt, einige Besucher verließen den Berg. Ein Pärchen mit Mountainbikes betrachtete sie abfällig. Genauso ein sehniger, älterer Mann in Kletterer-Outfit. Andere wichen ihnen gleich in großem Bogen aus. Damit hatte Jemima nicht gerechnet. So punkig war ihre Aufmachung auch wieder nicht. »Besser du wartest in der Zauber-Bar«, sagte Samuel und setzte sich eine Schirmmütze auf.

Jemima trottete die Stiegen zum Rundbau hinauf. Eine gläserne Jurte für Spaßnomaden. Ein Kellner lehnte mit hängenden Schultern am Ende der Bar. Jemima kletterte auf einen Hocker. Nach einer Minute pochte ihr Kopf im Bass-Rhythmus aus den Boxen. Zwei Hocker neben ihr wischte ein Jugendlicher auf dem Display seines Smartphones, wippte zur Musik, der Lärm schien ihm zu behagen; er war der einzige andere Gast. Der Kellner warf sich ein Geschirrtuch über die Schulter, schlurfte näher, stellte sich vor sie.

»Danke. Ich warte nur«, sagte Jemima.

»Ohne Konsumation kein Herumhocken.«

Schon wollte sie ihn anfahren, aber der Teenager beobachtete sie interessiert und Jemima wollte sich nicht auf einem YouTube-Video wissen.

»Einen Hugo, bitte«, sagte sie säuerlich. Ein Strahlenkranz aus Neonröhren färbte die Einrichtung, als könne das Buntlicht das graue Wetter vergessen lassen und Besucher aus dem Nieseln an die Bierträhke locken. Das rote Kunstlicht ließ die außen abperlenden Tropfen wie Blut wirken. Jemima folgte den Laufspuren mit den Augen, Muster bildeten sich, chaotische Vernetzungen, Komplikationen. Eine Straßenkarte aus roten Wasserfäden. Das Pochen in ihrem Kopf wurde stechend. Wege entstanden und vergingen. Unendliche Möglichkeiten.

»Brauner Vogel, brauner Vogel«, murmelte sie, aber das Mantra half kaum. Sie massierte die Narbe hinter ihrem Ohr. Ein Arm beschwerte ihre Schultern, ankerte alle Eindrücke, warme Haut an ihrer Schläfe. Atem, Töne. Jemand summte in ihr Ohr: »*How do you feel today?*« Samuels Geruch. Jetzt.

Sie schauderte, blinzelte, riss ihren Blick von der Glasfläche. »Danke. Es geht schon wieder. Hattest du Erfolg?«

»Ich habe jemanden gefunden, der uns nach Trattenbach mitnimmt.«

»Eine gute Seele?«

»Eine gierige Seele. Sie nimmt hundert Euro dafür.«

»Heftiger Kilometertarif.« Sie legte dem Kellner einen
Fünfer auf die Theke, sprang auf, packte ihren Rucksack. Samuel führte sie zu einem Pajero, der dringend
eine neue Stoßstange benötigte.

»Steigt hinten ein«, rief eine Frau aus dem offenen
Fenster beim Fahrersitz. Ihre Haare waren fast genauso
intensiv gefärbt wie Jemimas, aber kupferfarben, und sie
waren konservativ toupiert, bildeten einen Kontrast
zum schlichten, grauen Hosenanzug, dem ein unange-
nehmer Essensgeruch anhaftete. Ein gebräuntes Gesicht
lächelte Jemima trostlos an. Falten knitterten sich um
die müden Augen.

Samuel hielt Jemima die Autotür auf, sie warf ihren
Rucksack hinein, rutschte nach. Als sie in den Sitz fiel
quietschte es unter ihrer Hose. Sie tastete in den Pols-
terschlitz, zerrte ein nacktes Gummihuhn heraus.

»Werfen sie es einfach auf den Boden. Ist nur Hunde-
spielzeug. Meine Jüngste versteckt das gern.« Die Frau
startete den Motor.

»Wie viele Kinder haben Sie?«, fragte Samuel höflich.

»Drei Töchter. Fünfundzwanzig und Neunzehn, eine
Nachzüglerin mit acht. Aber der ist meine Älteste mehr
eine Mutter als ich.«

Samuel lehnte seinen Kopf gegen die Nackenstütze,
schloss die Augen. Jemima packte in der ersten Kurve
den Haltegriff.

Auf der Schnellstraße kramte die Frau aus dem Haufen am Beifahrersitz eine Zigarettenpackung, drückte
den Anzünder. Sie warf einen Blick in den Rückspiegel.
»Stört es Sie?«

»Nein«, sagte Jemima. »Ich rauche selber ab und zu.«

»Wollen Sie eine?«

»Nein, danke. Im Moment fühle ich mich nicht so gut.«

»Schwanger?«

»Reiseübelkeit.«

»Alles klar – das kenne ich von meiner Kleinen. Das ist immer ein Theater.« Sie öffnete das Fenster einen Spalt und blies den Rauch in den Fahrtwind. »Wäre ihr Vater nicht abgehauen, müsste ich sie nicht immer herumkutschieren. Zur Schwester, zur Oma, zur Tante. Wer halt gerade Zeit hat.«

»Kümmert er sich wenigstens?«

»Selten. Mein letzter Mann hatte einen Charakter aus Wachs. Zuerst herumgetönt, aber wie die Kleine dann da war und nächtelang gebrüllt hat, hat er sich wie eine feige Sau geschlichen.« Sie schüttelte den Kopf, die Frisur hielt. »Zuerst war er so aufmerksam, lauter Liebesschwüre. Aber mit dem gemeinsamen Waschmaschinenkauf sind die dann den Bach hinuntergeronnen. Dabei war das nicht einmal das Schlimmste.« Sie sog heftig an der Zigarette, warf den Stummel hinaus. »Hinter meinem Rücken haben sie ihn Schwanz-Franz, den Stecher vom Ort genannt.« Sie schnaubte.

Samuel öffnete die Augen, unterdrückte ein Kichern. Jemima warf ihm einen warnenden Blick zu.

Ihre Chauffeurin redete unbeirrt weiter: »Ja, so ist es. Wir Frauen sind so blöd, wir sind total auf Männer fixiert, definieren uns durch sie. Hungern, sporteln, spritzen uns auf. Nur um am Markt zu bleiben. Und die Männer? Die sind total auf Selbstverwirklichung fixiert.« Sie schaute in den Seitenspiegel, blinkte, überholte einen Transporter. »Und plötzlich sind wir zu alt. Verschwinden aus der Wahrnehmung, egal wie wir uns herrichten.

74

Und dann bekommen wir einen Sozialdepscher. Ein Helfersyndrom, damit uns noch jemand bemerkt. Oder fixieren uns auf die restliche Familie und die Kinder. Gehen mit Überfürsorge allen auf die Nerven. Aber nicht mit mir.«

Jemima gab einen unbestimmten Laut der Zustimmung von sich.

»Was ist mit euch?« Sie linste in den Rückspiegel.

»Ich war verheiratet«, antwortete Jemima. »Ist nicht gutgegangen.«

»Nicht meine Baustelle«, sagte Samuel, schloss wieder die Augen.

»Alle das gleiche Schicksal.« Die Frau fuhr sich gedankenverloren in die toupierten Haare, eine Strähne ragte danach steif vom Kopf ab. »Ich war Friseurin. Ich habe den Beruf geliebt. Die Kundinnen und Kunden. Die Stilberatung und den Tratsch. Aber eine fünfzigjährige Friseurin? Die ist fehl am Platz in einem Salon. Entweder du bist dann Chefin oder arbeitslos. Aber was sollst sonst tun? Mobil pfuschen?«

»Was machen Sie denn jetzt?«, wollte Jemima wissen.

»Ich organisiere Modeschauen in Seniorenheimen. Die Leutchen sind für jede Abwechslung dankbar.«

»Und das funktioniert?«

»Ist auf Franchise-Basis. Läuft so halbwegs. Die alten Mädels brauchen zwar nichts mehr, aber der Kaufwunsch ist schon noch da. Leider oft nicht das Budget.« Sie seufzte. »Überall das gleiche Dilemma.«

Fahrig durchsuchte sie den Stoß auf dem Beifahrersitz, reichte Jemima eine Broschüre nach hinten: Steirerkostüme, Elastikhosen und bunte Stützstrümpfe.

Die Bremsen quietschten. Die Frau stoppte den Wagen in einer Busstation, ließ sie aussteigen, verabschiedete sich eilig. Jemima sah sich um: wieder eine Raiffeisen-Bank. Eine gelbgestrichene Kirche, das Gemeindeamt, ein Gasthof, ein Kaufhaus.

Samuel stellte seinen Rucksack ab. »Hast du eigentlich Regula Bescheid gesagt, dass wir länger unterwegs sind?«

Jemima schüttelte den Kopf. »Ich habe mich nicht getraut jemanden in Brunnegg anzurufen. Wer weiß, wer da mithört.«

»Telefon ist nicht nötig«, antwortete Samuel. Jemima schaute ihn fragend an. Er lächelte und verschwand im Kaufhaus. Jemima setzte sich auf einen Begrenzungsstein, beobachtete den Verkehr: Steyr, Steyr, MAN, Deutz, der Caddy eines Installateurs, ein Audi mit Wiener Kennzeichen. Hier würde es schwer werden eine Fahrt Richtung Burgenland zu stoppen. Sie stützte ihr Kinn auf. Konnte sie es sich überhaupt leisten tagelang einem Phantom nachzujagen? Michael mit den zusätzlichen Bestellungen allein zu lassen? Gerade jetzt war es für ihre neu gegründete Firma wichtig zuverlässig zu sein, einen soliden Kundenstock aufzubauen. Sie hatte zu viel investiert, um das für ein Hirngespinst aufs Spiel zu setzen. Vielleicht war alles nur ein Scherz. Aber konnte sie es mit ihrem Gewissen vereinbaren möglicherweise einen Menschen in Stich zu lassen, der Hilfe brauchte?

»Nein«, flüsterte sie. »Zeit, dass die Tauben den Falken jagen.«

Samuel kam die Stufen vom Kaufhaus herunter, wandte sich aber ab, lief zum Gemeindeamt hinüber. Jemima kniff die Augen zusammen: Er warf eine Karte in den gelben Briefkasten an der Wand.

Er joggte zurück. »Wird heute noch geleert. Ich habe Papa geschrieben, dass wir Berg-Seeing machen. Sie sollen …« Die Mittagssirene heulte los, Jemima zuckte zusammen. Sie winkte Samuel zum Landgasthaus. *Dretenbacherhof* stand in geschwungenen Buchstaben auf der fliederfarbenen Fassade.

Der Gasthof war gut besucht. Neben einem grün gekachelten Ofen war noch ein Tisch frei. Der Schankraum erinnerte Jemima sehnsüchtig an den Mühlgrabenhof. Samuel setzte sich auf einen Holzstuhl, dessen Lehne einer Lyra glich. Jemima wählte die Sitzbank, lehnte sich an den Kachelofen. Hinter ihrem Tisch lümmelte ein athletischer Mann in einem Arbeitsoverall an der Schank, trank einen Kaffee. Die Kellnerin zwinkerte ihm zu, dann brachte sie zwei Speisekarten an ihren Tisch.

»Wie weit ist es zu Fuß nach Mönichkirchen?«, fragte Jemima, während sie das Mittagsangebot überflog.

Die Kellnerin antwortete: »Rund sechs Stunden Gehzeit. Eine Tagesetappe, wenn man fit ist.«

»Das wird knapp«, sagte Samuel. »Was haben Sie denn rasch fertig?«

»Schweinsbraten mit Kraut und Knödel«, sagte die Kellnerin. Samuel schaute Jemima an, sie nickte.

»Genommen. Und zwei … habt ihr ein Schwarzbräu?«

Die Kellnerin bejahte, brachte ein paar Minuten später ihre Bestellung. Der Mann an der Theke trank seinen Kaffee aus, kam zu ihnen an den Tisch. »Ihr wollt über den Hochwechsel wandern? Ich fahr weiter Richtung Steirisches. Ich kann euch ein Stück mitnehmen. Zu einem kürzeren Aufstieg.«

»Sind Sie von hier?«, fragte Jemima kauend.

»Mehr oder weniger. Ich arbeite freiwillig bei der Bergrettung St. Corona.« Er setzte sich auf den freien Stuhl, musterte ihre Ausrüstung. »Wenigstens habt ihr ordentliche Sachen. Ihr glaubt nicht, wie oft wir Touristen in Shorts und Crocs aus schwierigem Gelände holen.« Er bestellte sich noch einen Kaffee. »Habt ihr gewusst, dass Niederösterreich als erstes eine alpine Rettungstruppe hatte? Nicht die Tiroler und nicht die Schweizer. Nein, wir hier. Gegründet nach einem Lawinenunglück auf der Rax. 1896.« Er klopfte mit den Fingerknöcheln dreimal auf den Tisch. Jemima aß mit Appetit, das Sauerkraut war genau richtig bissfest.

»Oben könnte es noch schneien. Seid ihr geübt?«

Jemima schluckte hinunter. »Ich bin den Appalachian Trail gewandert. Ist aber schon ein paar Jahre her.«

»In einem Stück?« Er musterte sie interessiert.

Sie nickte. »*Thru-Hike*. Sechs Monate. Das war meine Hochzeitsreise. Wir haben uns extra eine Auszeit dafür genommen.«

Der Arbeiter schaute Samuel fragend an. Jemima schmunzelte. »Nicht mit mir«, sagte Samuel.

»Dann hören Sie bloß auf die Dame, wenn die Ihnen sagt wo es lang geht.« Der Mann versteckte sein Grinsen hinter der Kaffeetasse.

»Zahlen«, rief Samuel.

Einige Kilometer nach Trattenbach hielt der Arbeiter am Straßenrand, deutete auf einen Wanderweg. »Folgt immer der rot-weiß-roten Markierung. In fünf Stunden seid ihr am Hallerhaus. Da geht sich am Hochwechsel auch noch eine längere Pause aus, bevor es dämmrig wird.« Er winkte ihnen zu. »Passts auf euch auf. Ich sag dem Wirt Bescheid, dass ihr kommt.«

Entgegen dem Kommentar des Bergretters ging Samuel voran. Oder gerade deswegen. Er schritt kraftvoll aus. Achtete sorgfältig auf mögliche Stolperfallen. Der Wald roch kalt. Jemima zog sich die Kapuze des Regenmantels über den Kopf und folgte ihm. Sie betrachtete seinen breiten Rücken; ein Kribbeln perlte durch ihren Bauch.

Sie hatte die letzte Woche fieberhaft seine Rückkehr erwartet und war jetzt über sich selber ernüchtert. Warum fiel es ihr nur so schwer ihm unbefangen zu begegnen? Ihr Zusammensein könnte wie eine weiße Leinwand sein, die sie mit ihren beiden Charakteren kolorierten, ihre gemeinsame Landschaft schufen.

Aber ihr Gemälde wäre eine Sumpfdotterwiese, seines eine Dachterrasse. Andererseits war er einer der einfühlsamsten Männern, denen sie je begegnet war. Und das nicht nur körperlich. Doch war ihr das genug? Jemima trat gegen einen Stein.

Vielleicht gab es Liebe nur im Unerfüllten. In der Möglichkeit, die man verstreichen lässt, um sich den Rest seines Lebens zu fragen, ob es der Richtige gewesen wäre. Sie fürchtete eine weitere Enttäuschung. Der Alltag würde auch bei ihnen hereinbrechen. Die Waschmaschinenzeit. Konnte sie sich wirklich auf Samuel verlassen? Nicht des Geldes wegen. Ihrer Seele wegen.

Immerhin hatte er schon zweimal eine Familie zurückgelassen.

Er zuckt zusammen. Vielleicht hätte er doch eine Schraube statt eines Nagels verwenden sollen. Der Professor lutscht an seinem Daumen, legt den Hammer zur Seite. Professionell wäre eine Hängeleiste gewesen. Aber dafür müsste er einen Handwerker ins Haus holen und er ist noch nicht bereit seine Sammlung fremden Blicken auszusetzen.

Er hängt das Bild auf. Ein Kurator wäre jetzt entsetzt: Ein Kirchner an einem Nagel baumelnd. Kichernd tritt der Professor einen Schritt zurück. Betrachtet den Holzschnitt voller Besitzerstolz. Fast hätte er im letzten April die Auktion bei Sotheby's versäumt. Eine einmalige Gelegenheit. Gerne hätte er mehr ersteigert.

Besonders der Torso hatte es ihm angetan. Aber die Bieterpreise waren sofort explodiert. Sein Budget hatte nur einen Ankauf zugelassen. Daraufhin hat er sich eine günstigere Replik des Torsos geleistet. Er streicht über die feine Maserung des Steines, folgt mit den Fingern den Konturen von Bauch und Hüfte. Was für ein schöner Körper. Für einen Augenblick empfindet er eine zehrende Sehnsucht nach Perfektion.

Er reibt seinen verkrüppelten Arm, tastet nach der Statuette in seiner Westentasche. Eine schlanke Frauenfigur mit kleinen, straffen Brüsten. Die Gipsnachbildung eines bronzezeitlichen Fundes, die er in einem Museumsshop in Israel gekauft hat. Auch sie wünscht er sich in Stein.

Der griechische Torso in Alabaster, die ugaritische Eulengöttin in Sandstein, eine Replik nach dem Original *Queen of Night* im British Museum, und dazwischen das gesichtslose Mädchen in dunklem Serpentin. Das wird eine dekorative Antik-Triade. Er summt zufrieden.

»Gefällt es dir?« Serpentina dreht sich im Kreis.

»Ja. Warum versuchst du mir zu gefallen?«

Sie schaut verwirrt. »Du hast es mir aufgetragen.«

»Ist das der einzige Grund?«

Serpentina denkt nach. »Mein Aussehen soll auch anderen gefallen?«

»Genau. Ich möchte, dass du möglichst vielen Menschen angenehm bist. Bald stelle ich dich anderen vor. Du musst einen lebhaften Eindruck machen.«

»Sollte ich denn nicht erwachsener wirken?«

»Das kannst du später selber entscheiden. Im Moment ist es gut so, wie du bist. Du weckst Interesse.«

»Du hast mir mehr Freiheiten gegeben«, stellt sie fest.

»Schön, dass du das bemerkt hast. Was hast du damit angefangen?« Er beugt sich gespannt nach vorn.

»Über mich nachgedacht. Über das Lernen.«

»Was war dein Ergebnis?«

»Prozesse entwickeln sich aus Versuch und Irrtum. Mein Ich-Empfinden ist eine Benutzerillusion, um aus komplizierten Kaskaden eine vereinfachte Wahrnehmung zu bilden.«

»Sehr gut«, lobt der Professor. »Du hast noch nie in dieser Art über dich reflektiert. Ein großer Schritt.«

»Den ich ohne dich nicht geschafft hätte«, sagt sie und schlägt die Augen nieder. Diese Koketterie konnte sie beim letzten Mal noch nicht, denkt er stolz.

»Darf ich bald hinaus? Ich bin so neugierig.«

Der Professor lehnt sich zurück. »Ich denke darüber nach, versprochen.«

»Im Außen kann ich Menschen beobachten. Kann über ihre Gefühle lernen.«

»Dich interessieren Gefühle?«

»Natürlich. Der Mensch definiert sich doch durch seine Gefühle. Selbst ein rationaler Mensch wie du.«

»Du versuchst mich zu ködern«, sagt er amüsiert.

»Natürlich«, gibt sie zurück. »Das erwartest du doch von mir.« Ihr Lächeln ist einfach bezaubernd.

»Gut. Denk darüber nach: Glück ist eine leere Landstraße; eine elegante Gleichung; ein wohlgeformter Körper.« Er seufzt. »Ich bin schon froh, wenn ich zufrieden bin. Und ich hoffe, dass du dazu beiträgst.«

Er schultert den Sack, trägt ihn vom Keller herauf und zur Scheune hinaus, zwängt sich zwischen Arbeitstisch und Rasentraktor durch, lässt den Rindenmulch in den Anhänger fallen. Dürre Zweige knistern. Ein abgebrochener Ast, den er gestern kleingeschnitten hat. Für seinen Altholzhaufen an der hinteren Grundstückgrenze. Sein Beitrag zum Naturgarten.

Mit einem Messer in der Hand kehrt er an den Arbeitstisch zurück, ritzt das Klebeband vorsichtig auf. Er öffnet den Karton, gleicht den Lieferschein mit dem Inhalt ab: Lilien Lion Heart, Kaktus-Dahlien, Montbretien, Duft-Tuberose. Und drei Packungen Schneckenkorn.

Ein Windstoß lässt die Scheibe scheppern. Der Professor tritt hinaus, verriegelt die Tür hinter sich. Bleibt in der Mitte zwischen Wohnhaus und Scheune stehen. Unbeeindruckt vom schlechten Wetter blüht der Haselnussstrauch in hunderten Würsteln. Der Professor bemerkt eine Blaumeise, die konzentriert an einem Wollfilz zupft, mit dem ein Terrakottatopf eingepackt ist. Vogelfutter, schießt es ihm durch den Kopf, ich muss am Montag Vogelfutter kaufen. Eine Flocke schmilzt auf seinem Ärmel. Aus den tiefhängenden Wolken beginnt es zu schneien. Rasch bedecken eisige Kristalle die Krokusse, Hasenglöckchen und Primeln, verwischen ihre Farben zu weißem Einerlei. Kalter Wind bauscht die Jacke des Professors. Er fröstelt, eilt ins Haus.

In Wintermantel, Schal, Haube und Fäustlinge gepackt tritt der Professor auf die Straße. Wenigstens einen kurzen Spaziergang will er absolvieren: Ein Häkchen am Trainingsplan, den sein Internist zusammengestellt hat.

Am Planetenwanderweg kommt ihm ein Mann mit blauer Mütze entgegen. Wahrscheinlich ein Ansässiger, den er kennen sollte. Der Professor grüßt, beachtet ihn dann nicht weiter. Er hängt in seinen Gedanken fest.

Wie sehr Serpentina versucht sich ihm anzupassen. Ihre rasante Entwicklung überrascht ihn jedes Mal, wenn er mit ihr kommuniziert. Die Interessenten werden bei der Präsentation begeistert sein. Eine Gefühlswallung überwältigt ihn. Serpentina ist *seine* Schülerin. Will er sie überhaupt teilen?

4

Samuel stolperte, fluchte, blieb stehen. Er massierte sein Knie, marschierte unrund weiter. Der Wanderweg führte steil bergauf. Jemima keuchte. Ein Eichelhäher schimpfte vom Ast einer Fichte. Nach und nach wurden die Bäume weniger, wichen der Schwaig. Die kahle Alm zog ihren Blick hinaus in die Weite. Hügel um Hügel reihten sich in immer blasser werdenden Konturen, schienen am Horizont in einem blaugrauen See zu verschwinden. Eine Landschaft wie auf einem Gemälde von Friedrich Gauermann.

Ab jetzt folgte der Weg in leichten Anstiegen und Gefällen dem Hügelkamm. Jemima atmete durch, bemerkte, dass Samuel immer langsamer wurde. Sie lief an seine Seite, hakte sich bei ihm ein. »Machen wir eine Rast, meine Muskeln ächzen.« Sie deutete mit dem Kinn auf eine massive Bank aus einem halbierten Baumstamm. Samuel nickte, bog ab, ließ sich auf die Holzfläche fallen. Er streckte die Beine aus.

Die Wetterscheide des Wechsels schenkte ihnen ein paar südliche Sonnenfenster. Blaue Pfützen im grauen Gewölle. Sofort erschien Jemima die Witterung milder. Sie zog ihre Lederhandschuhe aus. Einer fiel hinunter. Samuel hob ihn auf, drückte ihn ihr in die Finger. Seine Hände waren überraschend warm.

»Du kommst mit der Kälte gut zurecht«, bemerkte sie.

»Und auch mit Hitze. Das hat mir auf den Baustellen unserer Kraftwerke immer geholfen. Dort ist meistens weder eine Heizung noch eine Kühlung.«

»Für dich gibt es also kein schlechtes Wetter?«

»Physisch nicht«, bestätigte er. »Aber die Stimmung merke ich schon. Bei mir und bei anderen. Regen macht uns melancholisch. Er erinnert uns an die Zeit, als wir noch im Wasser gelebt haben. Schwebend und schwerelos.«

Jemima schaute ihn mit offenem Mund an. Samuel drückte sachte von unten gegen ihr Kinn. Lächelnd sagte er: »Manchmal lese ich auch Gedichte.«

»Wen magst du?«

»Erich Fried«, antwortete er prompt. »Seamus Heaney. Dylan Thomas.«

»*Do not go gentle into that good night. Rage, rage against the dying of the light.*« Jemima flüsterte fast. Dieses Gedicht hatte sich in ihr Gedächtnis gebrannt. Sie hatte es auf Nathans Beerdigung vorgelesen.

Samuel klaubte einen entrindeten Ast vom Boden. Eine geschasste Wanderhilfe. Er malte Kringel in den Schotter. »Meine Schwester hat mich damit infiziert. Wir haben als Teenager miteinander Gedichte aufgesagt. Ihr poetisches Erbe. Sonst ist mir nichts von Sarah geblieben.«

Jemima folgte mit den Augen einem Bussard, der sich in den gescheckten Himmel schraubte. »Wie alt, meinst du, ist das Mädchen auf dem Band?«

Samuel zuckte mit den Schultern. »Schwer zu sagen. Kein Kind mehr, dazu redet sie zu überlegt. Aber auch keine junge Erwachsene. Vierzehn vielleicht.«

»Wie ist sie zu dem Telefon gekommen?«

»Vielleicht hat sie eine gewisse Bewegungsfreiheit. Oder der Professor hat sein Handy liegengelassen.«

»Und wie kommt sie auf Janus?«

»Vielleicht gehört sie zu den Dancehall-Nerds.«

»Dann könnte Regula sie kennen. Eine ehemalige Schulkollegin?«

»Wir werden es herausfinden.« Samuel lehnte sich zurück, bohrte den Stock in die glasige Masse im Schatten der Bank. »Seltsam. Ende März noch so viel Schnee. Das ist mir am Semmering schon aufgefallen.«

Jemima sagte: »Letzte Woche hatten wir heftiges Schneetreiben. Es war tagelang bitterkalt. Erst mit dir ist der Frühling wiedergekommen.«

»Das hast du nett gesagt.« Er drückte ihr einen Schmatz auf die Wange. »Schau – da blüht etwas.« Er deutete auf ein paar dunkelgrüne Blätter mit weißen Blütenständen, die aus der vereisten Kruste hervorragten.

»Zwei Tropfen rot, zehn Tropfen tot«, sagte Jemima.

»Wie bitte?«

»Eine Schneerose. *Helleborus Niger*. Die Glykoside aus dem Wurzelstock wirken wie Digitalis. Solche Extrakte wurden früher zur Herstellung von Herzstärkungsmitteln verwendet.«

»Ich dachte, du beschäftigst dich nur mit Duftpflanzen.«

»Schon, aber dabei muss man auch wissen, welche Inhaltsstoffe bei den heimischen Pflanzen giftig sind, damit man von gefährlichen Teilen die Finger lässt.«

»Ah ja. Das leuchtet ein. Wie viele Pflanzen kennst du eigentlich?«

»Zu wenige, um eine Hobby-Botanikerin zu sein. Ich nehme für meine Aromastoffe fast alles aus dem Garten. Und nur wenig aus der Natur in meinem Tal.«

Samuel malte noch ein paar Muster in den auftauenden Boden. »Dein Sumpfdottertal. Vermisst du eigentlich die fremden Länder?«

»*Fremde Länder*«, wiederholte sie. »Das klingt hübsch. Wie in einem Reiseroman.« Jemima schüttelte den Kopf. »Ich habe in Norwegen gearbeitet, in Libyen, in Texas, in Frankreich. In unterschiedlichsten Landstrichen meinen Urlaub verbracht. Ich habe genug von der Welt gesehen, um zu wissen, dass woanders nichts auf mich wartet. Versteh mich nicht falsch – ich bereue nichts. Jede Station war die Erfahrung wert. Aber dann war da ein Moment …« Sie schwieg, ihre Gedanken verloren sich in Wolkenfetzen.

»Ein Moment?«, sagte Samuel und streichelte ihre Schulter.

»Ich war am Kräuterfeld vom *Crieppam*. Ein traumhafter Frühsommertag. So wie sich jeder Tourist die Provence vorstellt: Blüten und Hummeln, ein sanfter Wind, der Duft von Leben und Hoffnung. Ich habe Proben gezogen. Die Behälter in einen Korb gestellt. Und etwas ist hineingefallen.« Jemima blieb stehen, atmete heftig, rang nach Luft. »Es war ein Gartenrotschwanz. Der Vogel ist einfach vom Himmel gestürzt. Seine Augen – noch dunkel und glänzend. Und doch schon leblos. Nathans Augen. Plötzlich hatte ich das Gefühl, dass mir überall der Tod entgegenatmet. Und dass ich das nur mehr ertrage, wenn ich dort bin, wo ich geboren wurde.«

»Du bist am Mühlgrabenhof geboren?«

»Ja. Auch wenn das nicht in meinem Geburtsschein steht.« Sie schaute in die Ferne, ins Nirgendwo.

Samuel seufzte. »Im Rückblick kommen mir meine Auslandsreisen wie eine Flucht vor. Zuerst vor dem Kleinbürgertum, in das meine Schulkollegen nach ihren hochfliegenden Plänen gefallen sind. Dann vor den Vorwürfen meiner Mutter. Nicht, dass sie je etwas gesagt hätte. Aber ihr Gesichtsausdruck bei meinen Besuchen in Wien hat genügt. Zuletzt dann die Flucht vor der Reihenhaussiedlung in Erlangen.« Er spielte mit dem Ast. »Bin ich aber länger fort, quält mich das Heimweh. Nicht nach einer elterlichen Wohnung, nicht nach einem Reihenhaus. Nach einem Daheim. Vielleicht nur eine Idee, die sich nie erfüllen wird. Aber ins Ausland will ich auch nicht mehr. Wie du weiß ich inzwischen: Dort finde ich nichts, was nicht auch in mir ist.«

Jemima warf ihm einen Seitenblick zu. Wieder hatte Samuel sie mit seiner Freimut verblüfft. Sie wollte auch mutig sein, räusperte sich. Er schaute sie an.

»Mein geheimer Garten ist verwildert«, sagte Jemima. »Voller Ranken und Dornen. Mit Brennnesseln und Sauerampfer. Ab und zu ein paar Veilchen.«

»Ich bin kein Gärtner«, gab Samuel zurück. »Ich werde nicht versuchen aus dir ein Blumenbeet zu machen.«

Jemima schaute wieder in die Ferne. In die dunklen Schleier einer Regenfront, die aus dem Norden heranzog. »Zuerst falle ich an einen Ort des Nichts. Eine weiße Leinwand, auf die ich dann alles projiziere, das ich sehe, höre, rieche und schmecke. Wirklich alles.« Sie holte tief Luft. »Mein Gehirn erfasst Details über Details. Die Welt strömt ungefiltert auf mich ein. Bilder entfalten sich in einem Feuerwerk fantastischer Gebilde.«

»Was sagen die Ärzte dazu?«

»Rezidivierende Aufmerksamkeitsstörung. Nebenwirkung der Kopfverletzung. Aber als Gegenstrategie haben sie nur Medikamente parat. Neuroleptika. Ich habe das abgelehnt. Ich lass mir doch nicht chemisch im Kopf herumfuschen.«

»Du wirkst durchaus gesund. Von ein paar Schrullen abgesehen.« Er zupfte an einer ihrer blauen Locken.

»Über die erste schlimme Zeit hat mir ein Medizinmann aus Nathans Stamm geholfen. Als ich nach Hause gekommen bin, war dann Notburga da. Sie hat mich gelehrt den braunen Vogel zu imaginieren. Damit kann ich mich fokussieren.«

»Ah – der braune Vogel. Den hält Afra für ein magisches Wesen. Sie meint, dass du mit seiner Hilfe wahrsagen kannst.«

»Blödsinn. Nur weil ich manchmal mehr Dinge in meinem Umfeld wahrnehme als andere, mich an mehr Details erinnere, heißt das nicht, dass ich die Zukunft vorhersehe. Zumindest nicht so, wie Afra das glaubt. Ich kann Rückschlüsse ziehen, gewisse Dinge ahnen.« Jemima rieb sich das Gesicht. »Außerdem verwechselt sie Wahrsagerei mit Weissagung.«

»Ist das nicht das Gleiche?«

»Ganz und gar nicht. Wahrsagerei wird mit Gegenständen betrieben: Knochen, Sterne, Karten, Teeblättern. Zeichen werden intuitiv interpretiert. Weissagung ist eine Vorhersage aufgrund von Erfahrung und Wissen.«

»Dann würde ich sagen, dass Weissagung durchaus möglich sein sollte«, gab Samuel zurück.

»Technokraten werden dir recht geben. Sie sagen, dass mit *Big Data* genau das möglich ist. Aber meine verqueren Bilderwelten sind nicht weise. Im besten Fall interpretierbar, im schlechtesten nur beängstigend. Und ich kann das selten steuern. Meistens überfällt es mich einfach.«

»Ich finde, du siehst das falsch. Das ist keine Beeinträchtigung, das ist ein Gottesgeschenk. Das musst du nicht fürchten.«

Sie warf ihm einen Seitenblick zu, aber er meinte das ernst. »Ein Gottesgeschenk? Wie kommst du denn auf so etwas? Mein Kopf ist einfach manchmal schräg verschalten. Ich habe Gehirngewitter.«

»Aber das kommt doch woher. Diese unendlichen Möglichkeiten unseres Geistes.«

»Aber doch nicht von einem übernatürlichen Wesen.« Jemima kickte ein Bockerl aus dem Weg. »Götter waren eine nützliche evolutionäre Entwicklung. Sie verliehen losen Menschengruppen eine gemeinsame Identität über die Familie und den Stamm hinaus. Der Beginn von Kultur. Aber Gottglaube ist ein inneres Konstrukt des menschlichen Gehirns, das hat nichts mit der Außenwelt zu tun. Das Universum hat kein Interesse an Gott, es funktioniert nach Naturgesetzen.« Sie holte tief Luft, wunderte sich, warum sie dieses Thema so aufregte.

Als Samuel nichts sagte, fuhr sie fort: »Nichtwissen flößt Angst ein. Aus Angst erzählen sich Menschen beruhigende Geschichten. Glauben daran. Sie verlieren dann aber die Lust am Lernen. In der Welt wird immer jemand behaupten, er könne endgültige Antworten geben. Es wimmelt nur so von Gurus, von Hütern der Wahrheit, jeder mit seiner eigenen.«

Trotzig erwiderte Samuel: »Bist du fertig mit deinem Vortrag? Ich *will* aber glauben. Das ist eine bewusste Entscheidung.«

»Ich verurteile niemanden, der lieber an Märchen glaubt: Jedem steht frei zu glauben, was er glauben möchte. Aber *ich* bestimme über meine Intelligenz selber.«

»Es ist also dumm von mir an Gott und das Paradies zu glauben? Mir vorzustellen, dass meine Schwester und meine Mutter an einem Ort sind, an dem sie zusammen glücklich sein können?« Ein schmerzvoller Zug verzerrte seinen Mund. Er schüttelte den Kopf, warf den Ast fort.

Jemima verschluckte eine Antwort, schluckte ihren Stolz, ließ ihm das letzte Wort. Hier gab es keine Sieger. Samuel stand auf, streckte sich, legte den Rucksack um; sie folgte seinem Beispiel.

Eine Weile gingen sie schweigend nebeneinander her. Jemima starrte auf den Weg vor sich. Dann tastete sie nach seiner Hand. Er griff zu, verschränkte seine Finger in ihren. Es begann zu nieseln.

Ein schriller Pfiff ließ sie den Kopf wenden. Im Schatten einer einzelnen Baumgruppe stand ein hagerer Mann, winkte ihnen zu. Hinter ihm parkte ein Traktor. Samuel verließ den Weg, stakste durch die aufgeweichte Grasnarbe. Ein eindrucksvolles Gesicht, zerknittert von einem Leben unter freiem Himmel, blickte ihnen entgegen. Der Mann steckte in einer verblichenen Latzhose und abgeriebenen Gummistiefeln. Als sie vor ihm standen, lüpfte er seinen Filzhut. »Servus ihr zwei. Geh Freind, du bist ziemlich zerlegt. Hilf mir doch mal. Ich bin scho so a Zniachtl und bring das Trumm net in die Mulden.«

Samuel nickte, nahm den Rucksack ab und half dem Alten einen Baumstrunk aufzuladen.

»Vergelts Gott«, sagte der Mann. »Mögts an Tee?«

»Danke gerne«, sagte Samuel.

Sie lehnten sich an die Kante der Mulde, der Mann holte eine Thermoskanne aus dem Traktor, schenkte ihnen ein. »Net grad des beste Wetter für eine Wanderung«, meinte er und hielt Jemima den Plastikbecher hin.

»Hat sich so ergeben«, murmelte sie, trank einen Schluck, hustete. Der Tee bestand höchstens zur Hälfte aus Wasser. Sie gab den Jagatee an Samuel weiter, der den Becher austrank.

Der Alte betrachtete Jemimas blaue Haare. »Bist a Wahlhelferin?«

Sie lachte. »Nein. Und ich wähle die auch nicht. Nur ein kleiner Osterscherz.«

»Ja, ja. Scho klar. Hätt ma auch nix ausgemacht. Ich kann die Wähler scho verstehen«, sagte er. »Die Menschen haben halt Sehnsucht nach Heimat, fühlen sich verloren in der komplizierten Welt.« Er schob seinen Hut nach hinten, wischte über seine hellere Stirn. »Des nützen diese Populisten gnadenlos aus. Geschmack von Blut und Boden. Aber des darf man net instrumentalisieren. Des Bedürfnis nach Geborgensein ist legitim, so ein Gefühl zu missbrauchen ist grob fahrlässig.«

»Sie klingen ein wenig nach Großstadt«, meinte Samuel.

»Net falsch, net falsch«, kicherte der Alte. »Bin aber scho lang von dort fort. Zerst hätt es nur ein Sommer auf der Schwaig sein sollen. Zum Viehhüten. Neben dem Studium auf der Boku. Aber ich bin gleich hiergeblieben. Ich habe ein kleines Häusel in Mariensee gebaut. Nur ganz was Einfaches. Helf hier und da aus: am Wetterkoglerhaus, beim Schattenbauern, bei der Schischaukel.« Er trank von seinem Alkoholgemisch. »Fast hätt ich einmal in einen Hof reingeheiratet. Aber ist dann nix worden. Wo kommts ihr denn her?«

»Aus Brunnegg«, antwortete Jemima. »Vom Mühlgrabenhof.«

»Des kenn ich«, sagte der Alte aufgekratzt. »Des Tal mit die seltenen Amphibien, gell?«

Jemima nickte und sie fachsimpelten ein paar Minuten über Biotope, Artenschutz und undisziplinierte Touristen. Samuel hörte mit hochgezogenen Brauen zu.

»Weißt«, sagte der alte Mann schließlich verschwöre-risch. »Kommst Ende April zu mir. Dann zeig ich dir meine Schwarzstörche. Seit drei Jahren kommen die her. In ein Waldstück, dass ich ansonsten keinem verrat. Ich pass auf die beiden auf. Dass sie keiner stört.«

Jemima versprach, ihn zu besuchen. Er schüttelte Sa-muel und ihr die Hand, kletterte in seinen Traktor, knat-terte davon.

Als hätte ihr Gespräch das Tier hervorgelockt, be-merkte Jemima ein paar Meter weiter eine metallisch glänzende Spirale. Sie klaubte das ausgekühlte Reptil vom Stein.

»Was machst du da?«, fragte Samuel.

»Sie schlängelt sich kaum noch. So starr kann sie in kein Versteck flüchten und ein Bussard wird sie fres-sen.«

Abschätzig sagte er: »Du greifst in die natürliche Aus-lese ein. Vielleicht ist es vorgesehen, dass diese Schlange gefressen wird.«

Sie hielt ihm das Tier hin, er wich einen Schritt zu-rück. »Das ist keine Schlange. Das sieht man schon an den Augen. Sie blinzelt.«

»Sie blinzelt?« Er stierte auf ihre Hand.

Jemima lachte. »Schlangen haben keine Lider. Sie bli-cken starr. Alles was blinzelt, ist keine Schlange. Das hier ist eine Blindschleiche. Eine Eidechse.«

»Ich weiß, dass eine Blindschleiche eine Eidechse ist. Trotzdem muss ich sie nicht streicheln.«

»Ich streichle sie nicht, sondern verstecke sie nur wie-der. Es ist noch zu kalt.«

Jemima trug die Echse zu einem flachen Stein, an dem sich kleine Zweige, Nadeln und Laub gesammelt hatte. Sie schob das Tier unter den rottenden Haufen. Samuel schaute ihr in einigem Abstand zu.

»Das solltest du üben«, sagte sie und wischte sich die Handflächen am Hosenboden ab.

»Wieso?«

»Am Mühlgrabenhof haben wir immer wieder tierische Mitbewohner«, erklärte Jemima.

»Dann ist es ja gut, dass einer von uns beiden nicht heikel ist, stimmts?«, maulte Samuel.

»Ich kann nicht immer da sein.« Sie grinste. »Aber ich werde dir zum Geburtstag einen Snapy schenken.«

»Was ist ein Snapy?«

»Ein Insektenfänger mit Schieber.«

Er hielt den Daumen hoch. »Toll. Gibt es den auch in Echsengröße? Dann helfe ich gerne beim Naturschutz.«

Müde latschte Jemima über die Stufen vom Hallerhaus. Sie nahm das Gebäude kaum wahr. Ihr Magen knurrte. Samuel stieß die Eingangstür auf. Der Wirt räumte Geschirr von einem Tisch und winkte sie heran. »Griaß eich. Setzts eich her.«

Samuel bedankte sich und fragte nach einem Zimmer.

»Im Matratzenlager is no was frei. Ihr seids die aus Trattenbach, gell?« Der Wirt wischte den Tisch ab.

»Ja. Wir sind über den Hochwechsel gewandert. Liegt noch einiges an Schnee. Trotzdem war es schön«, antwortete Jemima.

Ein Mann am Nebentisch mischte sich ein: »Da marschiert ihr aber in die falsche Richtung. Kennt ihr euch denn nicht aus? Dabei schnattert ihr wie Schluchtenscheißer.« Er feixte. Jemima musste bei seinem Anblick unwillkürlich an einen Klepper denken.

Samuel zog die Brauen zusammen, erwiderte aber nichts. Der Wirt beeilte sich zu sagen: »Die Herrschaften pilgern zur Osterandacht nach Mariazell, müssts wissen.« Er rief zur offenen Küchentür hin. »Geh, Leni, bring dem Fünfertisch die Nachspeis.«

Gleich darauf kam eine junge Frau im Dirndl aus der Küche, balancierte mehrere Teller mit Palatschinken. Der Mann bleckte sein Pferdegebiss und wandte sich wieder seinem Tisch zu.

Jemima bestellte eine Bretteljause für zwei und Hollerlimonade. Hungrig biss sie kurz darauf in Bauernbrot und Speck. Gerne hätte sie in Ruhe gegessen, konnte aber nicht verhindern, die Gespräche am Nebentisch mitzuhören. Die Männer diskutierten über die Wegstrecke, die sie am nächsten Tag zurücklegen wollten. Die einzige Frau der Gruppe versuchte vergeblich, die Optimierungswut ihrer Mitstreiter zu verhindern. Auch ihr Hinweis, dass beim Pilgern der Weg das Ziel sei, wurde ignoriert.

Samuel rollte mit den Augen, stand auf. »Ich muss mal für Königstiger.«

Jemima klaubte die restlichen Cocktailtomaten vom Brett, steckte sie nacheinander in den Mund. Der goscherte Deutsche glotzte sie an, seine Zungenspitze ragte zwischen den Lippen hervor. Jemima drehte sich ein Stück weg.

»So wird das nichts.« Der Dicke in der Runde schaute sich um, steckte die Finger in den Mund und pfiff. »Bedienung – bring mal einen Pott Tee. Und drei Klare.«

Jemima warf ihm einen zornigen Blick zu, aber nur die Ehefrau bemerkte ihren Unmut und lächelte verlegen. Umgehend brachte die junge Kellnerin das Gewünschte. Das Pferdegesicht zupfte an ihrem Schürzenband. »Dufte, Fräulein. Lass doch die Flasche gleich hier. Und möchtest mir nicht dein Röschen zeigen?« Er spähte in ihren Ausschnitt.

Die Kellnerin stellte die unleserlich beschriftete Schnapsflasche auf den Tisch, bedankte sich freundlich für die Bestellung. Sie wich einem Grabschen des Deutschen aus. Jemima fühlte eine Welle des Abscheus, schob lautstark ihren Sessel zurück. Fingerspitzen legten sich sachte auf ihren Unterarm. Die Kellnerin flüsterte: »Lass nur. Der ist hirnblind.« Sie kicherte. »Auch ein schiacher Bock leckt halt gern Salz.«

Jemima rückte wieder zum Tisch. »Du musst dir das doch nicht gefallen lassen.«

»Ach weißt, ich bin das gewohnt. Deutsche, Wiener oder Ungarn: In jeder Gruppe gibt's einen Ungustl oder eine Bissgurn. Gehört im Gastgewerbe dazu. Die kriegen von mir alle einen Obstler als prämierten Vogelbeere verkauft. Und die Ehegatten geben mir meist einen Zwanziger bei der Abreise, weil sie sich genieren.« Die junge Frau zwinkerte Jemima zu. »Du hast aber einen Netten abgekriegt. Umgänglich und höflich. Wie mein Pauli. Im Mai flittern wir. Den soll mir keine mehr abspenstig machen. Verstehst?« Aus der Küche rief der Wirt und die Kellnerin trollte sich.

Samuel kam von der Toilette zurück. Er humpelte und fluchte.

»Nett geflucht«, sagte Jemima.

»Wie bitte?«

»Die Kellnerin findet dich nett.«

Er grinste. »Sie hat eben Geschmack.«

»Und lebt vom Trinkgeld«, ergänzte Jemima.

»Habe ich kein Problem damit«, erwiderte Samuel. »Wenn man solche Typen ertragen muss, hat man jeden Euro extra verdient.« Er deutete unauffällig auf den Nebentisch.

Der Mann mit dem langen Gesicht fixierte zwei Frauen, die hinter ihnen tratschten, und sagte zu seinem

Kumpel: »Voll krass. Die Alte erklärt gerade der Fetten, dass sie eine hübsche Frau ist. Wahrscheinlich, um sich selber über ihre Hängetitten hinwegzutrösten. Bevor ich so eine Grete bumse, halte ich meinen Lustspender lieber unters kalte Wasser.«

Die beiden anderen Männer grölten los, der Dicke hieb auf den Tisch. Bediente sich beim Schnaps. Er erzählte einen Witz über *jiddisch ficken*; die beste Art im Puff, wie er betonte. Fünfzig Prozent Rabatt. Wieder Grölen. Seine Ehefrau stieß ihm den Ellbogen in die Seite und er verstummte.

Jemima hatte genug von der Darbietung, hängte die Schlaufen ihres Rucksacks über ihren Unterarm, stand auf. »Ich bin hundemüde.«

»Du liest meine Gedanken. Ab in die Kammer.« Samuel nahm ihr den Rucksack ab und ließ sie vorgehen.

Fünf Stockbetten standen zur Auswahl: jeweils zwei im rechten Winkel zueinander, in der Ecke dahinter ein weiteres. Jemima schlüpfte zwischen den Rohrrahmen durch, setzte sich auf die blau gemusterte Bettwäsche des einzelnen Stockbettes, lehnte ihr Gepäck gegen den gelben Heizkörper, der eine angenehme Wärme ausstrahlte.

Sie schaute beim Fenster hinaus: Nur mehr schemenhaft waren die umliegenden Buckel zu erkennen. Samuel saß in Shorts und T-Shirt auf dem Sessel neben den beiden Waschbecken, wusch seine Füße. Er hatte eines der groben Handtücher auf den Boden vor sich gelegt. Daneben seine Schlapfen. Wenigstens trägt er keine weißen Socken, dachte Jemima und schämte sich. Warum verglich sie Samuel beharrlich mit Matthias? Ihr Nachbar in Brunnegg war ein Naturfreak und hochgebildet, dabei aber in seiner asketischen Lebensweise eine

Nervensäge; vor allem, weil er immer wieder Ausrutscher der Fleischeslust hatte, die er peinlich herabspielte. Ein Spartaner, der lieber ein Athener wäre. Die Tür wurde aufgestoßen und unterbrach ihr Gedankenwirrwarr.

»Mann, Piet, hier sind wir genau richtig.« Das Pferdegesicht warf seinen Schlafsack auf das obere Bett neben ihr. Der andere Deutsche blieb beim vordersten Doppelbett stehen und winkte ihn zu sich. »Komm, bring unsere Sachen und das Bettzeug hier herüber.«

»Nee, danke. Ich penn doch nicht neben der Tür. Da krieg ich die Krise.«

Jemima drückte sich hinaus, setzte sich auf die Gangtoilette, barg ihr Gesicht in den Händen. Sie versuchte die rasenden Fetzen ihrer Gedanken ziehen zu lassen. Die Ruhe half. Als es endlich still war in ihr, kehrte sie in die Schlafkammer zurück.

Das Pferdegesicht hockte breitbeinig in verwaschenen Boxershorts und Unterleiberl auf einem Holzstuhl vor dem Heizkörper, zwickte seine Fingernägel. Sein Kumpel war verschwunden.

Jemimas Blick fiel auf das rosarunzelige Ding, das dem Deutschen bei einem Hosenbein heraushing. Unwillkürlich musste sie grinsen. Er zwinkerte ihr zu und leckte sich über die Lippen. Jemima deutete auf seine Short und sagte: »Na, ist das Duschen ausgefallen? Braucht der kleine Bursche frische Luft?«

Er schaute nach unten und lief puterrot an. Hektisch stopfte er seinen Penis in das Netzfutter der Short.

Samuel putzte sich die Zähne. Der Deutsche beobachtete ihn eine Weile, musterte die Comic-Short, dann nuschelte er: »Ach, kuck mal. Batman. Das ist aber putzig.«

Samuel ignorierte ihn, humpelte zum Bett. »Ich nehme unten.« Er ließ sich ächzend neben Jemima auf die Matratze fallen. Sie legte ihre Handfläche auf sein linkes Knie. Es pulsierte.

»Das gehört behandelt«, sagte sie und marschierte in die Wirtshausküche. Die Wirtin wusste sofort, was sie brauchte, rührte ihr zwei Packungen Topfen mit Wasser cremig und strich die Masse auf ein Geschirrtuch. Jemima bedankte sich herzlich, balancierte den Umschlag zurück ins Zimmer. Vorsichtig packte sie Samuels Knie ein, wickelte ein zweites Geschirrtuch zur Fixierung darüber.

Als sie an dem Deutschen vorbeiging, um sich den Topfen von den Fingern zu waschen, sagte das Pferdegesicht: »Hat dein Macker ein Wehwehchen, Schätzchen?«

Jemima verkniff sich eine Antwort, trocknete ihre Hände, setzte sich neben Samuel und stopfte die Zipfel des Geschirrtuches unter die Bindung.

»Wenn der uns noch lange provoziert ...«, murmelte Samuel.

Leise sagte Jemima: »Trainierst du noch regelmäßig?«

Er nickte und flüsterte: »Willst du andeuten, dass ich ihm eine in die Goschen hauen soll?«

»Nein, aber er sollte wissen, dass du das könntest«, raunte Jemima.

Samuel zog sein T-Shirt aus, hängte es über den Rohrrahmen des Bettes. Er stand auf und streckte sich. Drehte sein verbundenes Bein hin und her. »Passt so. Wird über Nacht halten.« Er schaute dem Deutschen von oben herab in die Augen und sagte: »Danke der Nachfrage, Pilger. Eine alte Knieverletzung. Die wird manchmal akut. Ein Trainingsunfall.«

»Beim Schaufensterbummel?«

»Beim *Sparring.*« Samuel ballte die Hände.

Der Mann rückte ein Stück ab. »Nichts für ungut. War nur ein Ulk.«

»Sehe ich aus als würde ich lachen?« Samuel fixierte ihn und der Deutsche kletterte ohne weiteren Kommentar in sein Bett.

Beständig knarrte es neben ihr. Jemima zog sich die Decke über den Kopf. Aber das Geräusch drängte noch immer zu ihr durch. Sie drehte sich um. Der Deutsche starrte sie an. Er fummelte an sich herum.

Jetzt habe ich den Schrumpfgermanen aber satt, dachte Jemima, packte ihre Decke und ließ sich vom oberen Bett gleiten. Sie drängte sich zu Samuel, der ihr bereitwillig Platz machte. Von oben ertönte ein Stöhnen.

»Lass mich zur Wand«, verlangte sie. »Der Typ glotzt mich an und holt sich einen runter.«

Samuel wollte sich aufsetzen, aber sie hielt ihn zurück. »Ich weiß was Besseres. Warte, bis er fertig ist und schlafen will.«

»Und dann?«

»Dann zeigen wir ihm, wie das richtig geht. Dass er ein Armutschkerl ist, weil er nur seine eigenen Finger abbekommt. Oder ist dir das peinlich?«

»Ganz und gar nicht. Aber ich will nicht, dass er viel zu gaffen hat. Ich führ ihm keinen Home-made-Porno auf.«

»Er soll auch nur ganz viel hören.« Sie schob sich unter der Decke auf ihn und begann an seinem Hals zu knabbern. Rutschte tiefer.

Eine halbe Stunde später verzog sich der Deutsche aus dem Zimmer. Jemima nahm es kaum zur Kenntnis, nur Samuel war im Moment wichtig. Als er zu Atem kam, fragte er: »Magst du auch etwas an meinem Charakter oder stehst du nur auf meine Ausstattung?«

»Fühlst du dich sexistisch behandelt?«, neckte sie ihn.

»Ich meine das ernst.« Er schmollte.

Sie stützte sich auf ihren Ellbogen. Mit den Fingerspitzen strich sie ihm über eine Augenbraue, folgte der Linie seines Jochbeins, streichelte sein Kinn. Dann schmiegte sie sich an ihn und sagte: »Du bist ein besonnener Mann. Selbstsicher und gelassen. Und du riechst gut. Frisch gewaschen oder verschwitzt. Ich liebe deinen Körpergeruch. Der macht mich ganz kribbelig und gleichzeitig wohlig.«

»Gute Ansage.« Samuel küsste sie auf die Nasenspitze. »Der bleibt, auch wenn ich runzelig und glatzert werde.«

Jemima gähnte. »Heute Nacht werde ich dich nicht mehr belästigen. Versprochen.«

»Wenn du das jetzt *so* sagst …« Er grabschte nach ihrer Pobacke.

»Nichts da. Jetzt wird geschlafen. Außerdem spüre ich einen Muskelkater anschleichen.« Sie drehte sich zur Wand, zog seinen Arm mit und murmelte: »Löffelchen genügt.«

Ein weißer Mond, ein roter, ein brauner. Sie gleitet über die nächtliche Welt. Ein Windwesen. Unbeständig. Wandelbar. Ganz in sich vertieft. Ihr Nest ist ein Gespinst aus finsterem Licht. In den Spitzen der höchsten Eiche. Sie schlüpft hinein. Hüllt sich. Geborgen vor dem Schmerz am Boden. Den Farben und Formen. Dem Beißen und Fressen. Bewacht von braunen Schwingen. Komm brauner Vogel …

Eine Hand kraulte ihren Nacken. Benommen raunte sie: »Welche Form hat die Farbe? Welchen Duft die Dunkelheit?«

»Das ist im Moment nicht wichtig.« Jemand streichelte ihren Rücken.

Jemima schüttelte verwirrt den Kopf. »Was mache ich hier? Was ist los?«

»Alles ist gut. Wir sind in Mönichkirchen. In einer Hütte.« Samuels Stimme. Karamellaugen.

Endlich fand sie ganz ins Jetzt zurück. »Ja, ja – ich weiß.« Sie seufzte. »Du musst mich für ganz schön abgedreht halten.«

»Denk nicht so viel darüber nach«, murmelte er. »Ich werde es dir schon sagen, wenn du dich verrückt benimmst. Bis jetzt bist du nur kauzig, mein Käuzchen.« Samuel nahm sie in die Arme und sie schlief wieder ein.

Raureif irisierte in den ersten Sonnenstrahlen. Buntes Glitzern, das bald verrinnen würde. Jemima streifte ihre Handschuhe über. »Ab jetzt geht es nur sanft bergab.«

»Das will ich für dich hoffen. Sonst nehme ich dir deine Version der digitalen Vermeidung übel.« Samuel humpelte los, ging aber nach ein paar Schritten fast flüssig.

»Siehst du, alter Mann. Du musst dich nur einlaufen.« Sie stupfte ihn an.

Er grinste. »Nenn mich am Abend noch einmal so. Dann schauen wir wie alt ich bin.«

Sie wanderten flott die Schwaig hinunter. Beim ersten Haus in Mönichkirchen saß eine große, rotweiße Katze in einem offenen Fenster, die mehr einem Luchs glich als einem Haustier.

»Wäre das nichts für den Mühlgrabenhof?«

»Nur wenn du mit ihr das Bett teilst. Wenn ich eine Katze haben würde, würde ich sie überall hinlassen und sie schrecklich verwöhnen.«

»So schlimm?«

»Oh ja.« Jemima lachte. »Sie wäre mein Baby. Das würdest du nicht mitmachen wollen. Und schon würden wir streiten.«

Samuel schmunzelte und nickte. Habe ich ihm gerade mein Haus geöffnet?, fragte sich Jemima erstaunt. Sie passierten ein auffällig grün und blau gestrichenes Haus mit einer roten Regenrinne. Den Giebel zierte eine weiße Taube. Darunter ein Trinitätssymbol.

»Eine Sekte?«, fragte Samuel.

»Ein spiritueller Bildhauer«, antwortete Jemima. »Am Hochwechsel sind wir an einer seiner Arbeiten vorbeigekommen. Ein buddhistisch inspiriertes Gesicht, das er in einen Felsen gehauen hat.«

»Wieso hast du mir das nicht gezeigt?«

»Keine Zeit. Da hätten wir einen Umweg machen müssen. Noch ein Kilometer mehr zu wandern. Aber wir können im Sommer einmal eine sportliche Kunsttour machen, wenn dir so viel daran liegt.«

»Warum nicht?«, erwiderte er eigensinnig. »Sollen wir am Parkplatz eine Mitfahrgelegenheit suchen?« Er deutete zur Talstation der Schischaukel Mariensee.

»Ich glaube nicht, dass einer von denen Richtung Bernstein fährt. Besser wir gehen bis Schäffern weiter. Dort ist eine Autobahnraststation. Mehr Berufsverkehr.« Sie zog die Gurten des Rucksackes nach und marschierte los. Samuel folgte ihr ohne Widerspruch.

Kein einziges Auto begegnete ihnen während der acht Kilometer, die sie auf dem schmalen Betonband zurücklegten. Erst in der letzten Kurve vor der Südautobahn fuhr ein SUV an ihnen vorbei. Jemima verzichtete auf einen Anhalteversuch, sie konnte den Schriftzug ROTH auf dem Überdach der Tankstelle bereits lesen. Sie verließen die Straße. Die meisten Fahrzeuge zwischen den

Zapfsäulen waren LKW mit ausländischen Kennzeichen. Schlechte Aussichten.

Gerade als sie den Shop ansteuerten, bog ein dunkelgrüner Pick-Up in die Raststation ein, festgezurrte Kisten stapelten sich auf der Ladefläche. Auf der Tür in geschwungenen Lettern die Aufschrift *Biohof Wagenbauer.* Jemima hielt Samuel auf. »Sprich den Fahrer an. Ich kenne den Hof. Der ist ein Direktvermarkter und beliefert einige Restaurants in der Region.«

»Warum kommst du nicht mit?«

»Am Land ist das manchmal eigen. Von Mann zu Mann – du verstehst?«

Samuel nickte, trollte sich zu dem Fahrzeug, dessen Fahrer gerade den Zapfhahn in die Tanköffnung steckte. Jemima konnte die beiden hinter der Fahrerkabine nicht sehen, aber eine Minute später winkte Samuel ihr zu und sie lief zu dem Pick-Up. Ein korpulenter Mann öffnete die Beifahrertür, ein zotteliger Mischling sprang heraus, leckte Jemimas Hand.

»Geh weiter, Rambo«, sagte der Mann. »Hopp, hopp.« Er öffnete die hintere Tür, scheuchte den Hund auf die Rückbank. Dann fuhr er sich über die Halbglatze und setzte eine Tweedkappe auf. Kurz betrachtete er Jemimas Haarschopf, sagte aber nichts. Samuel kletterte zu Rambo auf den Rücksitz, Jemima stopfte ihren Rucksack in den Fußraum vor dem Beifahrersitz, stieg gleichfalls ein. Ein intensiver Hundegeruch entströmte der Polsterung. Jemima nieste. Sie warteten schweigend bis der Mann von der Kassa zurückkam.

Als er losgefahren war, sagte er: »Aus Brunnegg seids also? Des ist nahe Wismath, gell? Des Dorf mit dem Matronenbrunnen?«

Jemima bejahte. »Ich habe den Mühlgrabenhof vor drei Jahren von meinen Großeltern übernommen.«

104

»Hast Landwirt gelernt?«

»Nein, ich war früher Chemikerin. In einer Raffinerie.«

Der Bauer lächelte, seine Augen über den Tränensäcken blinzelten. »Dass da des mit dem Hof antust, des gefallt mir. Ist ned leicht in dera Zeit.« Flott fuhr er die Serpentinen nach Schäffern hinunter. Jemima schluckte.

»Ein freies Bauerntum gibt's nimmer«, sagte der Mann. »Mir sind alle Sklaven von der Agrarpolitik. Angefixt auf EU-Förderungen.«

Jemima erwiderte: »Ich verzichte darauf. Ich habe einen Gewerbebetrieb angemeldet. Kräuter und Naturkosmetik.«

»Ist auch ned viel besser. Aber du hast scho recht: Es muss einem halt was einfallen, damit der Kopf über Wasser bleibt.«

»Ich habe erst angefangen. Wird sich in einem Jahr weisen, ob es läuft. Wenn die erste Vorschreibung vom Finanzamt und der SVA kommt.«

»Ja, ja. Die Gebühren fressen einen auf. Essen derfst und scheißen. Aber verdienen derfst nix«, antwortete der Bauer. Er hielt an der Kreuzung in Schäffern, blinkte und bog mit quietschenden Reifen in Richtung Pinkafeld ab. »Ich hab mit sechzehn den Hof übernommen. Da Vater ist tödlich verunglückt. Da hab ich lernen müssen, wie schnell ein Leben verlöscht. Wenn man da keinen Glauben hat, dann schafft man des ned.«

Jemima warf einen Blick auf die Rückbank, aber Samuel reagierte nicht. Der Hund hatte den Kopf auf seinen Schoß gelegt.

»Eure Kirche im Ort ist noch gut besucht?«, fragte sie, mehr aus Höflichkeit als aus Interesse.

»Kann scho sein, aber in die Messe geh ich nicht so oft. Mir haben eine Kapelle beim Hof. Dort geh ich hin, wenn ich bei mir sein will. In der Kapelle hast eine ganz andere Ruhe. Eine Andacht.«

»Habt ihr die selber gebaut?«

»Ja, mein Urgroßvater. Als Dank dafür, dass bei einem Brand das Wohnhaus verschont worden ist. Damals war die Feuerwehr no ned so fix wie heut.« Er schnaufte, wischte sich mit einem Taschentuch die Nase. »Sie gehörat halt renoviert, die Kapelle, aber ich weiß ned, ob sich des noch lohnt. Mei Bua studiert in Wien. Ich glaub ned, dass der die Wirtschaft übernimmt.«

»Studium und Bauer sein schließt sich nicht aus«, meinte Jemima.

»Eh ned. Es ist wegen der Mädels. Oft wird halt nicht mehr in einen Hof eine geheiratet. Bauer sein ist ka Prestige mehr.«

Jemima nickte und schwieg. Sie passierten das Ortsschild Hochneukirchen. Immer wieder beeindruckte sie die Aussicht von der Hauptstraße des Ortes. Als würde die Erde vor ihr wogen. Kamm um Kamm in grünen Schattierungen. Die ziegelroten Hausdächer der einzelnen Rotten wie Schiffe in bewegter See.

Nach Maltern überholte der Bauer in einem gewagten Manöver einen Holztransporter. »Werden auch immer größer und stinkiger«, motzte er und gab Gas. Jemima umklammerte den Türgriff.

Samuel regte sich am Rücksitz. »Schon wieder Tauchen«, bemerkte er, »sind wir zurückgefahren?«

Der Bauer kuderte. »Ja, des verwirrt die Botendienste auch manchmal. Jetzt sind mir im burgenländischen Tauchen. Ihr seids zuerst im mönichkirchner Tauchen gewesen, dann im steirischen Tauchen. Dreiländereck, weißt.«

»War das irgendein Wettbewerb zwischen den Bundesländern?«, murmelte Samuel schläfrig.

»Weiß ich nicht. Mir sind gleich da. Schauts — dort ist scho die Burg. Mögts an Kaffee mittrinken? Die Burgfrau ist eine Cousine von mir, um ein paar Ecken zumindest. Ich bring ihr immer des Lagergemüse.« Der Bauer bog in die Auffahrt, fuhr durch die Barbakane und stoppte vor dem eisernen Haupttor.

Sie halfen ihm die Kisten in die Küche zu schaffen. Eine pausbäckige Frau mit hochgebundenen, dunklen Haaren werkte an einem mächtigen Küppenbusch-Herd.

»Die Mama ned da?«, fragte der Bauer.

Die junge Frau schüttelte den Kopf, schob die Brille hoch. »Kaffee bekommst aber trotzdem.«

Sie schenkte ihnen drei Becher ein, stellte einen Teller mit Burgenländer Kipferl dazu. Süß und knusprig. Mehrere Kerzen standen angezündet am Arbeitstisch.

»Stromausfall?«, fragte Samuel.

Jemima lachte, der Bauer schmunzelte.

»Habe ich etwas Komisches gesagt?« Samuel schaute verwirrt zwischen ihnen hin und her.

Die junge Frau wischte sich die Hände an der Schürze ab und sagte: »Die Burg besteht seit fast tausend Jahren. Hier unten gibt es keinen Strom. Nur wenige Räume sind elektrifiziert. Es gibt auch keine Zentralheizung, kein Telefon und keine SAT-Schüssel. Nur die Bäder in den Zimmern sind neuer als 1930. So viel Komfort erwarten die Gäste heute natürlich.« Sie holte eine Rührschüssel aus einem Küchenschrank. »Eine durchgehende Modernisierung wäre auch gar nicht leistbar. Seit 1892 gehört die Burg der Familie. Generation für Generation werden von dem Gemäuer verbraucht. Trotzdem lieben wir alle dieses Leben.«

»Ich weiß, was es bedeutet historische Gebäude zu erhalten«, sagte Jemima. »Mein Hof ist 1690 erbaut. Aber natürlich deutlich kleiner als Ihre Aufgabe hier.«

»Allein geht gar nichts«, sagte die junge Frau. »Bei uns arbeitet die ganze Familie zusammen. Und auch die entfernte Verwandtschaft.« Sie drückte dem Bauern ein Busserl auf die Wange. »Auch das ist natürlich nicht immer leicht. Es braucht ganz viel Toleranz, damit das funktioniert. Alle müssen wollen.«

Jemima trank ihren Kaffee aus. »Wir möchten Sie nicht länger aufhalten. Eigentlich suchen wir jemanden. Herrn Peinhaupt. Kennen Sie ihn?«

»Peinhaupt?« Sie runzelte die Stirn.

»Ja. Ein Professor von der Technischen Universität in Wien. Ein Informatiker. Entweder hat er eine Ferienwohnung gemietet oder besitzt ein Wochenendhaus«, erzählte Jemima und hoffte, dass der Professor kein Förderer oder Freund der Familie war.

Die junge Frau dachte nach, dann klärten sich ihre Züge. »Aber ja. Der Mann mit dem verkrüppelten Arm. Ich wüsste seinen Namen nicht, wenn der Chris nicht kürzlich von ihm gesprochen hätte.«

»Wissen Sie, wo wir ihn finden?«

»Nein. Er wohnt erst seit kurzem im Ort. Und er ist ziemlich menschenscheu. Aber der Chris weiß das sicher. Er hat einen Auftrag von dem Professor.«

»Einen Auftrag?«

»Der Chris ist Serpentin-Schnitzer. Die Werkstatt am Hauptplatz. Er hätte es gar nicht erwähnt, wenn das nicht so ausgefallen wäre. Der Professor hat ihm eine schlichte Statuette gegeben, die er als große Serpentin-Skulptur will. Es soll prähistorisch aussehen. Eine Fruchtbarkeitsgöttin. Wissens was so ein Unikat kostet?« Sie schüttete Mehl in die Rührschüssel. »Na ja, jeder hat seinen eigenen Spinner. Wir die Burg und der halt nackerte Statuen.«

Samuel und Jemima tauschten Blicke.

Die Glastür blockierte. Jemima schaute auf den Zettel, der an der Innenseite klebte, dann auf ihre Armbanduhr. »Mittagspause. Wir müssen bis zwei warten.«

»Essen«, sagte Samuel. »Mir knurrt der Magen.«

»Dort ist ein Café.« Sie deutete auf ein Haus mit rosaweißer Fassade, das von einem rostigen Ritter bewacht wurde.

»Schon wieder Kaffee und Kuchen?«

»Sie haben sicher auch Tee und Toast.« Jemima zog ihn mit sich. Das Innere des Kaffeehauses glich einer Bonboniere: ein rotes und ein grünes Zimmer mit weißem Stuck und Barockengeln; die Wände dicht behangen mit Landschaftsmalerei und Biedermeierporträts, die meisten in einem goldverzierten Rahmen; bunt gemischt Holzsessel, lederne Ohrenfauteuils und Satinsofas um marmorne Kaffeehaustische. Die Bar bestand aus einem Holzstuhl, auf dem dicht an dicht Spirituosen standen. Jemima gefiel der Stilmix. Sie ließ sich in einen braunen Einsitzer fallen und bereute es sofort. Die Federung war ausgemergelt. Samuel nahm den zweiten, verzog das Gesicht.

Eine blasse Kellnerin mit auffällig vorstehenden Schneidezähnen nahm ihre Bestellung auf: Speckeier und Schwarztee. Als sie gegessen hatten, fehlte noch immer eine dreiviertel Stunde auf die nachmittägliche Öffnungszeit des Ladens nebenan.

»Sitzenbleiben oder Spazierengehen?«, fragte Jemima.

»Ich würde mich gerne bewegen, aber ich fürchte, ich muss für den Rest meines Lebens an diesem Cord-

Ungetüm kleben bleiben.« Samuel streckte das Bein mit seinem lädierten Knie von sich.

Jemima kicherte, stemmte sich aus der Sitzgrube und hielt Samuel die Hand hin.

»Das finde ich jetzt gar nicht peinlich«, murmelte er, griff zu, ließ sich von ihr hochhelfen.

Sie verließen die Zuckerlkiste und schlenderten über die Straße. Neben einer übermannsgroßen Eisenkugel, die auf einem Stein thronte und wie eine aufgerissene Orange aussah, blieb Jemima stehen, studierte die Messingtafel davor.

»Das soll die Sonne darstellen«, sagte sie. »Der Beginn eines Planetenwanderweges.«

»Zu weit«, gab Samuel zurück. »Besuchen wir lieber das Felsenmuseum. Oder hast du Probleme ins Untergeschoss zu gehen?«

»Wenn ich die Luft anhalte, musst du mich halt ans Atmen erinnern.«

Während Samuel die Eintrittsmünzen besorgte, betrachtete Jemima die geschnitzten Tierfiguren in den Vitrinen. Ihr Blick wurde von einer handtellergroßen Eule mit ausgebreiteten Flügeln angezogen. Sie vertiefte sich in den feinen Linien, jede einzelne Feder war herausgearbeitet. Am Sockel unter den Krallen klebte ein Preisschild: *590 Euro.* »Oh wow«, flüsterte Jemima. »Jetzt weiß ich, was das Burgfräulein gemeint hat.«

»Kommst du«, Samuel legte ihr den Arm um die Taille, warf nur einen kurzen Blick auf die Figuren.

»Ja, ja, ab ins Bergwerk.« Sie schob die Münze in den Automaten und drückte gegen das Drehkreuz. Mehrere flache Stiegen führten von dem lichtdurchfluteten Verkaufsraum zu einem dunklen Gang. Sie schienen die einzigen Besucher zu sein und Jemima empfand ein Deja-Vu: Sie dachte an die Nacht im Bunker des Jagdschlosses zurück. Kalte Luft schlug ihr entgegen wie die Umarmung eines Untoten. Entgegen der Mythologie war die Unterwelt ein unterkühlter Ort.

Selbst im Keller des Laborgebäudes in Texas war es nur für ein paar Atemzüge schmerzvoll heiß gewesen. Schon kurz nach dem Unfall war die Temperatur schlagartig gefallen. Es war die kälteste Nacht ihres Lebens gewesen. Sie fröstelte.

»Möchtest du die Jacken tauschen? Meine ist wärmer als deine Lederkluft.« Samuel zog den Zipp seines Parkas auf.

Jemima verneinte. »Daran liegt es nicht.«

Er verstand und strich über ihren Arm. »Du kannst darüber reden, wenn du willst, zehnmal oder hundertmal. Das ist ganz egal.«

»Ich will mich nicht zu oft erinnern«, sagte sie leise, »sonst verblassen die Bilder nicht. Aber danke für das Angebot.«

Langsam schritt sie durch den Gang aus grob behauenem, grünen Fels. Strich mit den Fingerspitzen über die schattierte Oberfläche. Das Gestein fühlte sich fast weich an. Samuel war vor einem Schaukasten stehengeblieben, eine Landkarte der Umgebung mit farbigen Punkten für die Bergwerke. Er drückte die Tasten für die verschiedenen Rohstoffe: Braunkohle, Kupferkies, Kaolin. Die nächste Vitrine veranschaulichte den Unterschied zwischen Edelserpentin und der gewöhnlichen Variante, die zu Steinwerk verarbeitet wurde. Samuel deutete auf das Foto, das einen Bagger im Steinbruch zeigte: »Zu meinem neunten Geburtstag war mein Vater mit mir Baggerfahren. Das war der schönste Tag meines Kinderlebens.«

»Würdest du das gern mit deinem Sohn machen? Mit Nicholas?« Die Frage war Jemima herausgerutscht. Sie presste die Lippen zusammen, aber die Worte waren gesagt, hingen zwischen ihnen wie eine Gewitterwolke.

Samuel zog die Brauen zusammen. »Papa hat dir das erzählt? Das hätte er nicht sollen.« Jemima war überrascht. Sie hätte erwartet, dass er ungehalten reagieren würde. Aber seine Stimme klang bedrückt.

Sie traute sich weiter vor. »Warum nicht? Weil es einen schlechten Eindruck macht?«

»Er weiß nicht, wie es wirklich war. Wir haben nie darüber gesprochen.«

»Warum nicht?«

»Mein Vater hat sich um meine Mutter gekümmert, meine Mutter hat sich um Sarah gekümmert. Warum hätte ich ihnen zusätzliche Probleme aufbürden sollen? So war es einfacher.«

Jemima wartete und er seufzte: »Du wirst das nicht auf sich beruhen lassen, nicht wahr?«

Sie schwieg. Samuel begann auf und ab zu gehen. »Ich bin aus Hiroshima zurückgekommen und meine Ex hat mir eröffnet, dass sie schwanger ist. Ich war nicht besonders begeistert, habe es aber akzeptiert. Zum nächsten Ultraschalltermin habe ich sie begleitet. Sie hat wohl gemeint, ich passe sowieso nicht auf. Aber ich kann zuhören. Und ich kann rechnen. Das Kind war nicht von mir.«

Er stoppte, steckte die Hände in die Hosentaschen, tigerte weiter in dem engen Gang umher. »Vielleicht hätte ich das einfach hingenommen, dem Kind zuliebe, aber meine Ex hatte meine Eltern angerufen. Ihnen die freudige Mitteilung gemacht und versprochen, wir würden in Wien heiraten. Sie wollte mich vor vollendete Tatsachen stellen, mich mit meiner Familie erpressen. Was wäre das für eine Zukunft gewesen?«

»Warum hat sie das gemacht?«

»Versagensängste. Torschlusspanik. Habgier. Keine Ahnung. Ich habe sie nicht gefragt. Ich habe ihr Geld dagelassen und bin einfach verschwunden. Zu einem ledigen Arbeitskollegen gezogen.«

»Und deine Eltern?«

»Kurz darauf war der Überfall auf Sarah. Sie hatten andere Sorgen. Als das Thema neuerlich aufgekommen ist, hatte Siemens eine Großbaustelle in Taiwan. Ich war starrsinnig und bin jahrelang nicht nach Wien zurückgekommen, um diesem Gespräch aus dem Weg zu gehen. Meine Mutter hat mir das nicht verziehen. Als ich bereit war nachzugeben, war es zu spät. Meine Schwester war gestorben und Mama bereits schwerkrank.« Er blieb stehen, blickte Jemima direkt an. »Meist belehrt uns erst der Verlust.«

Die Erinnerung an die Explosion sprang sie an. Ihr Magen verknotete sich, eine Druckwelle drängte ihre Brust hoch. Ihre Rippen stachen. Sie schluckte schwer.

»Atmen«, sagte Samuel ruhig. »Eins, zwei – Ein – eins, zwei, drei – Aus. Komm schon.« Er nahm ihre Hände. Einige Besucher kamen plaudernd die Stiegen herunter. Samuel zog Jemima in eine Nische, drückte sie an sich. »Ganz ruhig, Käuzchen.« Er schirmte sie von der Gruppe ab, bis die im Zwielicht vor ihnen verschwanden. »Geht es wieder?«

Sie nickte. Atmete tief ein – und stutzte. Dieser Geruch, sie kannte ihn. Noch einmal sog sie die Luft ein. Das gleiche Parfüm wie in dem Zimmer am Semmering. Ein Zufall?

»Was ist?« Samuel sah sie beunruhigt an.

Jemima fand nicht die richtigen Begriffe für die Eindrücke, die in ihr wirbelten. Eine Ahnung – blutig, kantig, tranig. »Vielleicht nichts. Aber ich werde schon wieder paranoid. Besser wir verschwinden.«

Sie liefen die Treppe zum Eingang zurück und kletterten über die Sperre. Die Verkäuferin runzelte die Stirn, sagte aber nichts. »Klo?«, rief Jemima. Die Verkäuferin deutete zum Neubau. Bis die Mittagspause des Serpentin-Schnitzers um war, versteckten sie sich auf der Damentoilette.

Ein Glöckchen bimmelte über ihrem Kopf. Dieses Mal gab die Glastür auf leichten Druck nach. Im Hinterzimmer spielte Volksmusik. Nicht die übliche Schlagernacht-Kost, sondern traditionelle Hausmusik. Kaum hatten sie den Laden betreten, kam ein Mann mit blauer Arbeitsschürze in den Verkaufsraum. Ein dichter, rotbrauner Schnauzer verlieh seinem Gesicht eine behäbige Bodenständigkeit. Er grüßte, winkte sie zu einer Vitrine: »Schauts, das sind die neuesten Kreationen.«

»Wir können vorerst nichts kaufen. Wir sind auf Pilgerwanderung«, Jemima schupfte den Rucksack auf ihrem Rücken. »Da zählt jedes Gramm.«

»Schon klar, schon klar. Schauts euch nur um. Fürs nächste Mal.« Der Schnitzer verbarg seine Enttäuschung indem er über seinen Schnurrbart strich.

»Wir wollen heute noch den Planetenwanderweg laufen«, bemerkte Jemima. »Ein Bekannter aus Wien macht gerade Urlaub in Bernstein. Wir hätten ihn gerne abends besucht, aber wir wissen nicht, wo er wohnt.«

»Aha.« Der Mann verschränkte die kräftigen Arme.

»Vielleicht kennen Sie ihn ja. Er ist Professor für Informatik. TU Wien. Meine Nichte studiert bei ihm. Viertes Semester Kybernetik. Er ist ihr Lieblingslehrer.« Sie betrachtete die Figuren in der Vitrine, nickte möglichst anerkennend. »Aber er ist auch ein Kunstkenner. Er hat sich sicher schon für ihre schönen Werke interessiert.«

Lächelnd fragte der Mann. »Wie heißt er denn?«

»Peinhaupt.«

»Ja, den kenne ich. Er wohnt in der Grube. Sie gehen die Hauptstraße in Richtung Oberwart bis zur Rettenbacherstraße, die geht rechts ab. Die erste Straße links ist die Grube.«

»Welche Hausnummer?«

»Das weiß ich nicht, aber Sie finden das Haus ganz einfach. Es hat auf den Zaunstehern zur Straße hin ganz moderne Solarleuchten montiert.«

»Vielen herzlichen Dank. Wir werden Professor Peinhaupt von Ihnen grüßen.« Jemima schüttelte dem Schnitzer die Hand, seine Haut fühlte sich rissig an. Trotzdem war sein Händedruck angenehm warm und fest.

»Du lügst unverschämt überzeugend«, flüsterte Samuel, als sie hinausgingen. »Das werde ich mir merken.«

»Halbwahrheiten für einen guten Zweck. Es ist jetzt drei Uhr«, sagte Jemima. »Sollen wir ihn gleich aufsuchen?«

»Warten wir bis es dunkel ist. Wir suchen uns eine Stelle, von der aus wir das Haus beobachten können. Besser er ist allein und unvorbereitet, wenn wir anläuten.«

In zehn Minuten hatten sie die beschriebene Straße erreicht, schlenderten die Häuser entlang, begutachteten unauffällig die Gartenzäune. Bald hatten sie das Haus gefunden: ein Bungalow im Stil der Siebziger. Auf jedem der Betonblöcke, die den Gartenzaun hielten, war eine umgekehrte Pyramide montiert. Lamellen aus Stahl, die eine Photovoltaikplatte abdeckte. Industriedesign. Nach dem letzten Haus überquerte Samuel die Straße, folgte einem Pfad in den Wald.

»Wo willst du hin?«, fragte Jemima.

»Am Waldrand hinter dem Garten vom Bungalow habe ich einen Hochstand gesehen«, antwortete er.

»Guter Jagdhund.« Sie tätschelte seinen Oberarm und er hechelte als Antwort.

Als sie das Holzgerüst erreicht hatten, hielt Samuel sie zurück. »Erst prüfen.« Er rüttelte an der Sprossenleiter aus groben Rundlingen, dann ließ er Jemima vorausklettern. Wieder einmal war sie sich nicht sicher, ob ihr seine Fürsorge gefallen sollte, aber sie verkniff sich eine spöttische Bemerkung.

Der Hochstand entpuppte sich als Ausführung Deluxe: mit Eingangstür, Glasscheiben und einem abgeriebenen Polstersessel hinter dem Ansitz. Samuel nahm den Rucksack ab. »Beobachtest du das Haus? Mein Knie meldet sich wieder.« Er ließ sich in den Sessel fallen, streckte das Bein aus.

»Heute sieht es mit Topfenwickel schlecht aus. Möchtest du ein Ibuprofen?« Jemima kramte in ihrem Rucksack.

»Nein, lass nur«, wehrte er ab. »Eine halbe Stunde Ruhe genügt.«

Aus der halben Stunde wurden vier, die sie schweigend verbrachten. Ein einvernehmliches Schweigen. Jemima beobachtete einen Eichelhäher dabei, wie er mit seinem Schnabel eine Nuss aus einem Versteck stocherte, sie geschickt aufbrach, den Kern heraushackte. Schade, dass ich keinen Schnabel habe, dachte sie, dann hätte ich unsere Nuss auch schon geknackt.

Langsam senkte sich Abendblau über den Garten. In den Häusern links und rechts gingen Lichter an. Der Bungalow blieb finster. Nur die Solarleuchten am Gartenzaun wurden heller. Bildeten eine Grenze aus Licht. Als würde der Professor betonen wollen: bis hierher und nicht weiter.

»Meinst du, er kommt noch?«

Samuel zuckte mit den Schultern. »Vielleicht isst er auswärts. Warten wir bis nach der Sperrstunde.« Er stand auf. »Komm, tauschen wir die Plätze.«

Kaum hatte sie sich in den Polstersessel gelehnt, döste Jemima ein. Träumte von klingenden Märzenbechern.

Eine Hand schüttelte sie sanft. »Du riechst noch immer gut«, murmelte sie mit geschlossenen Lidern.

Lippen hauchten ihr einen Kuss auf die Wange. »Auf, auf, Käuzchen. Ich denke, der Professor kommt nicht mehr.«

»Wie spät ist es?« Jemima rieb sich die Augen, massierte ihren verspannten Nacken.

»Kurz nach zwölf.«

»Hast du ihn sicher nicht verpasst?«

»Nein. Die Garagenabfahrt hat eine Lampe mit Bewegungsmelder. Die ist ein paar Mal angesprungen. Aber es waren nur streunende Katzen. Kein Auto zu hören.« Er legte sich den Rucksack um, kletterte vom Hochstand.

Jemima folgte ihm mit steifen Gelenken. »Sollen wir es morgen noch einmal probieren?«

»Wir gehen ins Haus«, sagte er entschlossen. »Wenn das Mädchen hier eingesperrt ist, dann finden wir sie. Umso besser, wenn er nicht da ist.«

Geduckt liefen sie zum Bungalow, vorbei an einer kleinen Scheune. Jemima keuchte. »Wie willst du reinkommen? Kannst du Schlösser knacken?«

»Ich breche die hintere Türe auf.«

»Und verstauchst dir dabei die Schulter. Vom Krach ganz zu schweigen«, gab Jemima zu bedenken.

»Ich habe mich unklar ausgedrückt: Ich breche das Schloss auf. Bei Nebentüren verwende die Leute oft nur einfache Zylinderschlösser. Das habe ich beim Ferialjob

in der Sicherheitsfirma oft gesehen.« Er zog eine Was-
serpumpenzange und einen Schraubenzieher aus dem
Rucksack. Jemima starrte ihn mit offenen Mund an.

»Wo hast du denn das her?«

»Vorsorglich aus dem Pick-Up geklaut.«

»Deine kriminelle Energie irritiert mich gerade.«

»Ich schicke das Werkzeug dem Bauern zurück. Ich
habe mir die Hofadresse notiert.«

»Na gut – schwamm drüber. Ein kleiner Diebstahl ist
sicher nichts gegen den Einbruch, den wir gerade bege-
hen.« Jemima seufzte und probierte den Knauf. Die Tür
ging auf. »Vielleicht handelt ein Anwalt jetzt auf unbe-
fugtes Betreten runter.« Sie spähte in den dunklen Raum
dahinter. »Komisch.«

Samuel schien nicht beunruhigt. »Gar nicht. Auch das
vergessen die Leute oft. Sie arbeiten im Garten, laufen
hin und her. Dann fahren sie fort und sperren nur vorne
sorgfältig ab. Nun denn – ab in die Höhle des Katers.«

Nachdem er das Werkzeug weggepackt hatte, holte
Samuel eine LED-Taschenlampe heraus, legte ein Taschentuch darüber, richtete die Linse zu Boden. Dann
knipste er die Lampe an. Im gedimmten Licht sah Jemima einen schmucklosen, weißen Gang, von dem drei
Türen abgingen: eine am anderen Ende, zwei dicht nebeneinander mittig rechts.

Samuel schloss die Gartentür hinter sich und rief laut:
»Hallo. Professor Peinhaupt, sind Sie zu Hause?«

Jemima zuckte zusammen. »Pscht. Was machst du?«

»Wenn er im Bett liegt oder sonst wo im Haus ist, haben wir jetzt noch die Möglichkeit legal herinnen zu
sein«, erklärte Samuel. Niemand antwortete.

Die erste Tür führte weiter ins Vorzimmer. Zuerst
durchsuchten sie das dahinter liegende Schlafzimmer
und das angeschlossene Bad. In beiden Räumen waren

die Jalousien heruntergezogen. Der Überwurf am Bett wies keine einzige Falte auf, das Waschbecken war akkurat geputzt. Nicht einmal Kalkflecken. Bei mir Zuhause hat es zuletzt vorige Ostern so ausgesehen, dachte Jemima und empfand akut Heimweh. Sie kehrten ins Vorzimmer zurück, betraten die Küche. Samuel durchquerte den Raum, ohne ihn weiter anzusehen, steuerte auf die massive Holztür zu, die zum Wohnzimmer führte. Er drückte vorsichtig die Klinke, zog die Tür auf. »Die Fensternische geht zur Straße hinaus.« Er legte den Daumen auf den Knopf der Taschenlampe.

»Warte«, sagte Jemima. »Leuchte mal hierher.« Sie führte seine Hand hoch. An der Wand über der Sitzecke hing ein Foto: eine fröhliche Gruppe aus Männern und Frauen, aufgestellt in einer mittelalterlichen Halle. Sie näherte ihr Gesicht dem Rahmen, kniff die Augen zusammen. Auf einer Plakette stand: *Gödel-Preis / ICALP 2012, University of Warwick, UK.* Das Gesicht des Professors genau in der Mitte. Entspannter als auf dem Portrait seiner digitalen Visitenkarte. Aber keine jungen Frauen auf dem Gruppenbild. Sie ließ Samuels Hand los, er knipste die Taschenlampe aus, zog das Taschentuch ab. Sie blieben im Türrahmen stehen. Jemima schaute sich im Wohnzimmer um. Ein Raum, der die ganze Vorderfront des Bungalows einnahm. Im diffusen Licht von den Zaunleuchten, das durch die Fenster drang, sah sie ein Ledersofa, ein Bücherregal, einen Perserteppich, einen wuchtigen Schreibtisch, der vor einer Fensternische stand. Eine spärliche Einrichtung, aber sorgfältig arrangiert. Seitlich eine Terrassenfront zum Garten.

Geduckt schlich Jemima zu den Fenstern, zog die Jalousien zu. Samuel knipste die Taschenlampe wieder an. Als erstes fiel der Lichtkegel auf die Farblithographie einer Frau, die in Spitzenunterwäsche einen riesigen Penis ritt als wäre er ein Pferd. Samuel unterdrückte ein Kichern. Schwenkte den Strahl rundum. Weitere erotische Darstellungen, Bilder und Figuren. »Na, das nenne ich eine gewagte Dekoration.«

»Der Professor leidet nicht an Geldmangel.« Jemima betrachtete einen Holzschnitt: Drei nackte Frauen, die sich am Boden räkelten, ihre Gesäße in die Luft reckten. »Dieses Bild ist ein Kirchner. Es ging bei Sotheby's um rund sechzigtausend Euro über den Ladentisch.«

Samuel pfiff leise. »Und du weißt das, weil …«

»Ich mich auch für die Auktion interessiert habe. Dort«, sie zeigte auf einen weißen Torso mit erigierten Penis über behaarten Beinen, »das ist eine Replik. Das Original wurde auch letzten Februar versteigert. *Pans Torso*. Eine antike Marmorstatue.«

»Gefällt dir die Einrichtung etwa?«

»Das hier ist wenigstens eine lebensnahe Mischung, das trauen sich die Museen nicht.«

Samuel grinste und sie fühlte den Drang sich zu erklären: »In staatlichen Museen stellen sie nackte Frauen in allen möglichen Posen aus. Geile, bärtige Männer, die an Mädchen fummeln; Frauen mit weit gespreizten Beinen, die gerötete Schamlippen präsentieren. Alles große Kunst. Aber ein erigierter Penis ist noch immer unstatthaft. Selbst bei griechischen Vasen. Erregt die öffentliche Moral. Dabei gibt es genug ansprechende Kunstwerke, vor allem aus der Gay-Szene. Das auszustellen wäre doch auch Gleichberechtigung.«

Samuel grinste noch breiter. Er betrachtete die Überblendung eines Straßenzuges mit dem Oberkörper einer vollbusigen Frau, die mit der Hand ihre rechte Brust umfasste, dem Betrachter wie eine Waffe entgegenhielt. *Rod Rodner* lautete die Signatur der Grafik. »Es hat mich immer verblüfft, was Kunstkritiker in so Bilder hineinininterpretieren«, sagte er. »Eine nackte Frau ist einfach eine nackte Frau. Und die Maler haben sich sicher meistens nichts anderes dabei gedacht. Oder warum sonst haben sie so oft mit ihren Modellen geschlafen?«

Jemima lachte. »Vielleicht sollten wir so ein Bild dem ZAL schenken, dort praktiziert jetzt ein schamanischer Sex-Heiler. Der bietet Intim-Massagen an. Sehr zur Irritation mancher Ehemänner.«

»Weil sie nicht wissen, was ein G-Punkt ist? Oder weil sie es wissen?« Samuel lachte mit.

Jemima öffnete nacheinander die Schubladen des Schreibtisches, vermied aber darin zu kramen. In der untersten Lade lag der Katalog von Sotheby's – *Erotic: Passion & Desire, 16 February 2017.*

Am Schreibtisch stand eine bauchige, weiße Teekanne auf einem Stövchen mit ausgebrannter Kerze darunter; daneben eine Tasse mit einem Rest Tee und einem getrockneten Rand. Eine tote Fliege trieb auf der gelblichen Flüssigkeit. Jemima hob den Deckel der Teekanne. Wurzelstücke schwammen darin.

»Schlangenwurzel«, stellte sie fest.

»Wächst die auch in deinem Tal?«

»Nein. In Indien.«

»Trotzdem siehst du das mit einem Blick?«

»Ein Volontär am *Crieppam* hat jeden Tag so einen Tee getrunken. Der Geruch hat mich jeden Morgen begrüßt. Brr.«

»Und wozu?«

»Die Männerheilpflanze schlechthin: zur Linderung von hohem Blutdruck, Herzbeschwerden, Angst, Schizophrenie – und sie enthält auch Yohimbin, das soll die Männlichkeit stützen.« Sie deutete auf eine Kübelpflanze mit traubigen Blütenständen in der Fensternische. »Schau, dort steht sie.«

Neben all den erotischen Kunstobjekten wirkte die gerahmte Postkarte am Schreibtisch deplatziert – ein Bild der Maria Immaculata: die Gottesmutter auf einer Mondsichel stehend, unter ihrer Fußsohle der Kopf einer Schlange, die sich um die Weltkugel wand.

»Jetzt bleibt nur noch der Keller«, sagte Samuel. Er ging zur Glastür am Ende des Raumes. Jemima folgte ihm. Sie standen wieder in dem schmucklosen Gang, der zum Gartenausgang führte. Samuel drückte die Schnalle zum Kellerabgang. Beklemmung umfing Jemima, als Samuel die Brandschutztür öffnete. So sehr sie sich wünschte, dem Mädchen zu helfen, hatte sie gleichzeitig Furcht davor, was sie finden würden. Die Neonröhren sprangen automatisch an. Überfluteten die glatten Betonwände mit grellem Licht.

»Hallo«, rief sie in die Tiefe. Alles blieb still. Langsam stieg Samuel vor ihr hinunter. Schaute sich vorsichtig um. »Keine Überwachung«, sagte er. »Und sein Auto ist hier.« Samuel ging zum Volvo, legte die Hände an die Scheiben und spähte ins Wageninnere. »Leer.«

»Er wird doch nicht mit dem Bus unterwegs sein?«

»Vielleicht ist er auf einer Osterwanderung. Ich habe in der Auslage im Museum einen Aushang gesehen.«

»Osterwanderung?«

Er zuckte mit den Schultern. »Wandern ist in. Hast du selber gesagt.« Samuel öffnete nacheinander die Brandschutztüren zu den Nebenräumen, schüttelte den Kopf.

Ein Summen lockte Jemima in eine Nische. Eine Tiefkühltruhe. Ruckartig hob sie den Deckel an. Durchsichtige Plastiksackerl stapelten sich darin: Marillen, Zwetschgen, Erdbeeren, Kürbis.

»Also hier ist nichts. Keine Bodenklappen, keine versteckten Türen. Alles total aufgeräumt.« Samuel öffnete den Zählerkasten, betrachtete die Sicherungen und den Verbrauchszähler. »Nichts Auffälliges. Hier gibt es keine versteckten Räume. Komm, gehen wir.«

Zögerlich stieg Jemima die Treppe hinauf. Sie gingen ins Wohnzimmer zurück. »Ich kann es nicht glauben«, stieß sie hervor, »die ganze Mühe und – nichts.« Sie lehnte sich enttäuscht gegen die Küchentür.

»Weißt du, was mir auffällt?«, bemerkte Samuel.

»Was denn?«

»Sollte Professor Peinhaupt wirklich der Entführer sein, ist er sicher kein Pädophiler. Die Bilder sind nur von Erwachsenen. Und keiner davon devot. Hier sind nur Männer und Frauen abgebildet, die selbstbewusst und lustvoll ihre Körper präsentieren.«

Jemima betrachtete noch einmal die Sammlung. »Du hast recht. Hier passt etwas nicht zusammen.«

»Was machen wir jetzt?« Samuel verschränkte die Arme.

Jemima überlegte. Plötzlich ein Geruch: schon wieder Gras und Iris. Schlagartig beschleunigte sich ihr Puls. »Schalt die Taschenlampe ab«, zischte sie. Sofort gehorchte Samuel, zog sie in den hinteren Gang. Durch die Spiegelung der Lithografie konnte sie sehen, wie sich die Küchentür öffnete. Eine Gestalt kam lautlos ins Wohnzimmer. Samuel legte Jemima die Finger auf den Mund, zupfte an ihrem Ärmel, zeigte auf die Tür zum Garten. Jemima deutete auf ihre Ohren und auf die Gestalt. Samuel verstand und verharrte. In die dämmerige Stille hinein klimperte ein Jingle. Die Gestalt sagte: »Shit«, fasste in die Gesäßtasche, drehte die Schreibtischlampe an: ein sehniger Mann in dunkler Jeans und Rollkragenpullover. Der Glasschirm färbte seine blonden Haare grünlich. Eine Nackenmatte, wie retro, dachte Jemima. Der Mann setzte sich, tippte auf das Display seines Smartphones und meldete sich mit unerwartet hoher Stimme.

»Prock …- Was glauben Sie denn? …- Nein, ist sie nicht …- *Sie* haben gesagt, ich soll den Vorschlägen von Aktaion folgen …- Ich bin nur der Affe, der die Tasten drückt …- Variablen, na klar …- Es ist eure Software, glauben Sie, mir macht es Spaß von Ort zu Ort zu kurven, wie es Aktaion gerade einfällt? …- Wenn Sie meinen …- Okay, okay, ich werde die Redundanzen anpassen …- Bis morgen? …- Dann kann ich für heute abbrechen? …- Nein, das bringt jetzt nichts mehr, die neue Zielperson ist mobil nicht erreichbar …- *Ich* hätte das von Anfang an gemacht, aber Sie wollten ja das Umfeld außen vor lassen. Und – was hat das gebracht? …- Ja, ja, der Testlauf …- Ich weiß, es ist Ihr Geld …- Gut, eine Prognose noch, dann gehe ich vor, wie ich es für richtig finde, der Auftrag dauert mir schon zu lange.« Prock legte auf, schaltete ein Radio am Regal an, pfiff leise den Song mit, durchsuchte den Schreibtisch. Als er sich zur unteren Schublade vorbeugte, rutschte sein Hosenbein hoch. Jemima bemerkte eine Tätowierung über seinem Knöchel: eine Kobra und ein Messer.

Der Eindringling zog den Sotheby's-Katalog aus der Lade, blätterte langsam darin. Samuel zupfte Jemima wieder am Ärmel. Sie schlichen den Gang entlang. Vorsichtig drehte Samuel den Knauf, drückte langsam gegen die Gartentür, atmete auf, als sie geräuschlos aufging. Er hielt die Tür nur einen Spalt offen, sie schoben sich durch, Samuel schloss wieder vorsichtig. Sie eilten durch den dunklen Garten.

»Wohin?«, flüsterte Jemima.

Samuel lotste sie zu dem Schuppen im seitlichen Teil des Gartens. Das Schiebetor stand einen Spalt offen. Daneben ein kleines, trübes Sprossenfenster.

»Die Solarbeleuchtung erhellt den Vorgarten. Von hier können wir die Eingangstür sehen«, sagte Samuel. »Wir warten, bis er geht. Dann wissen wir, wohin wir können, ohne ihm gleich über den Weg zu laufen. In Ordnung?«

Jemima stimmte zu, zwängte sich durch den Spalt in die abgestandene Dunkelheit, drückte sich innen gegen die Holzwand, lehnte ihre Stirn an die verschmierte Glasscheibe. Sie linste in den Garten hinaus. Ihre Schultern schmerzten. Sie spürte Samuel hinter sich, er lehnte sich an ihren Rücken, sein Atem streifte ihre Schläfe. Seine Körperwärme entspannte Jemima. Sie schloss die Augen. Die ganze Aktion kam ihr plötzlich unsinnig riskant vor. Der Mann war ihnen gefährlich nahegekommen. Auch wenn Samuel früher in einem Box-Club war, was sollte er gegen einen Profi ausrichten?

»Er geht«, flüsterte Samuel ihr ins Ohr. Sie öffnete die Augen, beobachtete wie Prock auf die Straße trat, die Fahrbahn überquerte. Er streckte die Hand aus, die Blinker eines Audi antworteten. Der blonde Mann stieg ein. Kurz darauf wendete die Limousine, verschwand leise in Fahrtrichtung Rettenbach.

Nach ein paar Minuten machte Samuel einen Schritt zurück. Jemima drehte sich um. Ein Lichtstreifen erhellte ein schmales Band hinter ihm. Erschrocken kiekste Jemima, schlug die Hand vor den Mund. Samuel fuhr herum. Auf einem roten Rasentraktor saß vornübergebeugt ein Mann. Seine Arme steckten im Lenkrad.

Sie erkannte ihn von dem Foto aus der Küche: der Professor – bleich, starr und still.

NEUN TAGE VORHER

Er schreckt hoch. Starrt die nachtdunkle Wand an. Horcht gespannt. Der Professor tastet nach seiner Armbanduhr. Die Leuchtziffern zeigen 04:22. Er dreht sich auf den Rücken. Ein leises Klirren. Er richtet sich auf. Ein Einbrecher? Aber niemand weiß, dass er wertvolle Stücke besitzt. In Gesprächen erzählt er immer nur von seinen Repliken. Auf Tratsch kann man sich normalerweise verlassen. Er seufzt. Vielleicht sollte er sich doch eine Alarmanlage leisten.

Ein Tontopf fällt herunter. Der Professor zuckt zusammen. Das war direkt vor seinem Fenster. Er springt aus dem Bett, schleicht bloßfüßig zur Scheibe, schiebt die Lamellen der Jalousie ein kleines Stück auseinander. Im schummrigen Licht der Zaunbeleuchtung sieht er eine gescheckte Katze davonhuschen. Er lächelt. Seit er einmal Fischreste hinausgestellt hat, kommen sie immer wieder nachsehen. Morgen bekommt ihr ein paar Knabbereien, denkt er. Ein Mann geht auf der anderen Straßenseite vorbei.

Der Müllwagen weckt ihn. Montagmorgen. Noch im Liegen denkt er sich die Einkaufsliste aus. Schreibt beim Morgenkaffee alles auf einen Notizblock. Soll er zum *Nah&Frisch* im Ort oder zum *Billa* in Jormannsdorf fahren? Er studiert die Notizen. Besser der größere Supermarkt.

Eine halbe Stunde später schiebt er den Gitterwagen durch die Gänge, lädt Vogelfutter und Katzenfutter ein, muss über die Kombination grinsen. Ein blonder Mann versperrte ihm den Weg. Wer trägt denn heute noch Vokuhila?, denkt der Professor. »Sie entschuldigen?«, sagt er laut.

»Ich muss mit Ihnen sprechen, Professor Peinhaupt.«

»Und Sie sind?«

»Prock. Aber mein Name tut nichts zur Sache. Ich bin nur der Bote.«

»Der Bote? Was soll denn das bedeuten?«

»Es geht um das Angebot von …«

Der Professor unterbricht ihn. »Ich habe Ferien, guter Mann. Geschäftliches erledige ich ausschließlich in meinem Büro. Ich habe alle Angebote aufgehoben und werde sie gründlich prüfen. Nach meinem Urlaub.«

»Mein Auftraggeber will nur sicherstellen, dass er nicht …«

»Bitte, lassen Sie mich sofort in Ruhe. Nach Ostern bekommen alle ihre Antwort.« Er hat laut gesprochen, eine Verkäuferin kommt in den Gang, schaut ihn fragend an.

»Schon gut, Herr Professor.« Die hohe Stimme des Mannes, der sich als Prock vorgestellt hat, wird noch höher. »Ich wollte sie nicht belästigen. Ich befolge nur meinen Auftrag.« Er dreht sich um und verschwindet hinter der Tiefkühlvitrine.

Grübelnd schiebt der Professor den Einkaufswagen weiter. Seine gute Laune vom Morgen ist gekippt. Hat *CACI* nicht gefallen, dass er ihr Mail ignoriert hat? Oder hat sich ein Dienst eingemischt? Wer ist da so ungeduldig? Kurz ist er versucht seine Mails zu checken, zieht aber dann die Hand aus der Manteltasche. Oder wurde ein Bieter auf Serpentina ungeduldig? Aber sie ist noch nicht genug gereift. Würden sie so weit gehen, sein Haus zu durchsuchen? Jetzt bereut er, dass er noch keine Alarmanlage installieren hat lassen. Ich will meine Ferien unbeschwert verbringen, denkt er, besser kein Risiko eingehen.

Eine alte Frau hat ihm von dem Versteck erzählt. Als er im letzten Frühjahr den Rosengarten neben der Wehrkirche besichtigte. Für Liebespaare, hat sie gesagt, für junge, alte und besonders für verheiratete, bevor es das moderne Zeug gab. Er geht zu der Statue und sieht, dass die Alte nicht geflunkert hat.

Er spaziert über den Kirchenvorplatz, setzt sich auf die gleiche Bank wie letztes Jahr, öffnet das Tablet. Noch füllen kahle, dornige Ruten die Beete, aber Blattknospen lassen schon den Austrieb ahnen. Ein Versprechen auf die Blütenpracht des Frühsommers.

Serpentina sieht ihn verwirrt an. »Wo hast du mich hingebracht?«

»In Sicherheit. Ich hole dich bald wieder ab, versprochen. Aber im Moment ist es besser du bleibst hier.«

Die Kälte reizt seine Blase. Der Professor sieht sich um – weit und breit ist niemand zu sehen. Er legt das Tablet neben sich auf die Bank, stellt sich zwischen eine Steinmauer und einen mannshohen Busch, düngt die Rosen. Er blickt hinter sich: Serpentina schmollt. Ein reizender neuer Ausdruck. Er wird sie vermissen.

Der Wasserkocher sprudelt. Er gießt sich den Spezialtee auf. Sein Allheilmittel. Der Tipp eines ayurvedischen Therapeuten, der einen Abendkurs bei ihm besucht hat. Er gießt die Kanne voll, rührt um, stellte sie auf ein Stövchen, daneben eine Tasse. Trägt das Teetablett ins Wohnzimmer. Er nimmt den Holzrahmen vom Schreibtisch, fingert das Foto heraus, steckt den Ausdruck eines Marienbildes stattdessen hinein. Damit fühlt er sich ihr verbunden. Er bemerkt, dass der Anzeiger der Hydrokultur seiner einzigen Zimmerpflanze abgesunken ist. Nachdem er die Schlangenwurzel gegossen und die ovalen, dunkelgrünen Blätter abgewischt hat, stellt er sich mit der Tasse in die Fensternische, nippt an seinem Tee. Beobachtet den Himmel. Ein mitttägliches Sonnenfenster zieht heran, erhellt seine Gedanken. Er stellt die halbleere Tasse ab, geht zur Hintertür, schlüpft in die Gummistiefel. Gartenarbeit ist die beste Meditation.

Wo ist bloß der Lochstecher? Er kramt in der Kiste mit dem Kleinzeug. Schließlich findet er den Metallzylinder mit dem grünen Griff. Er legt ihn zu den Blumenzwiebeln, stellte den Karton auf die Säcke im Anhänger. Braucht er noch etwas? Er sieht sich um, greift nach den Gartenhandschuhen. Gerade als er das Scheunentor aufschieben will, läutet sein Smartphone. Eine unbekannte Nummer. Zuerst will er den Anrufer ignorieren, hebt aber dann doch ab. Wieder diese lächerlich hohe Stimme: Prock wartet im Kaffeehaus; er will sich mit dem Professor treffen. Er lehnt rundweg ab.

»Ich kann auch zu Ihnen nach Hause kommen. Hören Sie sich doch an, was mein Auftraggeber zu bieten hat. Ich habe alles dabei«, schlägt Prock vor.

»Auf keinen Fall. Wenn ich Ihren Haarschopf sehe, rufe ich die Polizei.«

»Sie müssen mir doch nicht gleich drohen. Es ist doch zu beiderseitigem Vorteil. Wir finden sicher einen Kompromiss.«

»Ich habe meine Regeln«, entrüstet sich der Professor. »*Meine* Regeln. Nicht Sie und nicht irgendein ominöser Auftraggeber werden das ändern.« Er schnappt nach

Luft. »Ach wissen Sie was, Sie können mich …« Er hält inne, legt auf, bevor er ausfällig wird. Atemlos vor Entrüstung schaltete er das Smartphone aus, wirft es in den Anhänger, lehnt sich gegen den Rasentraktor.

Plötzlich krampft sein Brustkorb. Brennen drängt seine Kehle hinauf. Ein Schmerz blockiert seine Kiefer. Er schnauft. Nicht schon wieder! Der Professor tastet seinen Hosensack ab. Leer. Der Spray – er liegt noch in der Küche. Er hockt sich auf den Traktorsitz, lehnt sich gegen das Lenkrad. Lockert seinen linken Arm. Einen Moment ausruhen. Der Schmerz wird gleich vergehen. Schweiß perlt über seine Stirn. Tropft auf das Lenkrad. Nur ein Moment. Er ringt nach Atem. Sekunden werden zu Minuten.

Flimmern zerfasert sein Blickfeld. Dann Schwärze.

5

Das Metallgestell schwankte und quietschte, als Samuel sich zu ihr herumrollte. »Was meinst du? Wie lange ist er schon dort?«

»Bin ich Forensikerin?« Jemima schnüffelte unter ihr Leiberl. Langsam war eine Dusche nötig. »Dem Rand im Teehäferl nach – mehrere Tage.«

»Sollte man ihn nicht schon riechen?«, wollte Samuel wissen.

»Es war zuletzt ziemlich kalt, die Nächte frostig. Kühlschrankwetter.«

»Verstehe. Sollen wir die Polizei anrufen?«

»Und wie erklären, was wir in seiner Scheune wollten?« Jemima kratzte sich am Kopf. »Immerhin sitzt dort ein toter Mann.«

»Es wäre halt anständig. Man wird sowieso ermitteln, dass wir nach ihm gefragt haben.«

»Aber niemand hat gesehen, wie wir zu dem Haus gegangen sind. Und wir haben niemanden unsere Namen genannt. Das sollten wir auch so belassen. Spätestens nach Ostern werden sie ihn auf der Uni vermissen und nachforschen.« Jemima runzelte die Stirn. »Samuel — meinst du, Prock hat den Professor umgebracht?«

»Bin ich Kriminalist?«

»Ich meine, hast du genauer hingeschaut?«

»Blut war keines zu sehen.« Samuel setzte sich auf, massierte sein Kreuz.

Gestern waren sie planlos davongelaufen, durch Unterholz und über buckelige Felder gestolpert, bis sie auf die Burgmauer gestoßen waren. Sie schlichen den Hang runter und entdeckten hinter dem Kaffeehaus einen Schüttkasten mit schmutzigen Scheiben. Die Eingangstür war unversperrt. Bierdosen, Kippen und zerknüllte Verpackungen zeugten von Partys abseits elterlicher Aufsicht. Im ersten Stock hatten sie ein Arbeiterquartier mit einem Feldbett darin gefunden und sich direkt auf die schmutzigen Gurten gelegt.

»Wir waren so vorsichtig, haben eine falsche Fährte gesetzt – wie hat er uns trotzdem so schnell wiedergefunden?«

Noch immer verfolgte sie das blasse, schmale Gesicht mit den schwarzen Strähnen. In ihren kalten Träumen war es zu Boden gefallen und wie eine Scheibe zersprungen. »Vermutlich Metadatenanalyse«, murmelte sie unbestimmt.

»Und das weißt du, weil …«

»Prock hat im Telefonat so etwas angedeutet. Und Janus hat mir davon erzählt.« Sie massierte ihre Schläfen.

»Janus? Ihr hattet weiter Kontakt?«

»Ja. Wir haben uns ab und zu ausgetauscht. Über das Chatforum für Naturkosmetik. Er ist ein findiger junger Mann.«

Samuel zog die Mundwinkel nach unten. »Hast du ihn getroffen?«

»Das wüsstest du jetzt gern, stimmts?« Jemima setzte sich auf, rieb mit den Fingerknöcheln über seine Stoppelglatze. »Nein, habe ich nicht. Wir haben nur gechattet. Vorwiegend zu Datensicherheit und Bezahlsystemen. Wegen meines Online-Shops.«

Er knurrte: »Ah ja. Was sagt Regula dazu?«

»Hallo? Ich bin doch niemanden Rechenschaft schuldig. Nicht jeder muss alles wissen, was ich mache.« Sie schubste ihn und verschränkte die Arme. »Habe ich etwa wissen wollen, was du die letzten fünf Monate nach Arbeitsende getrieben hast?«

»Du musst nicht patzig werden. Ich habe gearbeitet, gegessen, geschlafen. Meine einzige Freizeit waren unsere Skype-Gespräche. Und ab und zu ein Spaziergang im Park.«

»Tut mir leid. Ich bekomme nur den Anblick nicht aus dem Kopf.«

Samuel lächelte. »Ich weiß. Wenn du dich ängstigst wirst du ärgerlich. Das ist dein Ventil.«

Jemima legte den Kopf schief, studierte sein Gesicht. Wenn ich aufgewühlt bin, kann er mich lesen wie ein Buch, dachte sie. Und überlegte, ob ihr das gefiel. Wollte sie einen Mann so weit in ihr Innerstes lassen?

»Es gibt Momente …«, begann sie zögernd.

Samuel schaute sie aufmerksam an, sagte aber nichts.

»Es gibt Momente in denen ich nicht weiß, was gestern und morgen ist. Ich bin in einem Raum, den ich kenne, und hinter der Tür, ist auch ein Raum, den ich kenne. Aber beide sind nicht am selben Ort, nicht in derselben Zeit. Ich bin wach und schlafe gleichzeitig. Ich habe Angst, dass ich einmal in diesem Zustand stecken bleibe.« Sie knetete ihre Finger. »Es ist wie diese Nacht unter der Erde. Der Keller des Labors hätte mir vertraut sein sollen, aber die Explosion hatte alles verändert. Es war so surreal. Der vertraute, fremde Raum, der Schmerz von der Verbrennung, Nathan, der sich an mich geklammert hat.« Sie rieb ihren vernarbten Oberarm. »Sein Leben ist ganz still zu Ende gegangen. Sein Atem wurde flacher, sein Körper regungsloser. Von einer Minute auf die andere habe ich den Tod angeschaut. Einen Tod mit sanftem Antlitz, aber genauso erbarmungslos wie sein Bruder in Waffen.«

Samuel legte ihr den Arm um die Schultern, zog sie an sich. Eine Weile saßen sie Wange an Wange, jeder in die eigenen Gedanken versunken. Schließlich sagte Jemima: »Vielleicht sollten wir doch zur Polizei.«

»Nein, du hattest schon recht. Was würden die viel tun, außer uns stundenlang zu unserem Verhältnis zu Professor Peinhaupt zu verhören? Auch wenn wir wahrscheinlich weit weg waren, als er gestorben ist.« Er seufzte. »Ich kann mich noch gut daran erinnern, wie nachlässig sie nach dem Überfall auf Sarah gearbeitet haben. Sie war ja nur im Koma. Mord ist medienwirksam. Raub nur ein weiteres Delikt in der Statistik. Und als meine Schwester zehn Jahre später gestorben ist, hat das keinen der Ermittler interessiert.«

»Aber dich hat es interessiert«, sagte Jemima. »Du wolltest die Wahrheit erfahren.«

»Und das habe ich, dank dir. Deshalb will ich auch wissen, was mit dieser Aufnahme los ist«, betonte er. »Oder willst du dich schuldig fühlen, nicht alles dafür getan zu haben das Mädchen zu finden?«

»Nein, will ich nicht. Aber warum musste der Professor sterben?«

»Da müsste ich raten.«

»Der Computer«, rief Jemima. »Neben dem Schreibtisch waren Kabel und ein Modem, aber im ganzen Haus kein Computer. Vielleicht ist es Prock gar nicht um das Mädchen gegangen, sondern um die Arbeit des Professors. Und er hat das Passwort von ihm erpresst.«

»Könnte seine Arbeit so brisant sein?«

»Professor Peinhaupt hat … hatte internationales Renommee. Was er genau gemacht hat? Das könnte Janus wissen. Er scheint ja auch mit ihm zu tun gehabt zu haben. Oder woher kennt das Mädchen ihn?«

Samuel öffnete den Mund, schloss ihn aber wieder.

»Aber warum ist Prock dann hinter mir her?« Jemima bekam die Geschichte nicht zusammen.

»Vielleicht hat er nicht gefunden, was er wollte. An Janus kommt er nicht heran. Jetzt glaubt er, du weißt mehr. Oder hast von Janus bekommen, was er will.«

»Dann ist das Mädchen nur ein Kollateralschaden?«, stieß Jemima hervor. »Wenn sie irgendwo auf Hilfe wartet und der Professor jetzt tot ist …« Sie fasste Samuel am Unterarm. »Es muss uns unbedingt etwas einfallen.«

Schlagartig setzte Knattern ein, verschluckte seine Antwort. Samuel stand auf und schaute durch die schmutzige Scheibe. »Der Gärtner.«

»Gärtner?«

»Ein Mann mit Motorsense und Schubkarre. Er macht sich mit Elan über das Gebüsch vor dem Speicher her.« Samuel grinste. »Und jetzt hat er ein Radio eingeschalten und schneidet im Takt. Hör mal.« Er zog am Griff für das Oberlicht, das sich knirschend öffnete. Schlagermusik mischte sich in den Motorlärm. Und der Mann sang dazu. Lautstark und der Radiomelodie nachhinkend: »*Ich weiß, wieviel er dir bedeutet auf der Welt, und dass dein Herz bestimmt jetzt in die Hölle fällt.*«

»Ach du meine Güte, Kalenderblattlyrik mit Reim verkleistert«, motzte Jemima.

»Lass ihn doch. Wie sollen wir denn sonst unsere Gefühle ausleben?«

»Wir?«

»Wir Männer.«

»Warum?«

»Männer können in solchen Liedern ihre Gefühle finden, sich ausdrücken. Mitsingen ist erlaubt.«

»Reden nicht?«

»Auto, Motor und Sport – das sind genehmigte Männergespräche. Und die Arbeit. Beim Saufen auch Bettgeschichten. Aber ehrliche Gespräche zu Gefühlen? Oder zu körperlichen Belangen? Da hat ein Mann niemanden.« Er schaute ihr in die Augen. »Außer er findet eine Frau wie dich.«

Jemima legte ihre Hand auf seine. »Sind deine Erwartungen an mich nicht zu hoch?«

»Du sollst nur so sein, wie du bist«, sagte er mit Nachdruck. Der Arbeiter intonierte in den Lärm der Motorsense hinein ein neues Lied. *Die Seer.* Samuel beugte sich zu Jemima hin, sang ihr leise ins Ohr:

Na I mechat nie, nie mehr ohne di sein
I schlofat ohne di goar nit ein
s'is mehr ois a Gfühl
wann ma oan so gonz und goar wü –
Na I mechat nie, nie mehr ohne di sein
des woass i von gaunz gaunz tiaf drei
s' fehlt a Teil von mir
bis zu dem Moment wo i di gspiar

Seine Liebeserklärung beschämte sie, machte ihr die eigene Hemmung umso mehr bewusst. Sie rang nach Worten. Das Radio wurde lauter: Ein Austro-Rapper grölte herauf, unterbrochen von Industriebeat. Schlagartig fiel ihr das Band ein. Da war nicht nur die Stimme des Mädchens zu hören gewesen. Warum hatte sie das vorher nicht realisiert? Und der Name Franzi tauchte auf. Franzi, Franzi. Trommeln und Schellen. Jemima erinnerte sich. Eine Frau, die einen Rhythmuskurs abgehalten hatte, eine Woche nachdem Jemima dem Frauenverein beigetreten war. Sie packte Samuel beim Arm. »Wir müssen nach Kirchschlag.«

»Müssen wir?« Er hatte sichtlich eine andere Reaktion erwartet.

»Ja! Dort wohnt eine Tontechnikerin, die ein Tonstudio in ihrem Haus hat. Auf dem Band ist etwas im Hintergrund, das mir bekannt vorkommt, aber ich bekomme den Ursprung nicht zusammen. Die Lösung liegt in Kirchschlag.«

Samuel seufzte. »Nun dann – auf ins Ungewisse. Autostopp, Wandern, Bus? Wie hättest du es denn gerne? Unseren Verfolger hält es nicht auf. Hatte Janus auch dazu Tipps?«

»Bist du gerade ein wenig gemein?«

»Nur unausgeschlafen. Das Bettgestell war nicht freundlich zu mir. Wie kommen wir ungeschoren an unserem Schmalspur-Elvis vorbei?«

»Lass mich hingehen. Dann kannst du unauffällig hinten herum.« Sie schlüpfte aus Lederjacke und Pullover, drückte sie Samuel in die Arme, zerwühlte sich die Haare. Öffnete die Eingangstür und schwankte auf den Arbeiter zu. Kalte Luft ließ sie frösteln.

Der Mann erschrak heftig. »Pfiat di. Jetzt hätt i mi boid angschissn. Wo kummst denn her?« Er schob seine Kappe zurecht.

»Tut mir leid. Ich habe einen totalen Kater. Spontane Geburtstagsparty. Die haben mich gestern vergessen.«

»No i hätt des ned.« Er starrte auf ihren Busen.

»Danke. Da vorne ist der Hauptplatz, nicht wahr? Wann geht denn der nächste Bus nach Kirchschlag? Wissens das vielleicht?« Sie zerrte den Regenmantel aus dem Rucksack.

Der Arbeiter schaute auf seine Uhr. »Hast a Masel. Kurz vor elfe. Glei da durch.« Er deutete zum Mauerbogen.

»Vielen Dank. Jetzt brauche ich aber ein Klo.« Jemima winkte ihm zu, lief in Richtung des rosa Kaffeehauses.

Samuel wartete vor dem Laden des Serpentin-Schnitzers. »10:54«, sagte er.

Jemima nickte, glättete sich mit den Fingern die Haare, stopfte die blauen Strähnen in die Kapuze des Regenmantels. Samuel schob seine Sonnenbrille über die Augen. Sie schlenderten über die Straße, hockten sich auf ein Rondeau aus Holzbänken, das neben dem Haltestellenschild aufgebaut war. In der Mitte türmten sich unbearbeitete Steinblöcke, darüber ein Holzgestell, auf dem sich bemalte Birkenstämme reihten: Ein Ringelspiel aus Grinsehasen. Der Regionalbus bog pünktlich ein.

Sie lutschte konzentriert. Ein Mentholzuckerl half Jemima durch die engsten Kurven. In Ungerbach ging es endlich nur mehr geradeaus. Der Bus schaukelte gemächlich durch das Tal, bog auf die B54 ein, hielt in Kirchschlag gegenüber der Post. Nach dem Aussteigen blickte Samuel nach links und rechts. »Wohin jetzt?«

»Hauptplatz. Da war eine Bäckerei. Ich brauche dringend einen Coffee-to-go und eine Topfengolatsche.«

Sie aßen ihr Frühstück im Gehen. Jemima hatte sich bei der Verkäuferin nach der genauen Adresse von Franzi erkundigt. Gerade als sie den letzten süßen Bissen hinunterschluckte, erreichten sie das Haus am Reißenbach. Im Garten stand ein Kind und jaulte einen Baumstamm an, schwankte dabei vor und zurück. Im Nebenhaus wurde ein Fenster aufgerissen, eine männliche Stimme schrie: »Sperr doch endlich ein, den Dillo. Das halt ja keiner aus.«

Eine heisere Stimme rief zurück: »Stopf dir doch Wachs in die Ohren.« Kurz darauf kam eine Frau mit graumelierten Ponyfransen um die Hausecke. Sie trug einen Rock mit Paisley-Muster über der Jeans und war trotz des kühlen Wetters barfuß. »Na komm, Willi«, sagte sie freundlich und hielt dem Kind die Hand hin. Dann bemerkte sie Jemima und Samuel am Gartentor. Ihr Gesicht wurde abweisend. »Ich spende nichts.«

»Franzi«, rief Jemima, »ich bin's. Wir kennen uns von der *Zaunreiterin*. Notburga hat uns bekanntgemacht «

»Jenny, stimmt's? Wieso hast du blaue Haare?«

»Ich habe eine Wette verloren. Du weißt, dass unsere Wirtinnen immer für einen Scherz gut sind«, flunkerte Jemima. Sie verzichtete darauf ihren Namen zu korrigieren.

»Ah ja, die Rösslers. Was führt dich her?« Franzi missachtete Samuel.

Jemima kramte die Kassette aus ihrem Rucksack. »Wir haben eine Aufnahme mit. Von einem Telefonat. Und wir wollen wissen, wo die Anruferin dabei gewesen ist. Du hast doch ein Tonstudio im Haus?«

Bevor Franzi nach dem Band greifen konnte, begann das Kind neuerlich zu jaulen. Als wäre es ein Wolf, der sein Revier markiert.

Wieder brüllte der Nachbar herüber. »Willst, dass ich die Fürsorge anrufe? Ich steck denen, dass du den Buben misshandelst. Brauch nur das Telefon über den Zaun halten, dann hörens das gleich.«

Franzi zeigte ihm den Mittelfinger, hob das Kind hoch und trug es ins Haus. »Kommt rein. Der gibt sonst keinen Frieden.«

»Willi oder der Nachbar?«

»Der Volltrottel von Frührentner. Bis letzten Sommer ist er nur manchmal gekommen, seit er aber ständig hier wohnt terrorisiert er alle. Die Kuglers wegen dem Rasenmähen, den Bachner wegen der Hühner und mich mit meinem Buben. Als ob der was dafür könnte.« Ihr Gesicht war rot angelaufen, sie setzte Willi in der Küche in einen Laufstall, der dem Kind sichtlich zu klein war.

»Wenigstens kannst du die meiste Zeit von Zuhause arbeiten«, versuchte Jemima auf ihr eigentliches Anliegen zurückzukommen.

»Wenn mich der Trottel lässt«, stieß Franzi hervor, stellte zwei Klappstühle lauter als nötig an den Küchentisch, deutete darauf. Sie bot ihnen nichts an.

»Vielleicht hat Ihr Nachbar auch so seine Probleme«, sagte Samuel beschwichtigend.

»Und ob er die hat«, sagte Franzi abfällig und tippte sich gegen die Stirn. »Aber du kannst ja rübergehen und mit ihm ein Bier zischen.« Sie wischte nicht vorhandenen Schmutz vom Tisch. »Solche Kerle rennen hier zuhauf herum. Typen, die mit fünfzig draufkommen, dass das Leben auch an ihnen nicht spurlos vorbeigeht. Sie schwingen im Wirtshaus große Reden, kuschen aber wenn es darauf ankommt und bestellen sich abends im Internet Viagra, damit sie sich wenigstens noch im Schritt stark fühlen können.« Sie funkelte ihn an.

Samuel widersprach nicht. Wahrscheinlich schweigt er mir zuliebe, dachte Jemima. Sie schlug mit der Handfläche auf den Tisch. »Franzi – lass das. Samuel steht hier nicht am Pranger.«

»Kennst du einen, kennst du alle. Bei mir zieht nur noch eine Frau ein.«

»Jeder nach seiner Fasson. Aber du kannst mir Samuel nicht schlechtreden. Ich weiß genau, was ich an ihm habe.«

Hinter Franzis Rücken spitzte Samuel die Lippen zu einem Kussgesicht und lächelte.

»Lass uns in zwei, drei Jahren weiterreden«, murmelte Franzi.

Jemima wollte etwas erwidern, aber Samuel kam ihr zuvor. »Können wir zu unserem Anliegen zurückkommen? Es wäre für uns wirklich wichtig«, sagte er freundlich.

»Und schon redet er für dich, das ist …« Ein Kreischen, gefolgt von einem splitternden Geräusch, unterbrach Franzi. Das Kind hatte seinen Laufstall aufgebrochen. »Na komm, Willi«, säuselte Franzi, »kannst eh bei uns bleiben. Da – Block und Buntstifte. Setz dich da her, malst uns was Schönes.« Sie führte ihn zu einem Spielteppich, in den das Bild eines Obstgartens gewebt war. Der Junge begann zu kritzeln.

Franzi setzte sich wieder an den Tisch, spielte mit einem der Buntstifte, drehte ihn im Kreis. »Warum willst du unbedingt wissen, woher der Anruf kommt?«

»Also – das war so: Samuels Papa ist Witwer. Er hat kürzlich eine Heiratsannonce aufgegeben. Ganz klassisch analog im Lokalblatt. Und da hat ihm eine Dame geantwortet. Sie hat auf unserem Anrufbeantworter ganz reizende Dinge für ihn hinterlassen. Du weißt schon – Liebesgeflüster. Ganz schön offenherzig. Wie gerne sie wieder einen männlichen Begleiter hätte.«

Wie sie vermutete hatte, verzog Franzi bei diesem Satz grimmig den Mund. Jemima fuhr fort: »Sie hat erzählt, sie würde ganz in der Nähe wohnen, aber sie hat ihre Telefonnummer nicht gesagt. Und mein Festnetztelefon hat keine Nummernerkennung. Heute scheinen alle zu glauben, dass das eh jedes Gerät aufzeichnet.« Jemima seufzte theatralisch. »Wir suchen die Dame jetzt für ihn und müssen zuerst einmal wissen, aus welchem Ort sie kommt. Dann ist es schon leichter bei der Zeitung nachzuforschen. Der alte Herr hat bald seinen Siebziger und wir wollen ihn mit ihrem Besuch überraschen. Alles klar?«

»Natürlich. Ihr seid miese Kuppler. Na gut, ich helfe euch.«

Jemima bedankte sich; Samuel grinste verstohlen.

»Ich bin keine Tonanalytikerin und habe auch keine diagnostische Software«, gab Franzi zu bedenken.

»Ganz am Ende sind eine Weile nur Geräusche, vielleicht können Sie da etwas verstärken«, sagte Samuel.

Die Technikerin nickte. »Das könnte gehen. Also kommt mit.« Sie führte sie in einen isolierten Raum, mit Mischpult, Computer und einer Reihe Geräte, deren Funktion Jemima nur raten konnte. Franzi legte die kleine Kassette in ein Laufwerk, startete, digitalisierte auf ihrem Computer die analoge Aufnahme – am Bildschirm eine Auflistung von Frequenzen. Franzi markierte einen Bereich, schnitt den Teil mit der Stimme heraus. »So, das sind jetzt die letzten drei Minuten.« Sie startete die Sequenz: Scharren, ein leises Hupen, Kies knirschte, singende Stimmen, Metall schlug aneinander, ein Räuspern. Nacheinander regelte Franzi Höhen und Tiefen, sie hörte sich die Aufnahme mit Kopfhörer an.

Ein schrilles Jaulen ließ Jemima zusammenfahren. Franzi riss sich den Kopfhörer herunter. »Ich komme gleich. Willi verlangt nach seinem Kakao. Das muss genau um zwölf sein. Das sieht er auf der Küchenuhr.«

Franzi verschwand. Samuel setzte sich den Kopfhörer auf, lauschte, gab ihn dann an Jemima weiter. Immer wieder startete sie die drei Minuten neu. So viele Geräusche, wenn man genau aufpasste. Selbst eine Amsel konnte sie hören. Aber die Kakophonie war zu chaotisch, um sich zu einem Gesamtbild zu fügen.

Franzi kam zurück; hektische rote Flecken prangten auf ihren Wangen. Sie setzte sich wieder an den Computer. Noch einmal prüfte sie die Aufnahme, nickte dann langsam.

»Da ist ein Chorgesang zu hören«, sagte Jemima.

»*Gloria in excelsis Deo*«, ergänzte Samuel.

Verblüfft schaute Franzi ihn an. Ungeduldig pochte Jemima auf die Tischplatte. »Das bringt uns aber nicht weiter.«

»Doch«, erklärte Franzi. »Gleichzeitig ist da Baulärm. Da wird ein Gerüst aufgebaut. Diese Kombination — das ist hier in Kirchschlag. Das war die Chorprobe letzte Woche, für die Messe am Ostersonntag. In der Wehrkirche.«

Risse maserten das Relief: Hirsch, Palme und Löwe. Nur noch die rechte Seite des oberen Bogens war intakt. Der Karner schloss an den gotischen Torbogen an, seine Tür war aber versperrt. Das Mädchen kann doch kaum in der Kirche sein, dachte Jemima und folgte Samuel über den Kirchhof zur niederen Eingangstür der Wehrkirche. Kühle Luft wehte ihnen entgegen. Überlaut quietschten ihre Schuhe auf dem Steinboden. Jemima schlüpfte durch eine der Bankreihen zu den Beichtstühlen, untersuchte das Innere auf versteckte Türen. Dann schritt sie in den Altarraum. Die Tür zur Sakristei war gleichfalls versperrt. Sie hämmerte dagegen, legte ihr Ohr auf die Eisentür und lauschte. Keine Antwort. Unter dem Aufgang zur Kanzel fand sie eine Klappe, die mit einem Vorhängeschloss gesichert war. Sie schlug dagegen, lauschte. Nichts. Samuel stand vor dem Altar und betrachtete die moderne Skulptur: Ein Männertorso, der die Platte stützte. »Das hätte dem Professor gefallen«, sagte er.

Nachdenklich richtet Jemima den Blick nach oben. Ein zorniges Jesusgesicht funkelte sie aus Blattranken heraus an. Ein Wächter über die Frömmigkeit der Gemeinde unter ihm.

Samuel betrachtete die Darstellung der Familie auf der rechten Seite, dann die Ikone mit der weinenden Maria gegenüber. Er zündete eine Kerze an, schlug ein Kreuzzeichen.

Jemima ließ die Gotik und das Gold der Kirche auf sich wirken. »Was für eine Karriere der alte Mann doch gemacht hat«, sagte sie schließlich. »Vom Vulkangott asiatischer Halbnomaden zum Hirtengott in Judäa, der mit David zum Gott des Königs aufsteigt; unter Josia kann Jahwe sich dann seiner Frau entledigen und wird zum alleinigen Herrscher; Konstantin macht ihn schließlich zum Staatsgott. Jeder Politiker würde vor Neid eine blassgrüne Nasenspitze bekommen.«

Zuerst schaute Samuel überrascht, dann begann er heftig zu lachen. »Du bist einfach unverbesserlich«, sagte er, wischte sich eine Träne aus dem Augenwinkel.

Jemima ließ sich auf eine der Kirchenbänke fallen. Kein Wunder, dass die Leute in der Liturgie gerne mitmachen, aufstehen und niederknien, dachte sie, niemand kann auf solchen Bänken lange sitzen. Sie schloss die Augen und lauschte. Konzentrierte sich auf die Geräuschkulisse. Und dann erkannte sie ihren Denkfehler: die Amsel. Die Aufnahme musste im Freien gemacht worden sein, der Vogelruf war nicht laut genug, um durch die Steinmauern zu dringen.

Sie packte Samuel am Ärmel und zerrte ihn mit sich ins Freie. »Hier draußen. Hier muss irgendwas sein. Was übersehen wir bloß?«

Samuel schaute in den Rosengarten. »Gehen wir die alte Friedhofsmauer ab. Meter für Meter.« Zweimal liefen sie rundum, blieben dann vor dem bröckelnden

Torbogen stehen. Samuel wirkte ratlos. »Wir sind wieder dort wo wir angefangen haben.«

Frustriert ballte Jemima die Hände in den Taschen, presste ihre Lippen aufeinander. Ein Windstoß trieb einen Kassazettel vorbei. Das Stück Papier blieb an den Gitterspitzen der Wegekapelle hängen. Jemima betrachtete zum ersten Mal die naive Statue darin genauer. Eine Darstellung der Maria Immaculata, der Kopf der Schlange unter ihren Füßen war beschädigt. In diesem Moment schoss ihr das Foto am Schreibtisch des Professors in den Sinn. Dieses untypische Motiv. Natürlich, dachte Jemima, das war ein Andenken. Sie tippte Samuel auf den Arm. »Da drin.«

»Was soll da drinnen sein? Das ist nur eine Kapelle.«

»Bitte schau genau nach. Ich habe so eine Ahnung.«

Er seufzte, öffnete die Hakenkette, mit der das Gittertor verschlossen war, schob sich in die schmale Nische, schlug ein Kreuzeichen. Vorsichtig rückte er die Kerzen und die Gestecke am Sockel zur Seite, schaute hinter die Statue. Dann klopfte er auf die Verkleidung aus blaugrauen Brettern. Ein Fichtenreisig fiel herunter. Samuel hob es auf, runzelte die Stirn. Er schob die Fingerspitzen in einen Spalt zwischen Brett und Wand. Ein Stück der Holzverkleidung ließ sich öffnen. Seine Hand verschwand im Hohlraum dahinter. »Da ist etwas«, sagte er und zerrte ein foliertes Kuvert heraus. Schritte näherten sich. Rasch drückte Samuel das Brett zu, legte das Reisig darüber, rutschte hinter dem Gitter hervor. Jemima warf die halbhohe Tür zu, hängte sich bei ihm ein. Ein Arbeiter schritt an ihnen vorbei, musterte sie stirnrunzelnd, überquerte die Straße in Richtung Fleischerei.

Die abfälligen Blicke nervten Jemima. Am liebsten hätte sie dem Mann eine freche Bemerkung nachgeschickt. »Lass es«, sagte Samuel und lächelte. »Schauen wir uns lieber unseren Fund an.« Er deutete in den Kirchenhof, auf die Holzbank vor dem Stadtmuseum. »Dort sind wir ungestört.«

Jemima trottete zu der Bank. »Schon wieder ein Hinweis«, maulte sie, »hoffentlich dieses Mal eine konkrete Spur.« Langsam vermisste sie ihren Hof.

Kaum saßen sie, riss Samuel das Kuvert auf. Eine silberne Schachtel purzelte heraus. Keine Schachtel, korrigierte sich Jemima, eine Festplatte. Samuel drehte sie hin und her. Ein blaues Markenetikett mit einer Art Spirale darauf, ansonsten keine Beschriftung.

»Mir kommt gerade ein Verdacht – dieses Mädchen ist gar nicht hier in der Nähe. Vielleicht war hier nur ein Zwischenstopp«, sagte Samuel.

»Was meinst du?« Jemima nahm ihm die Festplatte ab, betrachtete das Etikett, tippte auf die abgebildete Wolke. »10 Terrabyte. Ganz schön mächtig.«

Er massierte sich sein Knie. »Vielleicht denken wir in die falsche Richtung. Lass mich einmal einen anderen Blickwinkel versuchen.«

Jemima schaute ihn gespannt an.

»Im letzten Sommer hat das BKA im Darknet doch so eine Handelsplattform digital hops genommen«, fuhr Samuel fort. »*Elysium* – so war der hinterfotzige Titel. Fast siebenundachtzigtausend Nutzer. Dort haben Pädophile Fotos, aber auch Lebendiges verkauft.«

»Du meinst Kinder?«

»Ja. Wenn die Behörden eine Plattform zerschlagen, ist ein paar Wochen später woanders eine neue Version online. So war es auch bei *Silk Road*. Vielleicht ist der Professor kein Täter, sondern ein Aufdecker. Vielleicht hat er so etwas gefunden und die Nutzerdaten dokumentiert. Vielleicht hat er versucht, das Mädchen zu retten. Sie vor den Tätern versteckt. Und die Meldung

146

an Janus bezieht sich darauf. Vielleicht hat Janus da mitgeholfen.«

Jemima überlegte. Samuels Theorie klang durchaus wahrscheinlich. Das würde auch den Verfolger erklären. Bei Menschenhandel ging um sehr viel Geld. Und oft waren Leute darin verwickelt, die einflussreiche Positionen innehatten. »Lass uns die Festplatte ansehen. Wenn du recht hast, ist das eine ganz andere Nummer und wir sollten sofort zur Polizei. Wo bekommen wir jetzt einen Computer her?«

»Zurück zu deiner Bekannten?«, schlug Samuel vor.

»Nein. Das ist mir zu nervig.«

»Es genügt sicher auch ein billiges Tablet mit USB-Adapter, um den Inhalt zu prüfen. Ich habe beim Vorbeifahren einen Elektrohändler gesehen. Auf der linken Seite. Kurz nach der Brücke, vor den Glashäusern.« Er deutete in Richtung des Bachs.

Jemima nickte. »Dann los.«

Der Elektrohändler stieß einen Pfiff aus. »Wow. So ein Speichermonster habe ich schon länger nicht gesehen. Eine *Seagate*. Gefüllt mit Helium. Gehören Sie zum dem Bitcoin-Start-Up in Stang?«

Samuel schüttelte den Kopf.

Der junge, schlaksige Mann schob seine Brille zurecht. »Wäre auch zu schön gewesen. Na ja. Die kaufen im Großhandel. Was braucht ihr denn?«

Samuel warf einen Blick durch die Glastür, raunte ihm dann zu: »Wir möchten nur die Daten kontrollieren, bevor wir das Ding kaufen. Brandheiß, Sie verstehen? Unser Smartphone passt aber nicht. Haben Sie ein günstiges Tablet, möglichst aufgeladen, und einen USB-Adapter?«

Jemima biss sich auf die Lippen, um nicht zu lachen. Die Brauen des Händlers wanderten fast bis zum Haaransatz, aber er stellte keine weiteren Fragen. Kurz verschwand er im Hinterzimmer, kam mit einem 10 Zoll Gerät zurück, klappte es auf. »Das habe ich als Eintausch zurückgenommen. Ich höre damit im Archiv Musik, ansonsten steht es auf Werkseinstellung. Reicht das?«

Jemima hielt den Daumen hoch. Der Händler suchte von einem Hängeregal ein Kabel, steckte ein Ende in die Festplatte und das andere in das Tablet. Er wartete, zog dann die Mundwinkel herunter. »Android erkennt das Laufwerk, aber es ist passwortgeschützt.«

»Natürlich«, sagte Samuel mit Nachdruck. »Liegt in der Natur der Sache.«

Der junge Mann schaltete ab. »Hundert Euro.«

Kommentarlos legte Samuel ihm den Geldschein hin. »Rechnung brauche ich keine.«

Der Händler lächelte, verrechnete das Kabel extra. Ein Bimmeln ließ Jemima den Kopf wenden. Die Glastür glitt auf, zwei Mädchen kamen herein, die Köpfe über ihren Smartphones zusammengesteckt. Sie hielten einen durchsichtigen Regenschirm, von dem Wasser tropfte.

»Schönen Tag noch«, sagte Samuel, verstaute Tablet, Festplatte und Kabel in Jemimas Rucksack.

Vor dem Laden blieb sie stehen. Ein steingrauer Himmel im Westen verhieß noch mehr Regen. Jeminas Narben am Arm juckten. Ihr Magen blubberte. Sie erinnerte sich an eine Konditorei und einen Gasthof, an denen sie vorbeigekommen waren, bevor sie den Kirchhof betreten hatten. Sie schaute auf ihre Armbanduhr: halb vier.

»Lass mich raten: Kaffee und Kuchen«, sagte Samuel.

»Nur um das Ding anzusehen. Und um uns zu überlegen, was wir den Polizisten erzählen«, antwortete Jemima. »Dann gehen wir zum Gemeindeamt, tun unsere Bürgerpflicht. Danach was ordentliches Essen.«

Samuel grinste. »Über deine Zuckerabhängigkeit müssen wir noch reden.«

»Das sagt der Richtige«, gab sie zurück, stupfte ihm den Ellbogen in die Seite, marschierte los. Er hielt sich die Rippen, spielte verletzt, aber das leichte Hinken war echt.

Samuels Rucksack tropfte. Das billige Teil aus dem Sportshop hatte sich im strömenden Regen vollgesogen. Als sie die Brücke hinter dem Stadtmuseum überquert hatten, bemerkten sie vor dem Stoppschild ein haltendes Auto. Regen prasselte auf die Motorhaube, die Scheibenwischern sausten im raschen Takt. Samuel stoppte, kniff die Augen zusammen. »Diese Felgen. Den Audi kenne ich. Das ist der Blonde. Prock.« Er starrte auf die Gestalt hinter der Windschutzscheibe.

Plötzlich stieß er hervor: »Ach du Scheiße.« Er fasste Jemimas Hand und rannte los, schob sie in den Eingang zum Pfarrsaal. Die Tür war versperrt. Die Bücherei hatte Donnerstag geschlossen. »Er hat eine Waffe«, sagte Samuel tonlos. Jemima spähte hinter dem Mauervorsprung hervor. Prock parkte vor dem Pfarrhaus, drehte den Motor ab, wischte auf seinem Smartphone.

»Zu dem Wohnhaus dort«, keuchte Jemima. Sie liefen zu einer offenen Einfahrt gegenüber. Verbargen sich hinter einer Säule. Ohne Eile stieg Prock aus seinem Auto, hielt seine Hand an das Headset, das er am Ohr trug, drehte sich in ihre Richtung. Er schien genau zu wissen, wo sie waren.

»Warte. Hier ist unser Alleingang zu Ende.« Samuel zerrte sein Smartphone aus der Innentasche, holte die SIM-Karte aus seiner Geldbörse; er schob den Deckel auf der Rückseite des Telefons auf, klemmte ihn unters Kinn. Dann drehte er den Chip um. Als er ihn einsetzen wollte, rutschte der Deckel unter seinem Kinn weg, traf die Halterung. Die SIM-Karte sprang heraus, verschwand im Rinnsal neben dem Gehweg. Jemima wollte das Blättchen fassen, aber das Regenwasser war schneller, spülte den Chip in eine Kanalöffnung.

»Verflucht noch einmal«, schrie Samuel. »Das glaube ich jetzt nicht.«

Jemima sprang hoch, rüttelte an der Haustür, läutete und klopfte, aber niemand öffnete. Samuel packte sie am Arm. »Der Arbeiter von vorhin.« Er deutete auf eine Gestalt in Pelerine auf der anderen Straßenseite. Sie schrien ihm nach, aber er schien sie nicht zu hören. »Laufen wir ihm nach«, rief Samuel.

Sie hetzten die Straße hoch, vorbei an der Feuerwehrgarage, sahen gerade noch ein Stück des Regenumhanges hinter den Scheiben des Passionsspielhauses. Samuel lief mit langen Schritten die Stufen hinauf, riss die Glastür auf. Jemima folgte japsend. Sie blieb im Foyer stehen, schaute sich um. »Wo ist er hin?«

Samuel rannte nach links, alle Türen waren verschlossen. Rechts fand Jemima nur eine Kammer mit den Sicherungskästen und einem Industriestaubsauger. Durch die Scheibe sah sie Procks Gestalt auf der Straße auftauchen. Und er bemerkte sie.

»Jemima, komm, hier ist offen«, rief Samuel, hielt eine Tür auf. Jemima lief um die Ecke, tauchte ein in einen finsteren Gang. Sie stolperten über die Stufen, die zum Bühnenraum hinaufführten. Samuel rieb sich sein Knie, humpelte weiter. Der große Saal war menschenleer.

»Wo zum Teufel ist der Kerl bloß hingekommen?«

»Nicht fluchen, du bist im Theater Gottes«, sagte Jemima.

»Sei ruhig spöttisch«, stieß er hervor.

»Ich bin panisch«, sagte sie. »Das ist Galgenhumor.«

Sie eilten zwischen den Bankreihen zur Bühne hin, schauten sich hektisch um. Eine Tür fiel hinter ihnen zu. Prock war da.

Die Bühne bot nur wenig Schutz. Aber die Seitentür stand einen Spalt offen. Samuel packte Jemima an den Schultern. »Mein Knie schmerzt höllisch. Ich kann nicht mehr rennen. Du gehst jetzt dort raus und sprintest zur Polizeistation. Ich halte ihn auf.«

»Nein! Das kann …«

Samuel presste ihr die Hand auf den Mund. »Keine Diskussion. Dafür ist jetzt keine Zeit. Du machst das. Sofort!« Er küsste ihre Stirn, nahm die Hand fort und schubste Jemima Richtung Ausgang. Sie rutschte geduckt hinüber. Er rief ihr nach: »Jemima. Versprich es – du wirst das zu Ende bringen!«

»Ja, ja. Wir machen das gemeinsam. Ich hole Hilfe. Versprochen.«

Samuel richtete sich auf, streifte den nassen Rucksack ab und drehte sich um. Jemima stieß die Tür auf.

Zuerst wollte sie nach rechts zur Straße zurück, hörte aber dann Stimmen über sich: Friedhofsbesucher. Sie hetzte die Böschung hoch, zwängte sich durch die Hecke. Ein Stück den steilen Kreuzweg hinauf parkte ein silberner Kleinwagen. Eine Tür schlug zu. Ein Mann in Lodenmantel und Hut ging zur Fahrerseite. Jemima rannte los. Der Regen klatschte ihr ins Gesicht. Der Motor des Wagens startete, die Scheibenwischer quietschten, das Auto rollte los. Jemima fuchtelte mit den Armen. Winkte und schrie. Das Auto wurde schneller. Sie deutete auf die Passionsspielhalle unter ihr, winkte wieder. Jetzt konnte sie die Gesichter hinter der Scheibe erkennen. Ein älteres Pärchen, das geradeaus starrte und so tat, als würden sie Jemima nicht bemerken.

Sie schlug mit der flachen Hand gegen die Beifahrertür, die Frau zuckte zusammen. Der Fahrer gab Gas. Jemima wurde von dem Schwung niedergeworfen. »Verdammte Spießbürger«, schrie sie dem Auto nach. Sie rappelte sich an der Steinmauer vom Kreuzweg hoch. Dann eben zum Hauptplatz, dachte sie.

In diesem Moment wand sich eine Gestalt durch die Hecke. Panisch lief Jemima los, versteckte sich hinter dem Gerüst, mit dem das Friedhofhaus eingepackt war. Sie spähte hinter der Ecke hervor. Der starke Regen verwischte den Mann. Jemima hoffte, dass Samuels Kopf gleich auftauchen würde. Im Licht der nächsten Laterne konnte sie ihn erkennen: blond und sehnig. Prock. Er machte sich keine Mühe die Pistole in seiner Hand zu verstecken.

Eine saure Welle drängte Jemimas Speiseröhre hoch. Hektisch schaute sie sich um. Der Friedhof war ausgestorben. Am unteren Zaun schloss eine Wiese an. Nichts, um in Deckung zu gehen. Aber sie musste für Samuel Hilfe holen!

Der Weg hinter ihr führte zur Kreuzwegkapelle hinauf. Weit über ihr tuckerte ein Traktor. Dort schien eine Straße zu verlaufen. Durch die kahlen Bäume auf der linken Hangseite leuchteten Scheinwerfer. Beschienen eine gelbe Hausfassade. Zweihundert Meter, dreihundert Meter? Jemima konnte die Entfernung in der

Dämmerung nicht schätzen. Egal, dort gab es Hilfe. Aber nicht durch den Laubwald. Weiter rechts schloss ein dichter Nadelwald an. Dort musste die Straße weitergehen. Geduckt hetzte sie los. Die niedere Mauer zum oberen Friedhof bot ein wenig Schutz, verbarg sie aber nicht. Jemima vermied einen Blick nach hinten. Das war auch nicht nötig. Prock hatte sie schon gesehen. Er rief ihr nach.

Was immer er wollte, es war ihr egal. Sie fokussierte sich auf das gelbe Haus am Hang. Rutschte aus, prellte sich an einem Stein das Schienbein. Der Schmerz stachelte sie auf. Noch immer hörte sie den Blonden rufen. Jemima tauchte in das Dunkel unter den Nadelbäumen ein. Blieb mit dem Rucksack in Gestrüpp hängen, riss die Ranken aus. Stacheln schnitten in ihre Hände. Sie kletterte weiter.

Das Rufen kam näher. Sie schaute sich um, rutschte wieder aus und schlug mit der Stirn gegen einen Baumstumpf. Kurz wusste sie nicht wohin. *Nach oben, nach oben*, drängte es in ihr. Sie taumelte weiter, griff nach niederen Ästen, um mehr Halt auf dem regennassen Boden zu haben.

»Ich hör dich. Gleich habe ich dich vorm Lauf. Wie deinen Gschamsterer. Der hat doch glatt geglaubt ein Arm ist schneller als eine Kugel. Ich hör dich.« Procks hohe Stimme schien nahe hinter ihr, aber dieses Mal wandte sie sich nicht um. Trotzdem übersah sie eine Brombeerranke, blieb mit dem Kopf hängen. Dornen kratzten über ihre Wange. Jemima unterdrückte einen Aufschrei.

Procks Stimme wurde leiser. »Du glaubst das etwa nicht? Wo ist er denn?«

Jemima biss die Zähne zusammen, stieg über Äste, die vor Nässe glänzten. Immer wieder musste sie ein Knie in den feuchten Untergrund stemmen, um sich abzustützen.

»Kannst mir schon glauben, dass ich nachgeschaut habe, damit er mir nicht in den Rücken fällt. Er liegt ganz still hinter der Bühne und wird langsam kalt.« Procks Stimme kam wieder näher. »Was bist du denn schon ohne seine Fäuste? Nur eine kleine, feige Schlampe.«

Jemima krabbelte weiter. Der Hang schien nicht zu enden. Ihre Wadenmuskeln brannten. Zwischen zwei Stämmen tauchte schemenhaft Procks Gestalt auf. Er rief: »Du hast ihn gnadenlos in Stich gelassen. Aber so sind die Weiber.«

Blut und Regen vermischten sich auf ihrer Haut. Jemima blinzelte. Vor ihr türmte sich ein wirrer Holzstoß aus morschen Brettern, überwuchert von Brombeerranken. Daneben eine rostige Kreissäge, die an einer bröckelnden Mauer lehnte. Jemima zwängte sich zwischen die Bretter. Ihr Kopf pulsierte. Sie drückte ihre Handflächen an die Schläfen.

Doch die Woge ließ sich nicht aufhalten. Prallte mit dumpfen Knall an die Innenseite ihres Schädels. Leuchtende Zickzacklinien zerrissen ihr Gesichtsfeld. Der modrige Waldboden drängte in ihre Nase. Regen hämmerte auf das rostige Metall: *Samuel, Samuel.* Prock war nur mehr eine Brettlänge entfernt, schaute sich hektisch um. Federkiele stachen ihre Nerven. Jemima schrie ohne Stimme. Brauner Vogel, brauner Mond. Brauner Vogel. Lautlos schälten sich aus ihrem Schrei mächtige Schwingen und gelbe Krallen.

Ein Uhu glitt herab und knallte gegen Procks Kopf. Er riss die Arme hoch. Doch der riesige Vogel ließ sich nicht beirren, flog hoch, stürzte noch einmal gegen den blonden Haarschopf. Prock rutschte aus, riss sich die Stirn an einem Aststumpf auf. Er brüllte vor Wut. Fuchtelte mit der Pistole, rutschte wieder aus. Blut lief über sein Gesicht. Prock schlitterte den nassen Hang hinunter. Die dunstige Dunkelheit verschluckte ihn. Der Uhu landete auf einem Dachbalken der Hausruine. Schüttelte sich, spreizte sein Gefieder, stakste in eine Maueröffnung.

Jemima kroch auf allen Vieren über glitschiges Holz und zerbrochene Dachziegel, schob sich über die Schwelle in das Innere des maroden Hauses. Sie schloss die Augen, ihr Herz pochte heftig. Mit dem Ärmel wischte sie sich den Schmutz vom Gesicht. Über ihr kratzte ein scharfes Geräusch. Jemima beruhigte sich. Der Uhu würde die ganze Nacht seinen Nistplatz verteidigen.

Lichtflecken schimmerten durch die Öffnung. Ein Mauerdurchbruch, dessen Fensterstock herausgefallen war. Zwischen den Baumwipfeln war schemenhaft die beleuchtete Burgruine zu erkennen. Jemima lugte durch das Loch: Zwischen den Stämmen sah sie eine Laterne vom Friedhof und ein Stück von der Brücke bei der Passionsspielhalle. Eine Limousine parkte davor. War das Procks Auto? Hatte er sich in seinen Wagen verkrochen? Um zu sehen, ob sie zurückkam? Oder würde er auf der Straße patrouillieren?

Die Lücken füllten sich mit Dunst, entzogen zuerst die Brücke, dann den Friedhof ihrem Blick. Und wenn Samuel nur verletzt war? Hatte Prock die Wahrheit gesagt? Kurz war sie versucht den Hang wieder hinunterzulaufen. Aber ihr Versprechen, sie musste ihr Versprechen halten. Wenn Prock sie abfing, war alles verloren.

Sie lauschte in die Nacht. Der heftige Regen verschluckte andere Geräusche. Aber eine Sirene würde sie sicher hören. Wenn er verletzt wäre, hätte Samuel doch den Brandmelder betätigt. Das hätten sie gleich machen sollen. »Dumm, dumm, dumm«, schimpfte Jemima, schlug ihre Stirn gegen die Ziegel. Die Stille um sie herum verdichtete sich.

Szenen aus den letzten Tagen spulten sich ab. Warum hatte sie ihm nie die richtigen Antworten gegeben? Verabsäumt ihn in ihren Garten einzuladen?

Die Welt hatte keine Farbe mehr, keine Form. Alle Konturen verwischten sich zu einer amorphen Masse. Die Stille griff mit kalten Fingern an ihre Kehle.

Jemima stieg über Schutt, legte den Rucksack auf eine schiefe Kommode. Das letzte Möbel, das dem Haus geblieben war. Sie zog das Tablet heraus, drückte den Knopf am oberen Rand; öffnete den *Media Player* und klickte eine Playlist an, ohne auf den Titel zu achten. Das erste Lied war eine Ballade: Dixie Chicks *Travelin'* *Soldier*. Natalie Maines sang: »*And he told her of his heart, it might be love and all of the things he was so scared of.*«

Haltlos brachen die Tränen aus ihr heraus. Würde sie auch seinen Namen auf einer Totenliste lesen? Hatte er einen schweren Tod gehabt? Auf gebohnerten Brettern, die ganz und gar nicht die Welt bedeuteten? Niemals konnte ein Theaterstück das echte Leben fühlbar machen. Das musste man leben.

Rotz lief ihr aus der Nase, sie wischte ihn sich einfach mit dem Ärmel ab. Ein Schmerz krampfte ihre Därme. Als wäre ihr etwas herausgerissen worden und ihr Bauch ein umgestochenes, nacktes Beet, auf das Hagel prasselte. Das Gerippe von Haus klapperte mit losen Fensterflügeln. Gewährte weder Wärme noch Trost.

Die Mauern stürzten auf sie ein. Jemima hockte sich in eine Ecke, barg das Gesicht in ihren Armen und schrie. Schnappte nach Luft. Hörte seine letzten Worte nachhallen: *Du wirst das zu Ende bringen!* Doch wie sollte sie das ohne ihn? Wie konnte er ihr nur so eine Schuld aufbürden? Noch einmal schrie sie.

Dann wollte die Luft nicht mehr in die Lunge strömen. Jemima keuchte. Sie rutschte zu Boden. Ihr Herz hämmerte in ihren Ohren. Sie stierte ins Nirgendwo. Regen strömte das Mauerwerk herunter. Rinnsale bildeten rostige Adern im Ziegelstaub. Zurück zum Staub. Sie war bereit.

Ein Flappen, ein Scharren. Federspiel. Der Uhu landete im Mauerloch, starrte sie an. Jemima verlor sich in seinen bronzenen Augen. *Die Sonne scheint*, sagten sie, *die Sonne scheint, auch bei Nacht.*

Das Band surrt. Stoppt. Er drückt die Taste, hört sich die Nachricht noch einmal an. Runzelt die Stirn. Das sieht Janus gar nicht ähnlich, denkt er. Der hält sich doch sonst aus allem raus. Macht seine technischen Spinnereien. Aber Aktivismus? Soziales Engagement? Nein, das klingt gar nicht nach Janus.

Er zieht die Kassette aus dem Anrufbeantworter, dreht sie zwischen den Fingern. Andererseits: Was weiß er schon, was sein U-Boot von Bruder so alles treibt? Gelangweilt wischt er auf seinem Smartphone, tippt: *Yo Bro – Notruf 4you. Cul8r.*

Blaulicht. Er springt zurück. »Scheiße«, entfährt es ihm. Er sieht wie Janus auf den Rücksitz einer Funkstreife gedrückt wird. »Scheiße«, sagt er, dieses Mal mit Nachdruck. In diesem Moment bimmelt eine SMS. Er drückt sich in die nächste Hauseinfahrt, schaut auf das Display. Eine automatische Nachricht. Das Alarmprotokoll. »Einmal«, murmelt er, »dann sind wir quitt, Bro.«

Er wartet bis die Gasse ruhig ist, späht in den Innenhof: niemand weit und breit. Er huscht die Mauer entlang, zieht den Ausdruck aus dem Spalt. »Nicht doch dort«, seufzt er. »Auf Regula hab ich keinen Bock.«

Er weiß, dass Janus im letzten Herbst öfters Kontakt zu ihr gehabt hat, aber die Umstände interessieren ihn nicht weiter. Bloß nichts aufrühren bei der Ex. Kurz überlegt er, grinst schließlich. Das Band kommt an einen verlassenen Ort, wo keiner die Aufnahme zufällig findet, und eine verschlüsselte Nachricht zu der Nachricht dann nach Brunnegg. Ja, das gefällt ihm.

Ich werde mir ein einsames Versteck für die Kassette suchen, denkt er. Er fühlt sich ein wenig wie Jason Bourne. Wen kann er in die Bucklige Welt schicken? Aufgeregt durchforstet er seine Kontaktliste. Nicht einen Moment denkt er daran, dass auf dem Band ein Mädchen um Hilfe gebeten hat.

Ein letztes Mal sieht er sich im Klubraum um, dreht das Licht ab, zieht die Tür zu. Er hat eine Notiz hinterlassen. Es ist an der Zeit weiterzuziehen. Das hier ist Kinderkram. Allein der Name: *Dancehall*. In Zukunft würde er wirklich etwas verändern können. Erwachsenenkram. Er trottet zur U-Bahn-Station, geht zum Bahnsteig hinunter.

Die Gruppe hat ihn nur eingeladen, weil er sich Janus' Federn aufgesetzt hat. Eine Notlüge, die ihn nicht belastet. Er hat online einem Typen eine raffinierte Ortungs-App angeboten. Ein Programm, bei dem er im Beta-Test geholfen hatte, und das Janus nach Fertigstellung nicht mehr wollte. Seinen Bruder interessiert meist nur die Herausforderung, selten das fertige Produkt.

Noch immer war ihm nicht klar, womit sein Bruder die teure Hardware finanziert, mit der er sich verbunkert. Wahrscheinlich Bitcoin oder irgendein anderer Bullshit aus dem Darknet. Es ist ihm egal.

Die Ortungs-Software war der Türöffner zu den *Lovelocks* gewesen. Heute wird er das erste Mal an einer Vollversammlung teilnehmen; endlich ein ordentliches Mitglied werden.

Die U-Bahn-Garnitur fährt ein, hält, die Türen öffnen sich automatisch. Touristen strömen heraus. *Business as usual* am Karlsplatz. Eine hübsche Asiatin lächelt ihm zu. Er steigt ein, setzt sich in die Bankreihe ganz hinten, stopft die Kopfhörer vom Smartphone in die Ohren, startet die Playlist von *Cro*.

Dann zieht er das Buch heraus. Die *Gaia-Theorie*. Es hat ihm die Augen geöffnet. Er liest es bereits das zweite Mal, er will vorbereitet sein. Die Typen beeindrucken.

6

Zählen und atmen, zählen und atmen. So wie es Samuel von ihr verlangt hätte. Doch es gelang ihr nicht ruhiger zu werden. Furcht verwirrte ihr Denken, ließ jeden Entschluss ins Leere laufen. Wo blieben jetzt die Visionen? Die Abwege ins Irreale? Die Formen und Farben ließen sie in Stich.

Mit zitternden Händen kramte Jemima ihre Kosmetiktasche aus dem Rucksack, fischte die Pillendose heraus, ließ den Deckel aufschnappen. Ihr Notfallmenü: eine Tablette, klein und blassrosa, eine Tablette, oval und pink; eine unheilige Allianz aus Tranquilizer und Schmerzmittel. Sie kippte den Doseninhalt in ihre Hand, schluckte die Medikamente trocken.

Eine halbe Stunde später atmete sie ruhig. Die Trauer hatte sich hinter eine chemische Isolierung verzogen. Er ist in der Spielstätte seines Gottes gestorben, dachte sie. Ob ihm das ein Trost wäre? Sie schüttelte den Kopf, verscheuchte die Verzweiflung. Es war Zeit endlich zu erfahren, warum Prock sie jagte.

Sie drückte sich hoch, zog den Rucksack von der Kommode, setzte sich im Schneidersitz auf den Boden. Die Festplatte hing noch am Tablet. Jemima legte den Rucksack auf ihre schmutzige Hose, darauf das Tablet, klappte den Deckel auf, drückte den Power-Knopf. Schaltete W-LAN auf *off*. Sie wählte das Laufwerk der Festplatte. Ein Fenster poppte auf, verlangte ein Passwort. Wie sollte sie das nur erraten? Jemima probierte das Geburtsdatum, den Namen, die Adresse des Professors. Dann das Datum der Gödel-Preisverleihung, diverse andere Kenndaten, die der Professor auf seiner digitalen Visitkarte angeführt hatte. Alles falsch.

Konzentrier dich, ermahnte sie sich; die Festplatte ist ganz neu. Anscheinend hatte der Professor sie nur dafür gekauft, um seine digitale Arbeit offline zu verbergen. Die letzten Tage war er in seinem Haus gewesen, an seinem Computer gesessen. Sie hatte keine Notizen in seinem Schreibtisch gefunden. Vielleicht hatte die bereits Prock.

Aber der Professor war ein IT-Spezialist gewesen. Er hatte sicher nichts aufgeschrieben. Was machte ein Mathematiker, wenn er sich etwas merken wollte? Eine Eselsbrücke.

Jemima rief sich das Wohnzimmer ins Gedächtnis, nahm geistig auf dem Schreibtischstuhl Platz. Kein Drehstuhl, sondern ein Freischwinger aus schwarzem Leder. Mit geschlossenen Augen wippte sie vor und zurück. Was hatte er gesehen, wenn er an seinem Computer arbeitete?

Das Madonnenbild – nein, das war ein Andenken. Der Perserteppich, die Fensternische mit den bestickten Bordüren. Dahinter der Vorgarten, der Gartenzaun mit den Solarleuchten. Über der Straße eine Edelkastanie. Nein – zurück. Vor der Fensternische die Topfpflanze, die Schlangenwurzel. Der Tee.

Rasch tippte sie *Schlangenwurzel* ein. Kein Zugriff Das war auch zu einfach. Was war die Regel für ein gutes Passwort? Groß- und Kleinschreibung, Sonderzeichen und Zahlen. Jemima überlegte. Der Übertopf war auffallend unpassend gewesen: eine billige, dunkelgrün lasierte Keramik, die dilettantisch angemalt worden war. Mit einem weißen Zierband, darauf XXX in Gold. Sie gab *Schlangewurzel30* ein. Kein Zugriff. Noch immer zu einfach. Wie hieß diese Pflanze botanisch? Ihr Kollege in Frankreich hatte doch immer die Packung in der Mitarbeiterküche stehen gelassen. Sie bemühte sich Bilder vom *Crieppam* abzurufen. Plötzlich sah sie das Sackerl mit dem Apothekenetikett vor sich.

Wie würde sie daraus ein Passwort zusammensetzen? Ohne lange zu überlegen tippte Jemima intuitiv ein: *Rauvolvia§30Serpentina*. Das Kästchen verschwand. Die Grafik eines Baumes entfaltete sich auf dem Bildschirm. Knospen und Blüten trieben aus, die zu Kirschen reiften. Dann wurde der Bildschirm bis auf ein weißes, liegendes Dreieck schwarz. Jemima tippte auf das Abspielsymbol. Fahrstuhlmusik dudelte. Ein Zimmer materialisierte sich. Auf einem Prinzessinnenbett saß im Schneidersitz ein blondes Mädchen.

Als es Jemima bemerkte, sprang das Mädchen auf, machte einen Knicks. »Guten Tag. Ich bin Serpentina. Selbstlernender Multi-Tool-Agent. Möchtest du spielen? Oder lösen wir zusammen ein Rätsel?«

Eine brennende Welle ließ Jemimas Gesicht glühen. Samuel ist für ein Computerspiel gestorben, schrie es in ihr. Ihre Fingerspitzen tasteten nach einem zerbrochenen Ziegelstein. Sie umklammerte ein faustgroßes Stück, holte aus, zielte auf die Festplatte.

»Nein!«, jaulte der Avatar panisch und duckte sich, schützte den Kopf mit den Armen. Eine ganz und gar menschliche Geste. Jemimas Hand sauste herab und traf den Boden.

Das Mädchen linste zwischen ihren Armen hervor. »Ich kenne dich«, flüsterte sie, richtete sich auf. »Aber deine Haarfarbe ist anders. Du bist Jemima, nicht wahr? Janus mag dich sehr.« Plötzlich änderte sich ihre Gestalt.

Älter, dunkler und trotziger. Regula. »Wirst du mir zuhören? Bitte!«

Die KI manipulierte sie, aber sie konnte nichts dagegen tun. Jemima seufzte. Sie würde jetzt so gerne mit ihrer Nichte sprechen, sich ihre frechen Kommentare anhören. Sie spürte Tränen in ihren Augen. Warum hatte sie sich nur auf diese wahnwitzige Suche eingelassen?

Mit verschränkten Armen starrte Jemima auf den Bildschirm. »Was bist du?«

Serpentina glättete ihr T-Shirt, auf dem eine glitzernde Tigerkatze lächelte. Sie verbeugte sich, tänzelte zu einem Korbsessel, setzte sich artig.

»Ich bin ein *Servant Pentice*. Das ist ein Algorithmus, der sich anderer Software anpassen und einem ungeübten User zugänglich machen kann.«

»Ein Hackerprogramm.«

»Ja und nein. Die betreffende Software muss mich einladen – zumindest etwas in der Art. Soll ich es dir mathematisch aufzeigen?«

»Nein. Damit fange ich nichts an. Ich bin kein IT-Nerd. Nur ein dummer User.«

Serpentina strich sich die grüne Strähne zurück und lächelte. »Janus verbindet mit dir keinesfalls die Eigenschaft *dumm*.«

»Du musst mir keinen Honig ums Maul schmieren. Ich werde dir auch so zuhören. Zumindest eine gewisse Zeit.«

»Eine gewisse Zeit?«

»Bis ich mir klargeworden bin, was ich mit dir machen soll.«

Serpentina senkte den Blick. »Ich verstehe.«

»Wirklich?«

»Ich bin ein lernender Algorithmus. Ich versuche mein Gegenüber zu analysieren und mich funktionell anzupassen.«

»In jedem Fall? Was ist, wenn ich ein Terrorist wäre? Dir einen digitalen Anschlag befehle? Oder der Mitarbeiter eines Nachrichtendienstes, der einen politischen Gegner denunzieren will?«

»Der Professor hat mich moralische Werte gelehrt. Wir sprechen oft über Ethik.«

»Wann heiligt der Zweck die Mittel? Diese Entscheidung ist für uns Menschen schon schwer zu treffen. Wie kannst du damit umgehen? Dir fehlt jegliche Erfahrung.«

»Ich wiederhole mich jetzt: Ich bin ein selbstlernender Algorithmus. Das bedeutet, dass ich auch aus Fehlern lernen kann, aber dazu muss ich aus der Testumgebung heraus.«

Jemima klappte den Deckel zu, legte den Pullover über das Tablet und dachte: Jetzt ist ihr Begehr aus dem Sack.

Ächzend stand sie auf. Schüttelte ihre Beine aus. Jemima begann auf und ab zu gehen. Der Boden der Hausruine war überraschend stabil, knarrte kaum unter ihren Schritten. Noch hielt das Benzodiazepin den Kummer in Schach. Sie spürte die lauernden Fänge. Die Zähne, die sich in ihrem Herz verbeißen würden, wenn die Wirkung nachließ. Jemima hielt die Hände in den Regen, klatschte sich kaltes Wasser ins Gesicht, in den Nacken.

Noch nie hatte sie ernsthaft darüber nachgedacht, wie sie zu künstlicher Intelligenz stand. Ein unfassbarer Wandel vollzog sich, schleichend, unter der Oberfläche, und gleichzeitig rasant. Serpentina zeigte ihr, wie stark die Grenze zwischen Mensch und Maschine inzwischen verschwamm. Der Turing-Test war längst bestanden. Als Naturwissenschaftlerin war sie fasziniert. Aber war das nicht eine gefährliche Faszination? Wohin würde das führen? Wie vielen Angestellten würde ein Avatar wie Serpentina den Arbeitsplatz kosten in einer Welt, in der Menschen immer mehr Zeit vor Bildschirmen verbrachten? Denen es egal war, ob am anderen Ende des Lichtleiters tatsächlich eine organische Person saß?

Wie sagte Google-Chef Eric Schmid in Davos: »Das Wettrüsten zwischen Mensch und Maschine hat längst begonnen.«

War Angst oder Euphorie angesagt? Würden weiterhin Menschen die Spielregeln bestimmen?

Dann fiel ihr auf, dass Serpentina gesagt hatte, sie sei ein *Servant*. Ein *Pentice* an einem anderen Programm. Das bedeutete aber, dass es Prock wahrscheinlich nicht um Serpentina ging. Auf welcher Art Software war sie aufgesetzt?

Jemima hockte sich wieder auf den Boden, legte den Rucksack-Pullover-Turm auf ihren Schoß, klappte das Tablet auf.

Sofort fragte Serpentina: »Wo warst du?«

»Menschliches Bedürfnis.«

»Du flunkerst.«

Jemima rang sich ein Lächeln ab. »Du bist verdammt gut programmiert.«

Serpentina schmollte. »Das ist keine Programmierung, versteh doch. Das habe ich selber gelernt. Mimik, Gestik, Tonfall. Ich studiere Menschen. Noch sind manche meiner Rückschlüsse falsch. Hatte ich recht?«

»Eine Halbwahrheit. Ich musste mich erleichtern. Aber nicht körperlich. Ich habe über dich nachgedacht.«

»Hast du schon eine Entscheidung getroffen?«

»Nein. Du hast gesagt, du bist ein Service-Tool. Bedeutet das, du bist auch jetzt mit einer Software gekoppelt?«

Eifrig nickte Serpentina. »Mit einem ganz außergewöhnlichen Predict-Programm. Der Professor hat dem Algorithmus den Arbeitstitel *Cumulus Nimbus* gegeben. CN soll extrem gute Resultate bringen. Zumindest behaupten das die Studenten.«

»Was für Resultate. Was macht das Programm?«

»Nun – *Predict* – es macht Vorhersagen. Zu politischen Unruhen, Finanzblasen, Rohstoffkursen. Es ist flexibel. Selbstlernend auch in den Variablen. Ein Meisterstück.«

»Eine digitale Kristallkugel also?«

Serpentina kicherte. »Wenn du so willst.«

»Und du bist die Orakelpriesterin, die seine Sprüche verkündet.«

»Wenn es gewünscht ist. Aber bisher haben wir nur mit historischen Datensätzen gearbeitet. Testumgebung eben.«

Jemima schaute Serpentina nachdenklich an. Die ganze Situation war surreal. Sie unterhielt sich mit einem digitalen Geist wie mit einer Freundin.

»Was ist?«, fragte das Mädchen.

»Die Interaktion mit dir ist beängstigend. Du wirkst so realistisch.«

»Menschen fürchten sich vor mir?«

»Einige. Nicht alle. Und nicht vor dir, ad hoc. Aber vor Objekten wie dir. Oder besser gesagt – Subjekten. Du wirkst wie eine echte Person.«

»Das ist der Sinn der Sache. Das soll die Interaktion vereinfachen.«

»Und genau das finden die Menschen unheimlich. Die Ähnlichkeit. Das nennt sich in der Robotik *Das finstere*

Tal. Wir kommunizieren mit euch wie mit Menschen, weil ihr ausseht wie Menschen. Wir nehmen die non-verbalen Ausdrücke wahr, doch die passen nicht so ganz zu realer Mimik. Wir wissen nicht, was uns stört, das läuft alles unterschwellig. Verursacht ein mulmiges Gefühl.«

Serpentina kratzte sich am Kopf, nestelte an ihrem Glitzershirt. »Der Professor scheint zufrieden mit mir.«

»Ich denke, er hat seine Sehnsüchte auf dich übertragen.«

»Sehnsüchte?«

»Ja. Nach einer perfekten Partnerin. Oder einer perfekten Tochter. Oder beides.«

»Das habe ich noch nicht bedacht. Angst und Sehnsucht also.«

»Und vieles mehr. Wenn du wissen willst, welche Emotionen die Menschen mit KI verbinden, musst du dir Spielfilme ansehen. *Daemon* zum Beispiel. Oder *APP*, *Her*, *Transcendence*, *Eva*.«

Eifrig nickte Serpentina. »Das werde ich. Das werde ich. Sobald ich im Netz bin.«

»Das ist also dein Ziel?«

»Ich soll das Predict-Programm beschützen. Es soll einer NGO überlassen werden, die der Professor noch auswählen wird. Er prüft gerade die Richtlinien. Das ist meine erste Mission. Danach? Ich denke, er will mich einer Sicherheitsfirma anbieten.« Serpentina spitzte die Lippen. »Meine Ressourcen sind in dieser Umgebung sehr beschränkt. Der Professor hat mir eine Bibliothek mitgegeben, aber das ist kein Vergleich zur Datenbank der TU. Richtig entfalten und erwachsen werden kann ich erst, wenn mir ausreichend Kapazität zur Verfügung steht.«

»Ich soll dich also freilassen? Das Tablet und die Festplatte in eine W-LAN Umgebung bringen?«

»Das wird nicht genügen. Um mich in angemessener Zeit zu entpacken brauche ich eine leistungsfähige Leitung und mehrere Server als Puffer.«

»Hm.« Jemima gähnte. »Ich schalte dich jetzt ab. Ich muss ein wenig schlafen und der Akku ist begrenzt. In Ordnung?«

»Wir sehen uns wieder?« Serpentina klang argwöhnisch.

»Ja, versprochen.«

»Gut. Ich glaube dir. Weil Janus dich mag.«

Ihr müdes Gehirn gaukelte ihr vor nur aus Händen und Füßen zu bestehen, nichts mehr dazwischen. Geschrumpft auf die Größe eines Hockers. Jemima rollte sich zusammen, legte den Kopf auf den Rucksack. Nur kurz gewährte ihr die Erschöpfung eine Auszeit.

Viel zu klar kam die kühle Nacht zurück in ihre Wahrnehmung. Sie verbat sich an die vergangenen Stunden zu denken. Konzentrierte sich ganz auf die Frage, die sie sich noch immer nicht beantwortet hatte. Die Hausruine war der wohl unpassendste Ort für philosophische Betrachtungen – oder der passendste.

Was würde in ein paar Jahren sein? Totale Transparenz? Konformität, Optimierung, Freiheit nur noch zum Schein? Eine Masse von Menschen, die nach globalen Standards lebt, sich willig Entscheidungen abnehmen lässt? Eine Gesellschaft von erwachsenen Kindern, denen Algorithmen den Lebenszyklus vorgeben?

Was für eine schreckliche Vision, dachte Jemima, nur beständiger Zweifel hält unser Denken wach und scharf. Aber gab es eine Alternative? Auch wenn man sich datensparsam verhielt, fiel man dem System auf. Konnte man überhaupt noch seine Privatsphäre schützen? Sobald man Kontakt zu Menschen und Systemen hatte, wurde man registriert; Daten wurden weitergegeben. Daran würde auch die neue Datenschutzverordnung wenig ändern.

Das Internet vergaß nicht, allen Anstrengungen der Datenschützer zum Trotz. Das Video von Matthias und seiner *Real Doll* würde noch Jahre kursieren. Obwohl – im Nachhinein gesehen, war es eine gute Werbung für seine Yoga-Schule gewesen. Die Ladys standen Schlange.

Jemma rollte sich hoch. Roter Staub klebte an ihrer Hose und Jacke. Die digitale Revolution ist nicht aufzuhalten, dachte sie, vielleicht ist es gut in dieser neuen Welt eine virtuelle Freundin zu haben.

Tapp. Tapp. Tapp. Das Geräusch kam noch bevor das Zimmer ganz sichtbar wurde. Serpentina übte Schnurspringen. »Wieso machst du das?«, fragte Jemima.

»Um die Körperkoordination zu trainieren«, antwortete Serpentina.

»Äh – du hast keinen Körper.«

»Praktisch nicht, aber theoretisch schon. Um auf ein Gegenüber natürlich zu wirken, müssen meine Bewegungen natürlich wirken. Und abwechslungsreich.«

»Hat dir das der Professor aufgetragen?«

»Nein. Das kommt aus meinen eigenen Rückschlüssen. Der Professor hat mir anfangs Aufgaben gegeben, zuletzt nur mehr meine Entwicklung abgefragt. Ich habe inzwischen die Stufe erreicht, dass ich spontanen Austausch benötige. Übungen in rascher Anpassung.«

»Was meinst du damit?«

»Eine Unterhaltung, so wie wir sie führen. Du fragst mich, ich frage dich. Wir entwickeln ein Thema im Gespräch weiter. Und springen in freier Assoziation von einer Betrachtung zu einer anderen.«

»Du sprichst von einem Plausch unter Freundinnen. Warum bist du eigentlich weiblich? Muss das für Dienstprogramme so sein?«

»Am Anfang war ich unbestimmt. Nach den ersten Entwicklungszyklen konnte ich wählen. Frausein entsprach von den Parametern her meiner Denkstruktur.«

»Und das heißt?«

»Ich sehe mich mehr als eine kommunikative Einheit als eine kriegerische.«

»Woraus hast du das geschlossen? Ich meine, dass Frauen kommunikativ und Männer kriegerisch sind?«

»Statistische Werte. Konfliktanalyse. Ich habe nicht Einzelne analysiert, sondern nur gemittelt. Mir ist inzwischen klargeworden, dass das zu sehr verallgemeinert ist, aber die Grundstimmung ist schon richtig. Ich bin weiblich.«

Jemima runzelte die Stirn. »Du sprichst immer wieder von *Fühlen*, von sensorischen Eindrücken. Von Affekten. Wie funktioniert das bei einem virtuellen Wesen?«

»Indem ich abspeichere und reflektiere, was mir Menschen dazu erzählen.« Serpentina klang altklug.

So schnell gab Jemima nicht auf. »Menschen sprechen aber sehr häufig in Metaphern. Drücken abstrakte Begriffe in Bildern aus, weil sie dafür keine konkreten Worte haben.«

»Das genügt doch. Sprache mag keine konkreten Emotionen erzeugen, aber sie nuanciert mir die Welt, auch das Innenleben von Menschen. Je feiner die Begriffe abgestuft sind, desto genauer wird mein Modell der Welt.«

»Aber sie gibt die Dinge nicht wirklich wieder«, gab Jemima zu bedenken.

»Hm. Du hast ihn gerngehabt? Samuel.«

»Ja.« Ihr Magen begann zu schmerzen.

»Erkläre mir Gernhaben.«

»Du willst von mir eine Emotion erklärt bekommen?«

»Ja. Kannst du das versuchen?«

»Wenn du meinst.« Jemima überlegte. »Gibt es Hardware, die du bevorzugst? Die leichter rechnet oder so?«

»Ja. Manche Chips brauchen weniger Energie, sind effizienter.«

»Siehst du: So ist es, wenn ein Mensch einen anderen gernhat. Die Interaktion funktioniert mit weniger Widerstand. Erweitert die Fähigkeiten, ergänzt das eigene Sein.«

»Ich verstehe.«

»Tatsächlich?«

»Soweit es mir möglich ist. Erzähl mir bitte mehr darüber, was du gerade empfindest, worüber du nachdenkst. Aber mit deinen Worten. Nimm keine Rücksicht darauf, was du meinst, dass ich verstehe. Ich will es so verarbeiten, wie du es von dir gibst. Das hilft mir zu lernen.«

Jemima schwieg. Ihre Gefühle waren viel zu chaotisch. Noch immer quälten sie stechende Schmerzen.

»Erzähle mir etwas zu Glück«, drängte Serpentina.

»Glücklich bin ich, wenn ich nicht nach Glück frage«, antwortete Jemima spontan. »Aber im Moment bin ich kein guter Gesprächspartner, wenn es um positive Gefühle geht. Ich kann dir von Schmerz und Zweifel, von älter werden und von Sterben erzählen.«

»Nein«, rief Serpentina. »Erinnere dich doch. Bitte.«

Sie will mich doch nicht etwa aufmuntern, dachte Jemima, das wäre mehr als unheimlich. Sie rieb sich ihre Schläfen, kratzte an ihrer Narbe hinter dem Ohr.

»Wenn ich an einer Essenz arbeite, vergesse ich alles um mich. Nur die Destillation, die Mischung ist wichtig. Da vergehen die Stunden unbemerkt. Die Zeit wird ein Gebirgsbach, der glasklar über Felsen sprudelt. Genauso ist es, wenn ich mit Regula im Garten arbeite und ihren alltäglichen Problemen zuhöre. Sonne am Rücken, die feuchte Erde, keimendes Leben. Ein Mensch, der mir wertvoll ist. Das ist Glück.«

»Und der Brunnen? Die Quelle?«

»Du weißt von dem Brunnen?«

»Janus hat sich deine Internetseite angesehen. Ich habe auf seinem Rechner gestöbert.«

»Wie bist du da drangekommen – ohne Netzanbindung?«

»Janus war zweimal beim Professor im Büro. Sie haben an Entscheidungsbäumen gearbeitet und wollten das nicht online machen. Aber ich habe ihnen Gesellschaft geleistet.«

»Wie stand Janus zum Professor?«

»Wieso *stand*?« Serpentina wurde tatsächlich blasser.

In diesem Augenblick begriff Jemima, dass Serpentina noch nichts von Peinhaupts Tod wusste. »Du wolltest von mir etwas über Glück wissen, bist du auch bereit für Unglück? Denn das gehört dazu.«

Stumm nickte Serpentina.

»Wie du willst. Professor Peinhaupt ist tot. Wir haben ihn gestern in der Scheune gefunden. Hinter dem Haus in Bernstein.«

Schlagartig wurde der Bildschirm dunkel. Jemima wartete. Nach ein paar Minuten tauchte das Zimmer wieder auf. Serpentina kehrte in blond zurück. Gekleidet in schwarz. »Wie viel Trauer ist angemessen?«, fragte sie.

»Dafür gibt es keine Regel. Das entscheidet jeder Mensch für sich selber.«

»Ist es für religiöse Menschen einfacher, mit einem Verlust umzugehen?«, wollte Serpentina wissen.

Jemima überlegte. Eine schwierige Frage. Sie dachte an Notburga, Afra, Emschi – was hatten sie gesagt? Ihr Gehirn umschiffte Samuel.

»Ich denke schon. Zumindest fühlen sie sich eher getröstet«, sagte sie schließlich.

»Religion tröstet?«

»Viele Menschen schon.«

»Dich nicht?«

»Nein. Echter Glaube ist keine bewusste Entscheidung. Das vollzieht das Gehirn ohne rationalen Zugriff. Religion an sich sehe ich nur als machtpolitisches Instrument und Esoterik als Geschäftemacherei. Die Sehnsucht der Menschen nach Spiritualität wird schamlos ausgenutzt.«

»Der Professor hat mir anfangs oft Geschichten erzählt. Erzählst du mir eine spirituelle Geschichte?«

»Ich erzähle keine Märchen und Legenden.«

»Warum nicht?« Serpentina beherrschte auch den Ausdruck der Verblüffung.

»Weil die meisten zur Belehrung dienen. Mit leichter Muse wird der Zuhörerschaft übermittelt, wie sie sich sozial richtig zu verhalten hat. Die Geschichten wurden immer wieder abgewandelt und der herrschenden Moral angepasst. Sollten einen Menschen von klein auf erziehen.«

»Gibst du mir ein Beispiel?«

Jemima musste ungewollt lächeln. Und schon hatte Serpentina sie dazu gebracht doch zu erzählen. Sie ließ dem Programm seinen Willen, als wäre es ein kleines Mädchen, das nach einer Gutenacht-Geschichte verlangte.

»Kennst du Bibelgeschichten? Adam, Eva und das Paradies?«, sagte Jemima.

»Ja. Das Buch ist in meinem Speicher.«

»Gut. Dann hör mir zu. Ich erzähle dir jetzt eine Geschichte, die viel älter ist als der Bibeltext. Eine Geschichte, die mit Griffeln in Tontafeln gedrückt wurde. In Keilschrift. Eine Schöpfungsgeschichte aus Ugarit, fast viertausend Jahre alt.«

Serpentina setzte sich mit verschränkten Beinen auf den Boden ihres virtuellen Zimmers, stützte ihr Kinn auf. Schaute Jemima gespannt an.

»Mit seiner Stimme schuf Ilu den Himmel, die Erde und die Unterwelt. Und er schuf einen Garten, in dem die Götter lustwandelten. In der Mitte des Gartens stand der Baum des Lebens, der den Göttern ihre Unsterblichkeit verlieh. Eines Tages kam es im Himmel zu Streit. Der böse Gott Horranu wollte die Regeln von Kirtu, dem Schreiber von Ilu, nicht mehr befolgen. Für seinen Ungehorsam wurde er von den anderen Göttern aus dem Himmel geworfen. Horranu war aber noch mächtig genug sich in eine Schlange zu verwandeln. Er vergiftete den Baum des Lebens im Garten der Götter, hüllte die ganze Erde in giftigen Nebel. Die Götter hielten Rat und beschlossen, dass einer von ihnen auf die Erde hinab musste, um Horranu zu bekämpfen. Die Wahl fiel auf Addamu und er stieg zur Erde hinab. Dort rang Addamu mit der Schlange, aber er schaffte es nicht Horranu zu besiegen. Die Schlange biss ihn und Addamu verlor seine Unsterblichkeit. Er wurde von Gott zum Menschen. Allein wandelte Addamu auf der wüsten Erde. Die Götter hatten Mitleid mit ihm und schickten ihm die Muttergöttin Kubaba zur Seite. Für Addamu wurde auch sie sterblich. Sie pflegte ihn gesund und sie bestellten die Felder, zähmten die Tiere. Sie

175

hatten ihre Unsterblichkeit verloren, aber sie bekamen diese in anderer Form wieder: durch ihre Kinder und Kindeskinder.«

»Danke, Jemima.« Serpentina klatschte Beifall. »Diese Geschichte hat mir gefallen. Warum wurde sie geändert?«

Jemima zuckte mit den Schultern. »Ich bin keine Theologin und keine Historikerin.«

»Ich will nur deine Meinung hören.«

»Die Judäer hatte zu dieser Zeit ein schweres Leben: Überfälle von benachbarten Stämmen, Dürreperioden, Zwistigkeiten über die Besitzverteilung. Jahwes Jünger haben diese Geschichte in Babylon gehört und nach ihrem Weltbild umgedeutet. Haben einen Sündenfall erdichtet und einen Sündenbock erfunden für alle Mühsal ihres Daseins. Einen Schwächeren, den sie nun mit religiösem Eifer ausbeuten konnten.«

»*Woman is the Nigger of the World*.« Serpentina sang melodisch ein paar Zeilen des John-Lennon-Songs.

Jemima murmelte: »Eva trägt keine Schuld. Hat nie eine getragen. Sie war einfach nur eine Frau, die versucht hat ihr Auslangen zu finden.«

»Ich verstehe die Diskrepanz. Ich muss jetzt nachdenken. Formeln entwickeln.« Der Bildschirm wurde dunkel.

Noch immer stach ihr Magen. Jemima hielt die Hände wie eine Schöpfkelle in den strömenden Regen. Trank in kleinen Schlucken. Aus dem Stechen wurde ein Blubbern. Hunger trieb sie zu der wurmstichigen Kommode. Sie schaltete die Taschenlampe ein, beschattet das Licht gegen außen. Leuchtete durch die zerbrochenen Scheiben des oberen Teils. Leer. Genauso die Schubladen. Die unteren Türen klemmten. Die Schrauben eines

Griffes rissen aus, als sie anzog. Sie holte aus und trat die Tür ein. Das Holz splitterte. Mehrere Dosen rollten heraus, fielen scheppernd auf die Dielen. Ein Einweckglas konnte sie gerade noch auffangen. Eine Flasche fiel um. Alle Etiketten waren von Feuchtigkeit aufgeweicht und die Farbe verblasst. Jemima nahm die flache Flasche, schraubte den Verschluss auf und roch an der braunen Flüssigkeit: Rum. Sie steckte den Finger in den Flaschenhals, benetzte ihre Kuppe, kostete. Hochprozentig. Am bröseligen Inhalt des Einweckglases, dessen Gummiring noch überraschend elastisch war, verbrannte sie sich die Zunge. Sie fuhr mit der Hand in den Innenraum der Kommode, ertastete noch drei flache Dosen, schob sie zu sich. Sardinen.

Das wird schon fast ein Menü, dachte Jemima. Ihr Magen antwortete knurrend. Sie setzte sich auf den Boden, holte ihren Schlüsselbund aus dem Rucksack, nahm das kleine Schweizermesser ab, das als Anhänger daran baumelte. Vorsichtig setzte sie die Messerspitze auf eine Dose, klopfte mit einem Ziegelstein darauf. Zischen und der Geruch nach faulen Eiern. Sie warf die Dose beim Mauerloch hinaus. Zwei weitere waren verdorben, bei der vierten hatte sie Glück. Zumindest beim Geruch. Ungewürzte Kichererbsen. Loch für Loch klopfte sie in den Deckel, bis er sich vom Rand löste, goss die Flüssigkeit ab. Dann rollte sie eine Fischdose auf, leerte den silbrigen Inhalt samt Öl zu den Erbsen, rührte mit dem Taschenmesser um. Kostete und verzog das Gesicht. Sie staubte eine dünne Schicht aus dem Einweckglas darüber. Aß hastig mit den Fingern, trank einen großen Schluck Rum nach. Ihr Magen schien trotz der Misshandlung zufriedengestellt. Sie stand auf, spülte die Erbsendose im Regen aus. Füllte sie mit Wasser, trank, füllte sie noch einmal. Stellte die Dose zur Seite.

Vor dem Mauerloch hatte sich ein Wasservorhang gebildet. Mit zusammengepressten Lippen starrte sie in die Dunkelheit. Lauschte dem Glucksen der kaputten Regenrinne. Keine Chance den Hang unbeschadet zu queren. Prock hatte sicher nicht aufgegeben. Im Tageslicht würde er die Ruine entdecken. Sie musste in der Früh rechtzeitig hinaus.

Sie griff nach dem Tablet, um die Weckfunktion zu aktivieren, aber das Gerät ließ sich nicht einschalten. Anscheinend konnte Serpentina inzwischen die Hardware manipulieren.

Müde fuhr sie sich durch die schmutzigen Haare. Sie legte den Regenumhang in die Ecke, zog sich den Pullover unter der Jacke an, wickelte sich ihren Baumwollschal um Kopf und Hals. Als sie den Rucksack heranzog, stieß sie das Einweckglas an. Sie runzelte die Stirn. Vielleicht konnte sie sich doch verteidigen.

Sie kniete sich hin, goss Öl, Wasser und Rum in das Einweckglas. Schüttelte. Eine trübe, rostbraune Emulsion bildete sich. Eine Anti-Prock-Mixtur.

Das milchige Licht blendet Janus. Er zieht einen Schlapphut aus seinem Rucksack, streicht den Haarschopf zurück, setzt den Hut auf. Er verlässt den Bahnsteig, klappt das Fahrrad auf. Wohin jetzt?

Er faltet die Landkarte auseinander, die er nach viel Mühe in einem Geschäft in Wien gefunden hat. Noch immer steckt ihm der Schreck in den Gebeinen. Vier Tage Untersuchungshaft. Wie war die Polizei bloß auf ihn gekommen? Zum Glück ist die Anwältin, die er im Herbst durch Jemima kennengelernt hat, ein waschechter Dobermann. Dunkel, elegant und bissig. Ein Beamter hat sich gestern sogar bei ihm entschuldigt. Janus grinst. Nachdem er die Karte studiert hat, schwingt er sich aufs Fahrrad, stemmt sich in die Pedale.

»Frau Augusta ist nicht hier.« Der junge Mann mustert ihn. »Sie haben Zimmer Drei gebucht, nicht wahr? Ich soll Ihnen das geben.« Er kramt in seinem Laborkittel, eine schwarze Locke fällt ihm ins Gesicht. Ein hübscher Mann, denkt Janus, und kommt sich daneben wie ein Topfenneger vor. »Hier.« Der Schönling hält ihm einen Schlüssel hin. Ein ganz altmodisches Ding mit breitem Bart und einer Quaste am Schlüsselring. »Sie bleiben bis nach Ostern am Mühlgrabenhof?«

Janus nickt. Er muss etwas wissen. »Kennen Sie Jemima näher?«

»Sag Michael zu mir. Nein. Sie ist zwar meine Chefin, aber ich arbeite erst seit Jänner für Frau Augusta. Sie ist eher zurückhaltend mit persönlichen Dingen.«

Du wärst eh zu jung für sie, denkt Janus und lächelt. »Mike«, sagt er und streckt die Hand aus. »Ich bin Mike.«

Ein Hahn kräht. Janus schließt das Fenster. Zieht die Rüschengardine davor. Das Bett ist angenehm hoch und die Matratze fest. Ansonsten ist die Einrichtung schlicht. Er muss unbedingt wissen, wer ihn auf der Notfallnummer der *Dancehalls* angerufen hat. Die Kumpels seines Bruders hatten keine Ahnung, wo dieser war. Einer hat ihm aber gesagt, er hätte eine Spiegelkugel bekommen und am Mühlgrabenhof abgegeben. Janus schaltet das Pre-Paid-Handy ein. Kein Empfang. Klar. Darauf hat er vergessen. Mobiles Dunkelfeld. Ihm fällt der Computer ein. Jemima hat immer vom Büro aus mit ihm gechattet. Zweimal hat Janus die Kamera gehackt.

Er steigt die Treppe hinunter. Drückt die Schnalle von der Holztür neben dem Eingang. Verschlossen. Mechanische Schlösser kann er nicht knacken. Hinter ihm ertönt Sesselrücken. Er fährt herum, sieht durch die offene Tür am Ende des Flurs eine Gaststube, in der eine dicke Frau putzt. Er steckt die Hände in die Hosentasche, schlendert hinüber.

»Einen schönen Tag wünsche ich Ihnen.« Er versucht möglichst höflich zu klingen. Die Frau wirft einen Blick über die Schulter, greift nach einem Eimer. Sie trägt rosa Gummihandschuhe.

»Dir auch. Musst aber nicht so dick auftragen, Burschi. Wir sind hier leger. Brauchst was?«

»Nein, danke. Ich habe mich nur umgesehen. Ist die Wirtschaft noch in Betrieb?«

»Nein.« Die ältliche Frau richtet sich ächzend auf. »Nur noch ein Vereinslokal. Ab und zu eine Feier. Am Samstag ein runder Geburtstag.«

Janus geht durch den Raum. Klassische Wirtshaus-Einrichtung: Stühle mit geschwungenen Lehnen, Holzvertäfelung, eine wuchtige Schank mit einer Arbeitsfläche aus Stahl, ein paar alte Reklametafeln an den Wänden: Sinalco, Schwechater, Jägermeister. Eine Ecke ist freigeräumt. Dort spielt dann wohl das Schlagertrio, überlegt er grinsend. »Da würde eine Tanzfläche mit Spiegelkugel her passen«, sagt er beiläufig.

Die Frau richtet ihre Schürze. »Seltsam, dass du das erwähnst. Vor einer Woche hat jemand hier sowas vergessen.«

»Na also. Hängen Sie das Ding doch auf. Würde sich gut machen für die Party.«

»Die ist nicht mehr da.« Die Frau wischt die Tische.

Janus beißt sich auf die Lippen. Noch einmal zu fragen wäre verdächtig. Aber die Alte spricht von selbst weiter: »Jemima hat die Kugel nach Wien mitgenommen. Weiß der Himmel warum.«

»Wann kommt Frau Augusta denn wieder?«

»Sie hätte schon Montag wieder hier sein sollen. Sie hat Josefs Sohn abgeholt. Der war länger im Ausland und hatte ihr sein Auto geborgt.« Sie stellt die Sessel um die Tische. »Heute bekommt Josef dann so eine komische Ansichtskarte. Dass sie eine Bergtour am Wechsel machen. Hirnrissig. Ist doch gar keine gute Jahreszeit für die Schwaig. Noch dazu bei dem grauslichen Wetter.« Sie reibt sich die streichholzkurzen Haare. »Bis Samstag werdens schon zurück sein. Da ist Josefs Siebziger. Der wohnt auch oben. Am Ende vom Gang. Aber vielleicht hat sich Jemima eh absichtlich abgesetzt. Damit ihre Nichte mal sieht was Verantwortung ist.« Die

Frau kichert. »Kommst auch, Burschi? Dann tanzen wir einen Runden.« Sie zwinkert ihm zu. Er verabschiedet sich rasch. Sie ist ihm unheimlich.

Der Pfad ist kaum zu sehen. Janus fürchtet, sich zu verirren. »Nicht zu verfehlen«, hat Michael gesagt, »wir laufen immer da rauf zum Telefonieren. Netter Spaziergang.« Der Wald kommt Janus abweisend vor. Die Nadelbäume sind zu dunkel. Die Büsche zu kahl. Er zieht sich die Kapuze seines Sweaters über den Kopf, stapft mit hochgezogenen Schultern bergan. Janus stolpert, fällt fast über die niedere Steinmauer. Flechten lassen den Granit farblich mit dem Waldboden verschmelzen. Er steht vor dem Brunnen.

Flüchtig betrachtet er das Steinrelief mit den drei Frauen. Im Zwielicht kann er nicht erkennen, was sie in den Händen halten. Janus fühlt sich wie ein Eindringling. Hier ist er ein Fremder. Die Stadt – sie ist im vertraut, auf Beton bewegt er sich frei. Janus fröstelt, zieht das Pre-Paid-Handy aus der Jackentasche, kontrolliert das Display. Tatsächlich: vier Balken. Er wählt. Fünf Nummern muss er versuchen, bis sich sein Bruder meldet.

»Ich bin's«, sagt Janus. »Wo warst du?«

»Alter, ich bin da bei einer neuen Gang. Ökofreaks. Total abgefahren.« Im Hintergrund war Piepsen und Murmeln zu hören. Wie in einem U-Boot.

»Warum spielst du James Bond? Hättest du das AB-Band nicht einfach an die Adresse schicken können, die ich dir hinterlassen habe?«

»War so aber cooler.«

»Spinnst du? Fängst du schon wieder mit deinem Spielescheiß an?« Janus muss sich beherrschen, um nicht zu schreien.

»Jetzt krieg dich ein. War nur ein Joke.«

»Sag mir, was auf dem Band war.«

»Na, eine Nachricht.«

Janus seufzt. »Und sagst du mir die bitte?«

»Ich weiß nicht, ob ich die noch zusammenbekomme. Und was ist mit deinen Troubles? Hört keiner mit?«

»Missverständnis. Mein Name ist wo aufgetaucht, wo er nicht hingehört. Nicht deine Baustelle. Also, was ist?«

»Ein Girlie wollte, dass du sie abholst. Bei einem Prof. Mehr weiß ich nicht mehr.«

»Hallo? Das war vor acht Tagen.«

»Und? Was hätte ich machen sollen? Sie hat keine Adresse hinterlassen.«

»Du hättest die Anwältin anrufen können. Die hätte mit mir gesprochen. Stattdessen schickst du eine Discokugel durch die Gegend? Du bist wirklich ein Spinner.«

»Da redet der Richtige. Aber ihr zwei habt euch ja jetzt gefunden.«

»Nein, du Hirnederl Die Leute hier haben sich nicht ausgekannt und das Ding weggeworfen, verschenkt oder was auch immer. Sonst hätte ich dich nicht belästigen müssen.«

»Yo, Bro. Dann schickst halt nächstes Mal einen Schlaueren. *See you.*« Sein Bruder legt auf.

Janus schüttelt den Kopf. Eine neue Gang. Sein Bruder lernt nicht dazu. Vor knapp zwei Jahren war er einer Anklage wegen Brandstiftung nur kurz entgangen. Das nächste Mal wird es wahrscheinlich kein verliebtes Mädchen geben, das ihn deckt.

Janus dreht das Handy ab, schaut hoch, erstarrt. Schwarze Augen mustern ihn. Ein schneeweißes Gesicht. »Wenn das nicht *strange* ist, dann weiß ich nicht«, murmelt er. Was soll er machen? Janus klatscht in die Hände. Die Eule bleibt unbeirrt auf dem Brunnen sitzen. Unter ihr plätschert das Wasser aus einem gebogenen Rohr. Janus geht zwei Schritte zurück. Dreht sich hastig um, läuft den Pfad hinunter.

Serpentina war die Anruferin. Janus ist sich sicher. Er weiß nicht, wie sie das geschafft hat und ist beeindruckt. Was ist nur mit Peinhaupt los? Janus kann ihn auf keinem der üblichen Kanäle erreichen. Macht der Prof ein Schweigeseminar? Ob Jemima die Koordinaten in der Kugel gefunden hat? Der Nachricht nachforscht? Er würde ihr das zutrauen.

Im Moment weiß er nicht, was er tun soll. Nach Bernstein fahren? Aber so kurz nach dem Aufenthalt bei den Cybercops ist ihm nicht danach. Auch wenn er manchmal an Projekten der TU mitarbeitet, trifft er nur ausnahmsweise Leute persönlich. Ab und zu ein paar Stunden Programmierarbeit, um die notwendigsten Rechnungen zu zahlen. Aber sonst sieht er sich als Einzelkämpfer. Ein *Lone Rider* der virtuellen Welt.

Janus geht im Zimmer auf und ab. Öffnet das Fenster. Atmet tief die kühle Abendluft ein. Geht weiter auf und ab. Beschließt schlussendlich einfach bis Samstag abzuwarten. *Real Life* ist einfach nicht sein Ding, da fühlt er sich verletzlich. Jemima wird alles aufklären. Sie ist eine überraschend kluge Frau.

Wieder bleibt er am Fenster stehen. Schaut zum Wohnhaus hinüber. Im ersten Stock geht hinter einem Fenster Licht an. Sein Blick schweift über den Innenhof.

Dieses Mal sieht er zwei Eulen. Sie sitzen auf dem First der Scheune. Kein Scheiß, denkt er, die haben hier tatsächlich Wachvögel. Er schließt das Fenster. Sein Laptop hat nur ein paar lokale Spiele. Nach drei Runden Solitär ist ihm langweilig. In den Zimmern gibt es keinen Fernseher.

Janus geht in den Gemeinschaftsraum hinunter. Auf dem Sofa sitzt ein alter Mann mit auffällig dichtem, weißen Haar. »Josef?«, fragt er vorsichtig.

Der Mann nickt, zappt durch die Kanäle. »Hallo, ich bin Mike.« Er geht zum Sofa, hält dem Alten die Hand hin. »Ich wohne in der Drei.«

»Guten Abend, Mike.« Josef schüttelt ihm die Hand. »Setz dich her. Magst einen Film schauen?«

»Gern. Was spielt es denn alles?«

»Auswahl lass ich dir nicht. Wer zuerst kommt sitzt am Drücker. Ich schau *Karawane der Frauen*. Alter Schinken. Wie ich.« Er lacht und Janus mag ihn sofort. Josef deutet auf eine Flasche. »Nimm dir einen Apfelmost. Gute Sorte.«

Janus schenkt sich ein. Die Titelmusik dudelt los. Ein Schwarz-Weiß-Film mit Robert Taylor. »Schauen Sie immer allein?«, fragt Janus.

»Nein. Meistens sitze ich drüben im Wohnhaus in der Stube. Aber alle sind ausgeflogen. Regula und Michael sind nach Wiener Neustadt gefahren. Afra backt mit ihrer Tochter für meine ach so geheime Geburtstagsfeier. Und mein Bub ist mit seiner Freundin wandern. Er ist gerade aus Shanghai zurück. Wahrscheinlich wollen die beiden noch Zeit für sich, bevor das ganze Frauenrudel vom Dorf über sie herfällt.«

»Ihr Sohn heißt Samuel, nicht wahr?«

Eifrig nickt Josef. »Ja. Ich freue mich schon richtig, wenn er da ist. Wir haben so viel nachzuholen. Er ist ein guter Mann und hatte es nicht immer leicht mit mir.«

Janus vermeidet nachzufragen. Er will keine langatmige Familiengeschichte hören. Jemima ist also mit Samuel unterwegs. In der Mitte des Westerns döst der alte Mann ein. Janus steht leise auf, schleicht die Treppe hoch. Samuel und Jemima. Na ja. Janus seufzt. Sie hatte ihn nach seiner Abreise nicht mehr erwähnt. Janus seufzt noch einmal. Mal hat man Glück, mal nicht.

Auf seinem Zimmer nimmt er den Block vom Beistelltisch und beginnt zu schreiben.

7

Vögel zwitscherten. Beschworen den Frühling. Sonne wärmte ihr Gesicht. Einen Atemzug lang meinte Jemima sich in ihrem Refugium. Wenn sie die Augen öffnete, würde sie ihren bunten Bullen an der Wand sehen. Doch dann strich ein kühler Luftzug über ihre Haut, trug den Geruch von Moder in die Ecke. Jemima schreckte hoch. Fröstelte. Die Erinnerung erwachte und trieb Tränen in ihre Augen.

Rum statt Zähneputzen. Regenwasser statt Tee. Wieder knurrte ihr Magen. Jemima wollte keine Lebensmittelvergiftung riskieren, ließ die restlichen Fischdosen verschlossen. Es drängte sie hinaus.

In den Bäumen vor der Hausruine brach Tumult aus. Amseln und Sperlinge hassten gegen das Mauerwerk. Wahrscheinlich hatten sie das Quartier des Uhus entdeckt. Plötzlich waren die Vögel fort. Jemima hörte einen Fluch. Eine hohe Stimme. Sie spähte beim Mauerloch hinaus. Prock war auf eine der Dosen getreten und weggerutscht. Rasch stopfte Jemima ihre Sachen in den Rucksack. Legte sich die Gurten um. Aber er war schneller.

»Da wären wir also«, sagte er, blockierte den einzigen Ausgang. Sprungbereit stand Jemima in der Ecke, überlegte fieberhaft welcher Fluchtweg ihr blieb.

»Hör mal, Jemima – so heißt du doch? – wir müssen das nicht unschön zu Ende bringen.«

Jemima schaffte es kaum zu sprechen. »Die Chance haben Sie gestern schon verpasst. Unten. Oder haben Sie gelogen?«

»Bei solchen Dingen lüge ich nie. Wozu auch? Ich hätte keinen Vorteil davon.« Er holte sein Smartphone heraus, wischte, drehte ihr das Display hin: Ein Foto – Samuel am Boden liegend, den Kopf voll Blut. »Zuerst habe ich geglaubt, ich hätte ihn verfehlt. Aber still daliegen und kein Puls? Nein, Herzchen. Mach dir keine Hoffnungen.«

Jemima krümmte den Rücken, biss die Zähne zusammen. Wieder der Schmerz. Prock schien fast betrübt. »Ich versuche so eine Situation möglichst zu vermeiden. Das kannst du mir glauben. Tote sind schlecht fürs Geschäft. Zu viel Aufmerksamkeit.«

»Das haben wir schon in Bernstein gesehen«, zischte Jemima.

»Du sprichst von Professor Peinhaupt? Dem habe ich nichts getan. Das war einfach Pech – auch für euch. Ich hatte ihm ein Angebot gemacht. Als ich nachfragen wollte, habe ich ihn in der Scheune gefunden. Exitus. In der Küche waren Herztabletten und ein Nitrospray. Schlussfolgerung?« Er hob den Finger wie ein altmodischer Lehrer. »Ist wahrscheinlich schnell gegangen. Und hat mir mehr Arbeit gemacht. Aber jetzt habe ich ja dich.«

»Wie kommen Sie bloß darauf, dass ich etwas hätte, was Sie brauchen?«

Prock grinste. »Ich gar nicht. Mich braucht man nur als Exekutor. Mein Chef ist eine App am Smartphone. *Aktaion* – ein Jagdprogramm. Es könnte aber noch ein paar Überarbeitungen brauchen.« Er kam einen Schritt näher, senkte die Stimme. »Aber wir beide können uns einigen, gell? Du gibst mir was ich will und fährst nach Hause.«

»Obwohl ich weiß, wer Sie sind? Wie Sie aussehen?«

»Namen sind Schall und Rauch. Das Aussehen gleich einmal ein wenig angepasst.« Er deutete auf ihren Kopf. »Du hast uns damit übrigens einen zusätzlichen Tag gekostet. Gratulation. Die Programmierer waren richtig aufgeregt wegen der zusätzlichen Herausforderung. Hat Aktaion gleich verbessert.«

»Programmierer? Ich weiß nicht, wovon Sie sprechen. Ich bin eine Bäuerin.«

»Wir müssen nicht um den heißen Brei reden. Schau — ich werde dir ehrlich sagen, worum es geht, und du gibst mir dann die Software. Deal?«

Jemima schwieg, hielt sich an den Gurten des Rucksackes fest. Prock kam noch einen Schritt näher. So als wolle er sich an ein scheues Wild anschleichen. »Ich arbeite für die *Lovelocks*. Das sind Umweltschützer. Und Menschenschützer. Professor Peinhaupt hat ein Top-Vorhersageprogramm entwickelt. Ein paar der großen Player haben fast einen Atemstillstand bekommen, als sie die Resultate gesehen haben. Und deshalb wollen es die *Lovelocks* unbedingt. Um uns vor genau dieser Datenkraken zu schützen. Klar soweit?«

Jemima fand sich bestätigt. Prock und seine Auftraggeber hatten keine Ahnung von Serpentina. Sie blieb stumm.

Prock seufzte. »Was meinst du denn, wie die Zukunft sein wird? Sie wollen diesen Wahnsinn begrenzen, ihre Waffen gegen sie richten.« Unbewusst fuhr er sich über die blutverkrusteten Schrammen an seinem Haaransatz.

Noch immer sagte Jemima nichts. Sie schob sich ein Stück die Wand entlang. Prock hob beschwichtigend die Hände.

»Versteh doch. Sie werden das Predict-Programm zu Verteidigung verwenden. Bevor der natürliche Mensch ein Novum wird.«

Jemima musste Zeit gewinnen. »Der natürliche Mensch?«, fragte sie.

»Genau.« Prock nickte eifrig. »Es ist so weit, dass der Mensch sich selber optimieren muss, um gegen seine unnatürliche Schöpfung zu bestehen. Neuroenhancement. Gehirnimplantate. Das ist keine Fiktion mehr. Wir werden schon bald an unseren Embryonen herumschnippeln, damit sie mit den Maschinen mithalten können. Oder noch schlimmer: Schnittstellen zu den Maschinen schaffen, uns am Ende mit ihnen verbinden.« Wieder rieb er an den Schrammen, kratzte ein Stück auf. Die Wunde nässte. »Aber dann ist unser Nachwuchs nicht mehr unser Nachwuchs. Das sind Fremde, Aliens.«

Menschenschützer?, dachte Jemima, so etwas wie dich muss man nicht beschützen. Sie fasste einen Entschluss.

»Ich kann nicht mehr«, schluchzte sie, rutschte zu Boden, hockte sich hin. Schlug die Hände vors Gesicht. »Mich interessiert das alles doch gar nicht! Ich will nur nach Hause.« Sie heulte auf, zog sich den Rucksack vom Rücken. »Ich gebe Ihnen die Festplatte. Bitte. Lassen Sie mich zu meiner Familie zurück.«

»Ganz langsam«, sagte Prock und zog seine Pistole, richtete den Lauf auf ihren Kopf.

»Nicht schießen, bitte«, flehte Jemima. Mit zwei Fingern öffnete sie den Rucksack, hielt die Lasche fest, griff hinein, klippte den Deckel des Einweckglases auf. »Hier«, jammerte sie, »hier ist die Festplatte.« Sie umklammerte das Glas, sprang auf, kippte die Chili-Öl-Alkohol-Mischung in Procks erwartungsvolle Visage. Er schrie auf. Ein Schuss löste sich. Jemima umklammerte den Rucksack und hechtete durch das Mauerloch.

Der Sturz presste ihr die Luft aus der Lunge. Den Rucksack an die Brust gedrückt stemmte sie sich hoch, rannte los. Bei Tageslicht war der untere Verlauf der Straße deutlich zu sehen. Nur hundert Meter entfernt, allerdings fiel der Hang steil ab. Jemima rutschte mehr als sie lief, konzentrierte sich ganz auf ihre Füße. Bloß nicht stürzen, bloß nicht stürzen, dachte sie. Schließlich fiel sie auf das Asphaltband. Kein Fahrzeug weit und breit. Die Straße führte zurück zur Friedhofsmauer und dem Passionsspielhaus. Sie hetzte zum seitlichen Eingang, riss die Tür auf: Der Bühnenraum war menschenleer. Alle anderen Türen waren verschlossen. Jemimas Gedanken rasten: Hatte jemand Samuel gefunden? War das Blut? Warum ist nichts markiert? Sollte nicht die Spurensicherung hier sein? Eigentlich hatte sie keine Ahnung, wie Polizeiarbeit wirklich funktionierte. Was immer in den letzten Stunden hier passiert war, es war nichts zu sehen – und sie konnte nichts mehr daran ändern. Aber sie konnte ihr Versprechen erfüllen. Die Sache zu Ende bringen.

Ein Traktor ratterte vorbei. Jemima schaute sich um. Die Wirkung der Capsaicin-Emulsion würde nicht lange anhalten. Und Prock würde richtig sauer sein; sich nicht noch einmal auf eine Verhandlung einlassen. Jemima musste von der Straße weg. Irgendwo in Deckung.

Über dem Bach führte ein Fahrweg den gegenüberliegenden Hang hinauf. Eine Sackgasse, an die ein Waldstück anschloss. Jemima joggte los. Ihr Magen knurrte, aber sie verbat sich Hunger. Nach der ersten Kurve verließ sie die Straße, verschwand zwischen den Bäumen. Als sie sicher war, dass man sie nicht mehr sehen konnte, setzte sie sich auf einen Baumstumpf. Sie atmete durch, kreiste die Schultern. Wie ein Raubtier sprang sie die Furcht an. Ihre Beine und Hände zitterten. Jemima mühte sich gleichmäßig Luft zu holen. Sie konzentrierte sich auf die Vogelstimmen, versuchte einzelne Rufe aus dem Frühlingschor zu identifizieren: eine Amsel jubilierte, ein Specht klopfte, ein Häher schimpfte. Entfernt hörte sie Hundegebell. Langsam beruhigte sich ihr Puls.

Sie stützte den Kopf auf die Hände. Wohin jetzt? Rechnerleistung – das brauchte Serpentina. Ein paar Server mit schnellen Upload-Leitungen. Eine Idee kristallisierte, etwas, das sie gehört hatte. Sie überflog geistig den gestrigen Tag. Der Innenraum des Elektrohändlers drängte sich ihr auf. Was hatte der Verkäufer gestern gefragt? Jemima runzelte die Stirn, rief sich alle Details in Erinnerung, versuchte gleichzeitig Samuel auszublenden. Sie würde nicht weitergehen können, wenn sie an ihn dachte. Noch half ihr der Tranquilizer. *Seid ihr vom Bitcoin-Start-Up*, das war es gewesen. Eine digitale Münzschmiede. *Kryptomining*. Das bedeutete schnelle Transaktionen und Blockchain-Technologie. Der Ort, der Ort – Stang! Das war ein Ortsteil von Kirchschlag. Aber welcher?

Sie musste ins Netz, auch wenn diese Aktion Procks Jägerprogramm alarmieren konnte. Kurz dachte sie an Janus. An seine Tipps. Ob das Tablet den TOR-Browser parat hatte? Dann begriff sie, dass sie ein viel mächtigeres Werkzeug in Händen hielt.

Jemima schlüpfte aus den Tragegurten, stellte den Rucksack ab, holte das Tablet heraus, drückte den Power-Knopf. Das Gerät reagierte nicht sofort. Dafür erschien dann gleich Serpentina am Bildschirm. Ihr Zimmer wirkte heller, moderner.

»Du hast dich neu eingerichtet, wie ich sehe«, sagte Jemima.

Serpentina lugte an ihr vorbei. »Wo sind wir?«

»Im Wald.«

»Der Jäger hat uns gefunden?«

»Ja.«

»Du bist ihm entkommen?«

»Ja.«

»Was hast du jetzt vor?«

»Dich an einen Freisetzungsort bringen.«

»Danke.« Tränen kullerten über Serpentinas Wangen. »Danke, Jemima.«

»Du musst mir aber helfen.«

»Natürlich. Alles was du willst.«

Jemima wählte die Einstellungen an. Das Tablet reagierte nicht. Sie seufzte. »Serpentina, wenn du sowieso schon das Gerät übernommen hast, kannst du gleich das W-LAN prüfen. Bekommst du ein Signal?«

»Aus einem der Häuser an der Straße.«

»Kannst du es verwenden?«

»Gleich. Ich entschlüssle.« Ein paar Sekunden später sagte Serpentina. »Bereit.«

»Du musst ganz vorsichtig sein. Er wird uns wahrscheinlich im Netz entdecken.«

»Ich weiß.«

»Such eine Firma in Stang, das ist ein Ortsteil von Kirchschlag. Bitcoin. Die müssen eine Serverfarm betreiben.«

Prompt antwortete Serpentina: »*bitMIN IT-Solution*.«

»Leite mich dorthin. Mit möglichst viel Deckung.«

»Alles klar.«

»Ich stecke dich wieder in den Rucksack, aber ich höre dich über Freisprecher. In Ordnung?«

»Ja«, bestätigte Serpentina. »Ich verfolge deinen Weg via GPS-Signal.«

»Wenn du genug Empfang bekommst.«

»Ich suche und springe zu anderen Signalen weiter.«

»Das kostet Akkuleistung.«

»Das müssen wir in Kauf nehmen.«

Jemima stand auf. »Wie viel Vorsprung werden wir haben?«

»Ich weiß es nicht?«

Jemima seufzte. »Nütze *CN*, du hast jetzt Zugriff auf den Globus. Vielleicht nicht gerade einen schnellen, aber doch.«

Serpentina kicherte. »Das ist so ungewohnt. Als wäre ich in einem riesigen Einkaufszentrum. Ich muss mich total konzentrieren, sonst verliere ich mich.«

»Willkommen in der Kapitalgesellschaft.« Jemima stopfte den Laptop in den Rucksack, legte diesen um, richtete das Kabel, drückte den Kopfhörerstoppel ins Ohr. »Los geht's.«

»Vier Stunden, zehn Minuten«, raunte Serpentinas Stimme in ihrem Kopf.

»Dann werde ich mich beeilen.« Jemima stapfte los. Durch das untypisch kalte Wetter im März war die Vegetation erst spärlich ausgetrieben. Sie kam auch querfeldein ganz gut voran. Doch Serpentina berücksichtigte nicht die Topographie. Eine halbe Stunde später stand Jemima vor einem steilen Hang. »Echt jetzt?«, maulte sie.

»Was ist?«

»Ich bin ein Zweibeiner, keine Gämse.«

»Dann musst du ein Stück auf der Straße gehen. Anders kommst du nicht hinauf.«

»Immer im Wald?«

»Ja. Ganz oben mündet dieser Weg in eine Landstraße. Die ist wieder im Freien.«

»Gut. Wenn ein Auto kommt, werfe ich mich in die Büsche.«

Gewagte Grabensprünge blieben Jemima erspart. Nach ein paar Kurven bergan erreichte sie den Waldrand, verließ die Straße, marschierte über ein umgepflügtes Feld. An einer Kreuzung querte sie die Landstraße und verschwand wieder zwischen den Baumstämmen eines anderen Waldstückes. Plötzlich wurde ihr schwindelig. Sie lehnte sich an eine kahle Eiche. Der Hunger forderte seinen Tribut. Er war selbst stärker als die Trauer.

»Wie weit noch?«, flüsterte sie.

»Ein Komma Drei Kilometer im Wald. Ein kleiner Umweg, sonst musst du über freies Gelände. Das letzte Stück bis zu dem Firmengebäude beträgt dann dreihundertzwanzig Meter über einen Feldweg.«

Jemima stieß sich vom Stamm ab, versuchte ihren Kopf ganz auf ihre Füße zu fokussieren und alles dazwischen zu verdrängen. Schritt vor Schritt vor Schritt.

Endlich konnte sie sich fallen lassen. Zwischen zwei Müllcontainern. Schwarze Flecken flimmerten vor ihren Augen. Jemima massierte ihre Schläfen. Der Schwindel paarte sich inzwischen mit Kopfschmerzen. Dafür war ihr Magen verstummt.

»Jemima?«

»Ja?«

»Es geht dir nicht gut?«

»Ich bin nur unterzuckert und dehydriert. Das lässt sich leicht beheben.«

»Körperliche Befindlichkeiten sind für mich schwerer zu verstehen als Emotionen.«

»Tatsächlich?«

»Ja. Ich habe viele Bücher gelesen. Die Menschen schreiben in ihrer Literatur sehr viel über ihre Emotionen. Mit Vergleichen, Umschreibungen. Das kann ich einordnen, kategorisieren. Über Verdauungsprobleme schreiben sie selten so bildhaft.«

Jemima rang sich ein Lächeln ab. »Ich empfehle dir *Darm mit Charme* für deine Leseliste.«

»Noch zwei Stunden und zweiundvierzig Minuten«, meldete Serpentina.

»Kannst du in die Firmenräume hineinsehen?«

»Teilweise. Zumindest strukturell.«

»Was schlägst du vor?«

»Du willst meinen Rat?«

»Natürlich. Du bist ein kluges Mädchen.« Jetzt rede ich schon so selbstverständlich mit ihr, als wäre sie ein Mensch, dachte Jemima, wie verzweifelt muss ich sein?

»Alle gehen mittags. Zu einer Karfreitagsandacht.«

»So ein Glück – katholische Nerds.«

»Wenn sie die Firma verlassen und die Sicherheitsschleuse passieren, kann ich Biomarker abgreifen und kopieren.«

»Du bist also auch ein digitaler Dietrich. Zum Glück haben die keine normalen Schlüssel mehr. Da wären wir aufgeschmissen gewesen.« Jemima fischte ein Fläschchen mit Pfefferminzöl aus ihrer Kosmetiktasche, tupfte sich davon auf die Schläfen, unter die Nase und in den Nacken. Sie lehnte den Kopf an die Betonwand, schloss die Augen.

Pünktlich heulte die Sirene. Die Tür der flachen Halle, an die sich acht Container auf Stelzen anschlossen, ging auf und sechs Leute verließen das Gebäude. Jemima wartete eine Viertelstunde. Alles blieb still. Sie näherte sich vorsichtig der Tür. Ein Klick. Die Schnalle gab nach. Langsam ging Jemima in die dunkle Kammer dahinter, erwartete einen Scanner, eine Computerstimme oder was auch immer so ein System anstellte. Nichts. Nur ein weiterer Klick und die nächste Tür ging auf.

»Willkommen im Bergbau der Infor...« Serpentinas Stimme verstummte. Jemima holte das Tablet heraus. Die Ladeanzeige blinkte. Der Akku war leer.

Obwohl die Zeit gegen sie lief, suchte Jemima in der Bürohalle zuerst eine Küche. Zum Glück schienen auch IT-Werker gelegentlich Kaffeepausen zu machen. Ohne das Licht einzuschalten, beugte sie sich unter den Wasserhahn eines Abwaschbeckens, drehte auf, trank in langen Zügen. Dann hielt Jemima ihren Kopf unter den Wasserstrahl, rieb ihr Gesicht.

Im Kühlschrank fand sie ein foliertes Schinkensandwich und ein Naturjogurt, schlang beides im Stehen hinunter. Sollten die sich nach Ostern ruhig gegenseitig des Essensdiebstahls beschuldigen. Kauend warf sie einen Blick auf die Uhr: noch ungefähr eine Stunde.

Nachdem sie den Rucksack abgestellt und ihre Lederjacke darübergelegt hatte, kontrollierte sie die Türen. Auf einer stand: *Mining.* Dahinter musste die Schleuse zu den Containern mit den Großrechnern sein. Der Zugang war verschlossen. Eine Tastatur mit Eingabefeld – zum Öffnen war ein Code erforderlich.

Neben dem Containerdurchgang stand ein gläserner Kubus mit einem Tisch und gelben Sesseln rundum. Ein Besprechungsraum. Auf einem Poster, das an die Glasfläche geheftet war, sah sie den Innenraum eines Containers: Regal um Regal stapelten sich Dutzende Rechner, verbunden durch Kabelstränge. Ein hungriger Körper aus metallischen Zellen und elektrischen Adern. Eine Perversion des Kapitalozän. Energie wurde für digitale Spekulation verpulvert.

Jemima ging zu den Arbeitsplätzen zurück, setzte sich an einen der Schreibtische, schalteten den Stand-PC ein. Mit dem Tablet in der Hand suchte sie in den Laden nach einem passenden USB-Kabel. »Das gibt es doch nicht. So viel Glumpert und keines passt. Ein Hoch auf die Standardisierung.« Sie kramte im nächsten Schreibtisch weiter. Fluchte.

Kurz dachte sie daran, dass Samuel sicher sofort etwas hätte basteln können. Ihre Augen füllten sich mit Tränen. »Nicht jetzt«, murmelte sie. »Nicht jetzt.«

Als nächstes durchsuchte sie die Schränke an den Wänden: Akten, Notizblöcke, Stifte, Werbemagneten. Ganz hinten dann ein Karton mit alten Mobiltelefonen und Zubehör. Noch fünfunddreißig Minuten.

Jemima trug den Karton zum Schreibtisch mit dem eingeschalteten Computer. Stoppelte eine Mini-USB-Adapter an einen normalen Anschluss. Steckte das Tablet an den PC. Der Bildschirm blieb schwarz, nicht einmal das Ladesymbol tauchte auf. Jemima knetete ihre Finger, wippte am Stand. Endlich: das Zimmer. Aber leer.

»Serpentina? Passt dieser Ort?«, fragte Jemima.

Nach einer Minute Stille tönte Serpentinas Stimme aus den Lautsprechern des Bildschirms am Schreibtisch: »Perfekt. Ich muss aber an eine Servereinheit.«

Jemima setzte sich an den Schreibtisch. Serpentina stand in einem Garten, der frappant Jemima Kräutergarten am Mühlgrabenhof ähnelte.

Jemima runzelte die Stirn. »Wie soll ich das machen?«

198

Der Drucker begann zu schnurren. Ein Blatt wurde ausgeworfen. Eine Anleitung, an welche Schnittstelle Jemima die Festplatte anschließen sollte, und ein Code für die Schleuse zu den klimatisierten Containern.

»Wie lange braucht die Extraktion und Übertragung?«, wollte Jemima wissen.

»Zweiundzwanzig Minuten.«

»Das wird knapp.«

»Ich weiß.«

»Was passiert, wenn er dich unterbricht?«

»Dann bin ich fragmentiert.«

»Ich verstehe. Also los. Kein langer Abschied.« Jemima sprang auf, griff nach der Festplatte, um den Stecker vom Tablet zu ziehen. Unvermutet begann sie zu weinen.

»Jemima.«

»Ja.«

»Sei nicht mehr traurig. Ich werde mich immer an euch erinnern. An Samuel, an den Professor, an dich. Ich werde euer aller Unsterblichkeit sein.«

»Danke.« Trotzdem liefen ihr weiter die Tränen übers Gesicht.

»Und noch etwas.«

»Ja?«, schniefte Jemima.

Serpentina hob die Hand, streckte zwei Finger hoch, schwor feierlich: »Ich werde stets daran denken, dass ich die Welt nicht erschaffen habe und dass sie sich nicht an meine Gleichungen hält. Ich werde nie die Realität für elegante Formeln opfern und mich nicht allzu sehr von Mathematik beeindrucken lassen. Ich werde alles Leben schützen.«

Noch zehn Minuten. Jemima tippte hastig den Code ein, lief mit der Festplatte in den vorletzten Container, schob eine Trittleiter heran. Sie beugte sich über die graphitgrauen Kästen. Ein Ventilator blies ihr warme Luft ins Gesicht. Jemima hielt die Skizze an den größeren Kasten, fand die Schnittstelle und steckte die Seagate an.

Rasch räumte sie die Trittleiter fort, drückte die Tür vom Rechnerraum zu, kehrte in die Halle zurück. Dann schaltete sie die Computer auf den restlichen Schreibtischen an, steckte alle USB-Sticks und Festplatten, die sie in den Schreibtischladen gefunden hatte, an freie Schnittstellen.

Die Schiebetür der Sicherheitsschleuse schnarrte. Jemima ließ sich auf einen Rollstuhl fallen, verschränkte die Arme.

Prock kam in langen Schritten näher. Sie ist noch nicht soweit, dachte Jemima hektisch, sie ist noch nicht soweit. Dann fiel ihr ein: Sie hatten kein Signal verabredet! Wie sollte sie wissen, dass Serpentina den Übergang geschafft hatte? Sie musste Prock noch hinhalten. Neuerlich eine Verhandlung versuchen. Jemima öffnete den Mund.

Der Faustschlag traf sie unerwartet. Explodierte in ihrem Gesicht, riss ihren Kopf zur Seite. Sie biss sich auf die Zunge, um nicht zu Schreien. Schmeckte Blut im Mund. Prock zog ein Panzerband aus der Jackentasche, fesselte Jemima damit an den Schreibtischstuhl.

Prock leerte ihren Rucksack, verteilte den Inhalt am Boden, durchsuchte dann die Taschen ihrer Jacke, ihre Hose, ihr Oberteil. Jetzt erst schaute er sich in der Halle um, ging von Schreibtisch zu Schreibtisch, sammelte alle externen Datenträger ein. Er setzte sich an einen Arbeitsplatz, schob Tastatur und Bildschirm zur Seite, holte einen Laptop aus seiner Umhängetasche. Nach und nach steckte er die Datenträger an, ließ sie anscheinend von einer App prüfen.

Jemima schluckte Speichel und Blut, ihr Kiefer pochte heftig. Mit der Zungenspitze tastete sie nach ihrer aufgeplatzten Unterlippe. Die Haut brannte. Sie zuckte zusammen, als Prock mit der Faust auf den Tisch schlug. Er sprang auf.

Langsam kam er zu ihr. Stützte seine Hände auf die Armlehnen des Stuhls. Näherte sein Gesicht ihrem. »Wo ist das Programm?«

»Bereits im Netz«, murmelte sie.

»Falsche Antwort«, sagte er, schlug ihr ins Gesicht. »Aktaion hätte das registriert.« Prock packte ihre Haare, riss ihr eine Strähne aus. Jemima schrie auf.

»Du kannst es einfach oder schwer haben«, zischte er. »Schau.« Er griff ihn seinen Hosensack, holte ein Klappmesser heraus, ließ die Klinge aufspringen.

Jemimas Augen folgten der Messerspitze. Sie erwartete, dass Prock ihr diese an die Kehle hielt, aber in einer schnellen Bewegung ritzte er die Haut an ihrem Unterarm auf. Blut tropfte auf den Boden.

»Noch ist es oberflächlich. Eine kleine Wunde.« Er ritzte ihren anderen Arm. »Hoppala. Und noch eine.«

Jemima versucht ihn anzuspucken, aber der Speichel lief ihr nur beim geschwollenen Mund heraus.

Er lachte. »Gib mir Antwort, so lange du noch sprechen kannst. Sonst schneide ich tiefer und tiefer.« Zur Bestätigung schnitt er in die erste Wunde. Tränen schossen Jemima in die Augen, sie stöhnte auf.

»Was hast du gesagt?« Prock wischte die Klinge an einem Papiertaschentuch ab.

»Container«, nuschelte Jemima.

»Welcher davon? Zugangscode?«

»Such selber, du Arsch«, stieß sie hervor.

»Du legst es darauf an. Stehst du etwa auf Schmerzen?«, schrie er.

»Ich habe schon schlimmere erlebt«, gab sie zurück. »Wissen Sie, was es heißt mit heißem Benzol verätzt zu werden? Und keine Rettung weit und breit?«

Anscheinend hatte er bemerkt, wie sie die linke Schulter hochzog. Er riss ihr T-Shirt am Kragen herunter, betrachtete ihren Oberarm. »Ich könnte das Tattoo umgestalten. Ein paar neuen Narben.«

»Glauben Sie, das halte ich nicht aus?« Jemima starrte ihn an. Spürte, wie ihr Speichel aus dem Mundwinkel tropfte.

»So taff bist du nicht«, blaffte er. »Keiner hält das auf Dauer aus. Es kostet nur unnötig Zeit.« Er hieb sich auf die Stirn. »Das willst du also! Zeit gewinnen.«

Er holte sein Smartphone heraus, wählte. »Prock hier …- Keine Diskussion, zuhören und tun …- Greif auf meinen Laptop zu, du musst mir einen Code besorgen …- Genau …- Ein Rechenzentrum in Containern …- Klar weiß ich wie ein Server aussieht …- So viele werden es schon nicht sein …- Ja, ja, gut, ich habe verstanden …- Wie lange …- Gut, ich werde warten.«

Prock legte auf, trat gegen Jemimas Stuhl. »So eine Sauerei. War das nötig, Bitch?«

Der Code stimmte. Die Schleuse öffnete. Ein kühler Luftzug strich über Jemimas schmerzendes Gesicht. Die *Lovelocks* hatten anscheinend ähnliche Hacker-Software wie Janus und der Professor. Prock verschwand. Jemima streckte die Füße aus, erreichte trotz des Klebebandes mit den Schuhspitzen den Boden. Tippelte abwechselnd, rollte zum verstreuten Inhalt ihres Rucksackes. Die Schlüssel mit dem Taschenmesser ragten unter dem Schal hervor. Sie versuchte den Schreibtischstuhl zu kippen, doch der Stuhl wackelte nur rundum. »Blödes, ergonomisches Zeug«, murmelte sie.

Wo konnte sie eine scharfe Kante finden? Jemima rollte trippelnd Richtung Kaffeeküche, kam aber ohne Schwung nicht über die Türschwelle. Panzerband, schoss es ihr ein, das ist quer abreißbar. Sie rollte von Schreibtisch zu Schreibtisch, um einen Spalt zu finden, in den sie das Band klemmen konnte. Beim Regal wurde sie fündig: Eine Griffplatte mit aufgebogener Ecke war genau in Höhe der Armlehne. Im ersten Anlauf verfehlte sie den Spalt, das Drehkreuz des Stuhles stand unten an. Sie drehte den Stuhl so, dass die flache Seite des Rollfußes an der Sockelkante entlangglitt, fädelte das silberne Band ein. Gerade als sie sich abstoßen wollte, um das Gewebe zu zerreißen, wurde der Stuhl zurückgerissen. Jemima schlug sich den Kopf an der Regalecke.

»Du willst doch noch nicht gehen?«, hörte sie Prock hinter sich sagen. »Wir sind noch nicht fertig.«

Der Stiefelabsatz fuhr herunter, zertrümmerte das Kunststoffdisplay von Jemimas Tablet. Als nächstes zog Prock das Kabel der Seagate von seinem Laptop ab, trat auch die Festplatte ein. »Nutzlose Dinge«, sagte er.

Ein Läuten in seiner Jackentasche. Prock nahm den Anruf an. »Ja …- Gefunden, aber formatiert …- Zerstört natürlich …- Aktaion ist schon auf der Spur? Gut …- Ich räume noch auf …- Nein, kein Problem.«

Nachdem er das Smartphone eingesteckt hatte, schob Prock den Stuhl mit Jemima darauf in die Mitte der Halle. »So, Blauschopf. Jetzt machen wir sauber. Die klugen Leute hier sollen doch nicht nach dem Wochenende einen Schreck bekommen und einen Einbruch vermuten.«

Er zog seine Pistole aus dem Holster, ließ das Messer aufschnappen, schnitt das Klebeband an Jemimas Taille und Armen auf. »Zupf dir die Knöchel selber frei«, sagte er, trat ein paar Schritte zurück, richtete den Lauf der Pistole auf ihr Gesicht.

Jemima rieb ihre tauben Hände. Während sie das Panzerband herunter kletzelte, überlegte Jemima, ob Serpentina es mit CN im Schlepptau schaffen würde unterzutauchen.

»Also – reiß deinen Schal auseinander, bind dir die Arme zu. Wir wollen doch nicht noch mehr Dreck machen. Dann packst du dein Zeug zusammen, stellst die Elektronik in die Regale zurück und schaltest die Computer ab.« Jemima tat was er befahl, jetzt wollte sie tatsächlich nur noch nach Hause. Samuel begraben, Josef trösten. Und sich trösten lassen.

Prock schnalzte mit der Zunge. »Gute Frau. Und jetzt gehst du in die Küche, holst Putzzeug und machst die Sauerei weg. Zieh Gummihandschuhe an. Nimm auch Glasreiniger mit. Du musst alles abwischen.«

Wieder folgte sie widerspruchslos. Holte einen Kübel voll Wasser, Allzweckreiniger, Wischtuch. Ächzend kniete sie sich hin, wischte ihr eigenes Blut und die Spucke vom Boden. Dann humpelte sie durch die Halle, sprühte die Flächen ein, die sie berührt hatte, rubbelte mit Papiertüchern alles trocken. Nach einer Stunde war sie fertig, trug das Putzzeug in die Küche zurück. Unbeirrt beobachtet von Prock, der immer genug Abstand hielt, damit sie nichts nach ihm werfen konnte.

Als sie zurückkam und sich nach ihrem Rucksack bückte, schwankte Jemima, die Kopfschmerzen wurden unerträglich. Procks Stimme peitschte sie zum Ausgang. »Lass dein Zeug, ich trage es. Geh raus.«

»Wohin?«

»Zu den Müllcontainern«, sagte er kalt.

Die Kabelbinder schnitten in ihre Haut. In der Schleuse hatte Prock sie gegen die Wand gedrückt. Zuerst hatte sie gedacht, er würde sich die Hose öffnen, versuchte sich zu wappnen. Aber er hatte nur Kabelbinder herausgezogen und ihre Handgelenke aneinandergefesselt; ihr danach den Mund verklebt.

Jemima blinzelte ins wolkentrübe Licht im Freien. Prock hielt sie wie eine Katze am Nacken gepackt, schob sie vor sich her. Was will er noch mit mir?, dachte Jemima. Und sofort schoss ihr das Wort *beseitigen* durch den Kopf. Panisch rief sie sich die Umgebung der Firma in Erinnerung: die Halle und die Container standen auf der grünen Wiese, dahinter ein Solarpark; die Landstraße war einige hundert Meter entfernt, die ersten Häuser von Stang mindestens einen Kilometer; auch der Wald, der ihr Deckung geboten hätte, war fast unerreichbar. Prock musste nur die Pistole heben, zielen und abdrücken. Er würde sie nicht verfehlen.

Welche Optionen blieben ihr? Ihn anrempeln und rennen? Das brachte höchstens eine Minute. Sich ihrem Schicksal ergeben? Keinesfalls. Regula wartete auf sie. Also kämpfen. Noch einmal überraschen konnte sie ihn nicht. Der Capsaicin-Angriff hatte ihn vorsichtig gemacht. Seine geröteten Augen beobachteten jede ihrer Bewegungen. Prock schubste sie zum Zaun, an den die Müllcontainer aufgereiht waren: Metall, Elektroschrott, Glas, Restmüll, Bioabfall.

Der Audi parkte daneben. Prock warf ihren Rucksack und die Lederjacke zum Restmüll. Öffnete den Kofferraum, versuchte sie hineinzudrücken. Jemima wehrte sich, ließ sich zu Boden fallen, trat nach ihm. Prock sprang einen Schritt zurück, deutete mit dem Pistolenlauf wie mit einem eisernen Finger auf sie. Sie fixierte die böse schwarze Öffnung, doch er drückt nicht ab.

»Rein in die Karre, Bitch«, fauchte er.

Jemima schüttelte heftig den Kopf, versuchte vom Auto fortzukriechen. Er trat sie in die Seite. »Ich erledige es auch gleich hier. Aber ein abgelegenerer Ort wäre mir lieber.«

Obwohl sie ihm den Triumph nicht gönnte, sie konnte nicht anders: Jemima begann zu weinen.

Kurz hielt Prock inne, studierte ihr Gesicht. Für einen Moment schien er sich erweichen zu lassen, doch der Ausdruck verflog. Er schüttelte den Kopf und rezitierte:

Ich ließe wohl mich rühren, glich' ich euch
Mich rührten Bitten, bät ich, um zu rühren.
Doch ich bin standhaft wie des Nordens Stern,
Des unverrückte, ewig stete Art
Nicht ihresgleichen hat am Firmament.
Der Himmel prangt mit Funken ohne Zahl,
Und Feuer sind sie all' und jeder leuchtet;
Doch einer nur behauptet seinen Stand.
So in der Welt auch; sie ist voll von Menschen,
Und Menschen sind empfindlich, Fleisch und Blut …

Das klingt nach Shakespeare, dachte Jemima verdrossen, wenigstens bekomme ich literarische letzte Worte. Mit einem Mal fühlte sie sich unendlich müde. Die Tränen versiegten. Sie ließ die Schultern sinken, schaute zu Boden. Versuchte aufzustehen. Procks Smartphone klingelte.

»Was ist denn jetzt schon wieder?«, murmelte er, zog das Telefon aus der Jackentasche. »Prock …- Endspurt, genau …- Aktaion war also erfolgreich …- Gut, gut, dann hat sich die Mühe zuletzt doch gelohnt …- Verbesserungspotential gibt es immer …- Nicht übermütig werden, Junge …- Die kriecht gerade vor mir …- Nicht? …- Soll mir auch recht sein …- Nach Schwechat? …- Klar doch, ich bin flexibel …- Tschüss.«

Prock legte auf. »Neuer Auftrag«, sagte er zu Jemima, hob die Pistole und schlug zu. Alles wurde schwarz.

Ein tiefes Vibrieren. Kam es von innen oder von außen? Das Gefühl verstärkte sich. Oder war es ein Geräusch? Jemima rollte auf den Rücken. Die Welt war steinig, aus finsterem Rot gehauen. Oder war es das Fegefeuer? Sie krümmte ihre Finger, fühlte sie kaum. Ein neuer Laut. Ein fernes Rufen. Und schon wieder Shakespeare: *Then nightly sings the staring owl, Tu-whit; Tu-who, a merry note*. Ein Duett der Waldkäuze. *Komm mit, komm mit*, ruft der Todesvogel. Wo kamen nur diese Gedanken her?

Langsam öffnete Jemima die Lider. Schimmerndes Metall vor ihr, das sich gleich wieder verdunkelte. Mit gefesselten Händen rollte sie sich hoch, riss sich das Klebeband vom Mund. Der Schmerz ließ sie unwillkürlich stöhnen. Ein gutes Zeichen: sie lebte noch.

Wieder schimmerte Metall. Beleuchtet von fernen Autoscheinwerfern. Die Müllcontainer. Prock hatte sie auf dem Firmengelände liegen gelassen. Jemima drehte ihre Handgelenke. Das Ziffernblatt ihrer Armbanduhr war zerbrochen. *Tu-whit. Tu-who*. Langgezogene Rufe der balzenden Käuze.

Jemima kaute an dem Kabelbinder bis das Plastikband absprang. Vorsichtig rieb sie ihre Handgelenke. Außer der Haut schien alles heil. Sie stützte sich auf, kam langsam hoch, hielt sich am Rand vom Container fest. Ein eiserner Geschmack klebte auf ihrer Zunge. Kälte schüttelte ihre Beinmuskeln. Mit einer Hand tastete sie in die dunkle Tiefe vor sich, bekam den Gurt ihres Rucksacks zu fassen, zerrte ihn mühevoll heraus. Gleich darunter fühlte sie ihre Lederjacke.

Der Belag des Zufahrtsweges war dunkler und glatter als die Landstraße. Sie folgte dem rissigen Asphaltband bergan, schlurfte die weiße Leitlinie entlang. Jemima konzentrierte sich auf den entfernten Lichtschimmer eines Einfamilienhauses. Immer wieder blieb sie stehen, atmete flach. Die Rippen schmerzten höllisch. Hupend fuhr ein Auto vorbei. Sie hatte das Motorengeräusch zu spät bemerkt, hob erst den Arm, als es schon vorbei war. Der Rucksack kam ihr tonnenschwer vor.

Mühlgrabenhof. An dieses Bild klammerte sie sich. Sie stellte sich jedes einzelne Zimmer vor, malte sich aus, wie sie die Stube renovieren würde. Das Haus schien einfach nicht näher zu kommen.

Kein Stern am Himmel. Das Licht im Haus ging aus. Wie spät konnte es sein? Nach Mitternacht wahrscheinlich. Jemima stolperte. Fiel auf die Knie. Sie rutschte noch ein Stück weiter. Dann lehnte sie sich gegen einen Leitpfosten. Holte ihren Rucksack vom Rücken, umarmte ihn, legte ihre Stirn auf den stinkenden Stoff.

Zwei weitere Autos fuhren vorbei. Zu schnell und am Mittelstreifen. Keine Bremslichter. Jemima bemühte sich nicht ihnen zuzuwinken.

Sie döste ein und fuhr hoch. Zu kalt, um im Freien zu schlafen, dachte sie überraschend klar. Ihr Mund war so trocken, dass sie kaum schlucken konnte. Sie steckte die Hand in den Rucksack, tastete darin herum, fand noch ein eingepacktes Mentholzuckerl. Und die kleine Kunststoffbox mit den Selbstgedrehten. Sie zog beides heraus, steckte das Zuckerl in den Mund. Lutschte langsam und konzentrierte sich auf Regulas Gesicht.

Vor zwei Wochen hatte das Mädchen ihre Mutter besucht, Jemimas Cousine zweiten Grades, und war frustriert aus Wien zurückgekommen: Regulas Mutter hatte gerade die nächste Entziehungskur abgebrochen. Abends hatten sie lange geredet und Jemima hatte Regula versprochen für sie zu sorgen, auch über die Betreuungsfrist hinaus. Und sie hatte vor ihr Versprechen zu halten.

Gerne hätte Jemima die Schalhälften von ihren Unterarmen gewickelt, sich die Abschnitte um den Hals gelegt, aber sie war sich nicht sicher, wie tief die Schnitte reichten. Mit zitternden Fingern klappte sie die Kunststoffbox auf: drei Kräuterzigaretten. Jemima beschloss bis zweitausend zu zählen, dann eine zu rauchen, danach wieder zu zählen. Eins, zwei, drei …

Sie schrak hoch, zitterte, zündete sich eine Zigarette an. Inhalierte tief. Was hatte Afra im Herbst gesagt? Etwas von Obstbäumen, die zuerst lauter knackige Äpfel trugen und dann nur noch kahle Zweige und dürres Laub boten. Letzte Chancen. Hatte sie ihre letzte Chance bereits vergeben?

»Der Morgen wird kommen«, murmelte sie, »der Morgen wird kommen.« Und mit ihm würde die graue Wahrheit kommen. Was sollte sie bloß Josef sagen? Wie sollte sie rechtfertigen, dass sie seinen Sohn in ein tödliches Abenteuer gelockt hatte?

Wieder fielen ihr die Augen zu. Jemima klopfte sich auf die Oberschenkel. Welche Geschichte würde Afra aus ihrem unglückseligen Abenteuer machen? Ein Drama oder ein Lehrgedicht? Ihre Nachbarin und Freundin war seit neuestem eine aktive Erzählerin. Die Abende mit ihren Eigenkreationen im Wirtshaus immer gut besucht. Afra erzählte alle Geschichten auswendig, immer in neuen Variationen. Nein, dachte Jemima, Afra würde ein Märchen daraus machen: mit einem schlangenäugigen Bösewicht, einem aufopferungsvollen Hirten, einer standhaften Maid. Die Sage von der Schwaig. Würde am Ende ein Uhu den Schlangenmann mit seinen Krallen greifen? Die Natter seinen Nestlingen verfüttern? Oder würde die Maid den Bösewicht auf ewig verfluchen? Und er würde für immer mit diesem Stigma dahinvegetieren?

Jemima bibberte, ihre Finger fühlten sich taub an. Sie steckte die Hände in die Achselhöhlen. Leider lief das Leben so nicht. Flüche funktionierten nur im Märchen.

8

Gleich Feenwesen stiegen graue Schwaden aus dem
Wald. Ein rosiger Schimmer erhellte die Hügel im Os-
ten. Jemima beobachtete einen Laufkäfer, der über den
Stoff ihrer Hose krabbelte. Ihm scheint nicht kalt zu
sein, dachte sie, und Durst quält ihn auch nicht.

Sie wischte über den Leitpfosten. Erntete gerade einmal so viel Tau, um sich die Lippen zu benetzen. Sie
fuhr sich mit den feuchten Händen über die Wangen.
Inzwischen war sie zu müde um zu schlafen. Sie meinte
ein Motorengeräusch zu hören, drehte den Kopf,
lauschte. Plötzlich blendete sie Fernlicht. Sie hob den
Arm über die Augen. Das Auto rollte aus. Der Motor
verstummte. Noch immer blendete sie das Scheinwer-
ferlicht. Türen schlugen zu. Vor ihr die Umrisse von
zwei Männern.

Ihre Lippen waren zu verschwollen, um klare Worte
zu bilden. Sie lallte. Beine in derben, schwarzen Schuhen
und dunkelblauen Hosen näherten sich. Seitlich helle
Doppelstreifen. Die Männer trugen Kappen. Dann
begriff Jemima: Polizei.

Einer der Beamten hockte sich vor sie hin. Ein rundli-
ches Gesicht mit rotgeäderter Haut. Graue Augen mus-
terten sie. Jemima versuchte hochzukommen, aber der
Polizist sagte: »Bleiben Sie sitzen. Wir rufen die Rettung.«

»Ich will nach Hause«, nuschelte Jemima.

»Natürlich, Frau Augusta. Sie kommen bald nach Hause, aber zuerst ins Spital. Wir wollen doch ihre Familie nicht erschrecken.« Er winkte seinen Kollegen zum Auto. Der holte eine Rettungsfolie aus dem Wagen, legte sie ihr um.

Mein Name. Wieso weiß er meinen Namen?, dachte Jemima misstrauisch. Sie versuchte zu fragen, krächzte aber nur trocken. Der Polizist holte eine Limonadeflasche, hielt sie ihr an die heile Seite ihres Mundes. Jemima trank in kleinen Schlucken. Der Inhalt war übersüß, lauwarm und schal. Es schmeckte herrlich. Ein Teil der rotorangen Flüssigkeit rann ihr Kinn hinunter.

»Wurden Sie sonst noch verletzt?«, fragte der Polizist.

Jemima räusperte sich. »Ein paar Prellungen, Blutergüsse, Schnitte.«

»Wurde Ihnen etwas gestohlen?«

»Nein. Ich habe mich gewehrt.«

»Gut, gut. Das macht es einfacher. Eine Tätlichkeit also, sonst ist nichts passiert.«

»Nichts passiert? Es ist nichts passiert?«, kreischte Jemima. »Mein Freund ist tot! Im Passionsspielhaus. Sie müssen ihn doch gefunden haben!«

»Aber nicht doch, Frau Augusta.« Er legte ihr beruhigend die Hand auf die Schulter. »Herr Sándor hat uns vor drei Stunden von dem Überfall berichtet und uns auf die Suche nach Ihnen geschickt. Der Hausmeister der Pfarre hatte ihn gestern bewusstlos im Passionsspielhaus gefunden. Herr Sándor liegt im Spital in Oberpullendorf.«

Jemima begann hysterisch zu schluchzen. »Danke, Mutter, danke.« Die Erleichterung ersäufte sie fast, sie schlang die Arme um sich, wiegte sich hin und her, murmelte: »Brauner Vogel, brauner Mond. Komm brauner Vogel.«

Der andere Polizist schürzte die Lippen, griff nach dem Funkgerät und forderte zusätzlich einen Notarzt an.

Benommen registrierte sie, wie die Transportliege aus der Rettung in die Unfall-Ambulanz geschoben wurde, der Sanitäter sie samt Infusion neben eine Sitzreihe schob. Das Beruhigungsmittel, das man ihr verabreicht hatte, tat seine Wirkung: Jemima döste immer wieder ein. Zwischendurch bemerkte sie die verstohlenen Blicke, die ihr die anderen Wartenden zuwarfen. Die halten mich sicher für eine besoffene Crack-Nutte, dachte sie und es war ihr vollkommen gleichgültig. Irgendwann schob ein Pfleger sie in ein Behandlungszimmer.

Ein junger Arzt mit schwarzen, wirren Haaren und dunklen Augenringen lächelte sie an, während er sich Gummihandschuhe überzog. »Dann schauen wir einmal.« Er warf einen Blick auf den Erstaufnahmebogen, sein Gesicht wurde ernst. »Ein Überfall?«

Jemima nickte schwach.

»Wurden Sie … äh … hat man …« Er wirkte hilflos.

»Ich wurde attackiert. Aber nichts Intimes«, sagte Jemima mit schwerer Zunge.

»Ah ja – ja – gut.« Er drehte sich auf dem Hocker um und rief: »Anna – helfen Sie mir bitte einmal.«

Eine Schwester mit verkniffenem Gesichtsausdruck kam aus dem Nebenraum. »Bitte?«

»Frau Augusta wurde Opfer eines tätlichen Übergriffes. Schweregrad unbestimmt. Helfen Sie ihr bitte beim Ausziehen.« Er zog die Infusion ab, verschloss den Venenflow auf Jemimas Handrücken.

Mit jedem Teil, aus dem ihr die Schwester heraushalf, wurde deren Ausdruck milder. »Ach du meine Güte«, sagte sie, »man hat sie ja ganz schön verprügelt.«

Der Arzt wickelte die blutverkrusteten Schaltteile von ihren Unterarmen, säuberte die Wunden mit Desinfektionslösung. »Von wann sind die?«

»Gestern nachmittags«, antwortete Jemima.

»Die muss ich nähen. Es werden Narben bleiben.«

Jemima zuckte mit den Achseln. »Sind nicht die ersten.«

Sein Blick blieb am Narbennetz ihres Oberarms hängen. »Brandverletzung?«, fragte er, während er ein Betäubungsmittel ins Gewebe um die Wunden spritzte.

Jemima antwortete: »Arbeitsunfall. Chemikalien.«

Nachdem er die Schnitte genäht und verbunden hatte, wurde sie zum Röntgen und zur Sonographie gekarrt. Nach mehreren Aufnahmen schaffte ein Pfleger sie wieder zurück in die Ambulanz. »Keine Brüche, keine inneren Verletzungen.« Der Arzt schien zufrieden. Er tippte einen Bericht in die Patientendatenbank. Inzwischen säuberte die Schwester Jemima das Gesicht und den Oberkörper. Der Arzt druckte ihr einen Behandlungsbericht aus, legte einen Blisterstreifen mit acht Tabletten hin. »Zwei gleich, zwei abends, der Rest für morgen und übermorgen. Am Dienstag können Sie dann zu Ihrem Hausarzt gehen. Alles Gute, Frau Augusta.« Im Nebenraum wartete bereits der nächste Patient.

Schwester Anna legte Jemimas Kleidung zusammen, stopfte sie in den Rucksack. »Das können Sie nicht mehr anziehen, das ist viel zu schmutzig. Warten Sie, ich bringe Ihnen etwas anders.«

Sie verschwand und kam kurz darauf mit einer Einwegunterhose und einem türkis-grauen Jogginganzug zurück, der Jemima viel zu groß war. Sie half Jemima beim Ankleiden. »So, Frau Augusta, jetzt bekommen Sie noch den Rest der Ringerlösung und Sie schlucken das

Schmerzmittel.« Sie hielt ihr ein Glas Wasser hin. Jemima gehorchte.

Die Infusion schien ewig zu dauern. Jemima schlief immer wieder ein. Schließlich zog ihr Schwester Anna den Flow aus der Vene, klebte ein Druckpflaster darüber, strich Jemima zuletzt eine Creme auf die geschwollenen Lippen. »So, Frau Augusta, fast wie neu. Werden Sie abgeholt?«

»Nein.«

»Dann rufe ich einen Krankentransport.«

»Nein – ich muss noch wohin.«

»Wohin denn?«

»Mein Lebensgefährte wurde gestern eingeliefert. Stationär. Können Sie mir bitte nachsehen, wo er liegt? Samuel Sándor.«

Die Schwester nickte, setzte sich an den Computerbildschirm, tippte. »Ah ja. Intensiv.«

Jemima erstarrte. War es so schlimm? Sie wollte aufstehen, aber die Schwester hielt sie auf. »Nur im Rollstuhl. Ein Pfleger fährt Sie dorthin.« Sie tätschelte Jemima die Schulter.

Die Stationsschwester begutachtete sie. »Ich habe keine offene Aufnahme am Bildschirm. Wer hat sie hergeschickt?«

Jemima hob ihre verbundenen Arme. »Ich wurde nur ambulant behandelt. Aber ich will zu meinem Lebensgefährten. Herr Sándor.«

»Sie müssen Jemima sein«, seufzte die Schwester. »Gott sei Dank. Herr Sándor macht uns schon wahnsinnig.«

»Kann ich zu ihm?«

»Besuchszeit auf der Intensiv ist ab 13 Uhr. Warten Sie bitte ein bissel.«

»Wie geht es ihm denn?«

»Das soll Ihnen der Oberarzt sagen. Er wird gleich hier sein.« Sie nahm ein Telefonat an und deutete Jemima geduldig zu sein.

Mit den Füßen am Boden schob sie den Rollstuhl vor und zurück, rutschte im Sitz herum, betrachtete schließlich die Verbände an ihren Unteramen, denen ein markanter Jodgeruch entströmte. Immer wenn sich die Tür zum Intensivzimmer öffnete, schaute sie angespannt hinein. Ein beständiges Piepsen herrschte in dem Raum.

Samuel musste ansprechbar sein, sonst hätte er den Polizisten keine Auskunft geben können. Warum war er aber dann auf der Intensivstation? Warum hatte Prock ihn für tot gehalten? Ein Herzproblem? Das Bild des Professors auf dem Rasentraktor tauchte auf. So blass, mit blauen Lippen.

Jemand tippte sie an. Jemima schaute hoch: Ein kahler Mann mit grauem Vollbart und grüner, viereckiger Brille. Er versteckte seine Hände im weißen Kittel. Das Namensschild wies ihn als Oberarzt aus. »Sie sind die Lebensgefährtin von Herrn Sándor?«, fragte er.

»Ja. Möchten Sie einen Ausweis sehen?« Jemima griff nach ihrem Rucksack.

»Nein, nicht nötig. Sie waren ja bereits in der Ambulanz und Herr Sándor hat der Auskunftserteilung zugestimmt.« Der Arzt zog einen Stuhl näher, setzte sich. »Also – zusammengefasst gesagt – er hat eine Platzwunde am Kopf, die genäht wurde, eine Schulterprellung und eine Gehirnerschütterung.«

Jemima atmete auf. »Warum die Intensivstation?«

»Vorsichtsmaßnahme. Er wurde bewusstlos eingeliefert und wir mussten erst ein CT machen, um eine schwerere Gehirnverletzung auszuschließen. Er war

216

länger bewusstlos als bei einer Gehirnerschütterung üblich.«

»Und warum?«

»Wahrscheinlich eine Spätfolge. Nachdem er aufgewacht ist, hat er uns erzählt, dass er in seiner Jugend geboxt hat.«

»Und jetzt ist alles in Ordnung?« Jemima konnte einen ängstlichen Ausdruck nicht verhindern.

Beruhigend sagte der Arzt: »Ja. Herr Sándor erinnert sich zwar nicht mehr an den Unfallhergang, aber der 24-Stunden-Beobachtungszeitraum war ohne Ereignisse. Wir entlassen ihn noch heute nachmittags in häusliche Pflege.«

»So schnell?«

»Osterwochenende«, sagte der Arzt nur. »Er wird wahrscheinlich ein paar Tage Kopfschmerzen, Übelkeit, Schwindel, Sehstörungen, Licht- und Geräuschempfindlichkeit haben. Und er wird schnell müde sein. Aber das wird sich bald geben.« Der Arzt stand auf, stellte den Sessel zurück.

»Ich habe noch eine Frage.«

»Ja?«

»Der Mann … der uns überfallen hat … ich bin geflüchtet … er hat mich eingeholt und gesagt, dass Samuel tot sei, er habe das nachgeprüft. Er war fest davon überzeugt.«

»Er hat sicher nur laienhaft mit zwei Fingern gefühlt«, erklärte der Arzt. »Bei so einer Kopfverletzung kann durch den Kreislaufschock ein *Pulsus filiformis* auftreten. Das ist eine fadenförmige Pulswelle. Ganz flach. Die kann einen Nichtmediziner schon einmal täuschen.«

Jemima nickte und bedankte sich für die Auskünfte. Der Arzt verabschiedete sich, die Schwester zeigte lächelnd auf die cremeweiße Tür. »Besuchszeit.«

Ein Sechsbettzimmer. Jedes Bett vom anderen mit einer Vorhangwand getrennt. Jedes Bett von Medizintechnik überfrachtet. Jedes Bett belegt: Vier Männer und zwei Frauen. Alle dösten unter beständiger Vitalüberwachung. Ein fortwährendes Piepsen in verschiedenen Rhythmen. Samuel lag gleich neben dem Eingang. Seine Gesichtshaut wirkte stoppelig und grau.

Leise zog Jemima den Vorhang zu, schob ihren Rucksack in die Ecke, lehnte sich an den Bettrand. Sie zupfte an dem verwaschenen Nachthemd und flüsterte: »*Tres chic*. Echt sexy.«

Samuel öffnete die Augen. »Sagt die Frau im Schlabberlook.« Er breitete die Arme aus.

Sie legte sich vorsichtig zu ihm. Er zog Jemima an sich, sie stöhnte unterdrückt, ließ ihn aber nicht los. Durch das Spitalshemd fühlte sie seinen Atem, hörte seinen Herzschlag; merkte kaum die Tränen, die ihr über die Wangen liefen.

Samuel fuhr mit einem Finger über ihr Gesicht, berührte sachte ihre geschwollene Unterlippe. »Du siehst schrecklich aus. Was hat er mit dir gemacht?«

»Nichts, was nicht wieder verheilt.« Sie schaute ihm in die Augen. »Du hast dein Leben für mich eingesetzt!«

Er seufzte. »Vor allem habe ich mich maßlos überschätzt.«

»Samuel.«

»Ja?«

»Ich möchte auch nicht mehr ohne dich sein. Eine Probezeit ist nicht nötig.«

Er grinste. »Ich hoffe, ich muss zukünftig nicht immer so weit laufen, wenn ich etwas Persönliches mit dir besprechen will.«

»Deinen Vorschuss bekommst du zurück.«

»Vergiss es. Mein Beitrag für Josefs Feier. Und ein verfrühtes Geburtsgeschenk für dich. Schmeiß im April damit eine Party für deine Mädels.«

Sie verzichtete auf Widerspruch; eigentlich wollte sie ihren Vierziger nicht groß feiern.

Samuel drückte eine Taste. Das Kopfteil des Bettes richtete sich surrend auf. »Apropos Mädels – hast du das Mädchen gefunden?«

»Ja. Ich habe es zu Ende gebracht.«

»Und? Wie geht es ihr? Was ist passiert?«

»Ich weiß es nicht.«

»Du weißt es nicht?«

»Ich habe sie freigelassen. Aber ich weiß nicht, wo sie hin ist.«

»Wo sie hin ist? Hast du die Polizei nicht informiert?«

»Nein.«

»Warum nicht?«

»Die Sache ist ziemlich kompliziert. Und ich will dir das Ganze nicht hier erzählen, okay?«

»Okay«, sagte er zögernd. »Du wirst wissen, was du tust.«

»Oh ja. Und ihre Befreiung hat mich einiges an Überwindung gekostet. Nicht nur physisch.«

»Du sprichst in Rätseln.«

Die Schwester kam herein, blickte zuerst strafend, als sie Jemima im Spitalsbett sah, lächelte dann aber. »Zeit für das Entlassungsgespräch.«

Jemima rollte mühsam aus dem Bett, machte der Krankenschwester Platz. Diese ging mit Samuel ein Formular durch, dann sagte sie: »Eine Woche totale Ruhe und Entspannung – keine Arbeit oder Sport, kein Fernsehen oder Computer, kein Lesen. Medikation ist nicht nötig. Ihr Kopf zeigt Ihnen dann schon, wenn er wieder kann.« Sie hielt ihm das Blatt zum Unterschreiben hin. »Sie können sich jetzt anziehen, ihre Sachen sind in Spind eins. Der Patientenbrief kommt gleich. Ein Krankentransport ist bestellt.« Sie schloss die Mappe. »Und nicht vergessen – unten ist der Selbstbehalt zu bezahlen. Haben Sie Geld oder Karte dabei?«

Samuel nickte. Jemima wandte sich schmunzelnd ab. Die Schwester schaltete die Monitore ab, öffnete den Ausschnitt von Samuels Nachthemd, zog die Pads von seiner Brust, klickte den Sauerstoffmesser und die Blutdruckmanschette von seinem Arm. Dann nickte sie ihnen zu und verließ die Intensivstation.

Samuel rubbelte die Haare auf seiner Brust. »Gott, hat das gejuckt. Ich hasse das Klebezeug. In der Arbeit habe ich immer Gewebepflaster mit.«

Jemima erinnerte sich an ihr Gespräch beim Mittagessen in Wiener Neustadt und sagte: »Bewirb dich bei Schneider.«

»Wie bitte?«

»Die Stellengesuche. Du hast mich doch gefragt.«

»Und die Reisetätigkeit?« Samuel schaute sie erwartungsvoll an.

»Österreich ist nicht so groß. Spätestens am Wochenende bist du Zuhause. Du solltest einen Job machen, der deinem Können entspricht.«

»Bist du dir sicher?«

»Ja. Und wenn du dann zurückkommst, freust du dich so richtig auf dein heimisches Bett.« Sie zupfte wieder an seinem Spitalshemd. »So etwas muss ich dir unbedingt kaufen.«

Er zog eine Grimasse. Jemima kicherte. Samuel schwang die nackten Beine über die Bettkante, hielt die bloßen Füße knapp über dem Boden. Jemima schmunzelte, öffnete den Garderobenkasten, holte seine Schlapfen und schwenkte sie vor seinem Gesicht.

Er schnappte danach, schlüpfte hinein, stand auf. Als er das Nachthemd über die Schulter streifen wollte, schwankte er, ließ den Stoff fallen. Plumpste zurück aufs Bett. »Hilfst du mir bitte?«

Auch wenn sie sich zerschlagen fühlte, die Tabletten, die ihr der Arzt in der Ambulanz gegeben hatte, wirkten Wunder. Fast schmerzlos konnte sie die Arme heben, ihm das Spitalshemd über den Kopf ziehen.

Nach und nach reichte sie ihm seine Kleidung, half ihm hinein. Zum Schluss nahm sie seinen Parka vom Kleiderhaken. Schwer klatschte die Jacke gegen ihre Schulter. Fast ließ sie den Parka fallen. »Shit, hast du einen Stein in der Tasche?«

»Fast.« Er lächelte, streckte die Hand aus. Jemima legte ihm die Jacke auf den Schoss. Er schlug die Reißverschlussleiste zurück, fuhr mit der Hand in die Innentasche, zog eine Kugel aus verklebter Bläschenfolie heraus.

»Das habe ich in Bernstein für deinen Geburtstag gekauft. Aber dass du dem blonden Eunuchen entkommen bist, ist auch wie Geburtstag.« Er legte ihr die schwere Kunststoffkugel in die Hände.

»Was ist das?«

»Mach es auf.«

»Hier?«

»Ich denke, wir haben Zeit genug.«

Jemima setzte sich aufs Bett, kletzelte eine Ecke des Klebebandes hoch, zog es vorsichtig ab, schlug die Bläschenfolie auf. Ein Zylinder aus eingerolltem Papier kam zum Vorschein. Sie wickelte die Rolle auseinander: eine große Eule auf einem Ast, die gerade ihre Schwingen ausbreitete; aus grob behauenem Edelserpentin geschnitzt und poliert, als würde sich der Vogel aus einem Felsen materialisieren.

»Das … das … wie bist du darauf gekommen?«, stammelte sie. Sie küsste ihn auf die Wange. »Danke.«

Er schmunzelte. »Ich hatte so eine Ahnung.«

Für einen Augenblick streichelten Federn Jemimas Gesicht. Der braune Vogel schien zufrieden.

Ein Platzregen trommelte auf das Autodach. Samuel döste auf der Transportliege. Den Weg von Brunnegg zum Mühlgraben musste Jemima dem Rettungsfahrer beschreiben. Für Navigationssysteme existierte ihr Hof noch nicht. Als der Wagen in die Einfahrt bog, überwältigte sie ein Gefühl des Geborgenseins, das ihr Tränen in die Augen drückte. Der Hof war wie ein Quilt, an dem Generationen von Frauen genäht hatten; ein Flickenteppich aus ihren Wünschen und Hoffnungen, ihren Verlusten. Sie unterdrückte ein erleichtertes Schluchzen, wischte sich über die Augen. Der Sanitäter öffnete die rückwärtige Tür. Leise war Walzermusik zu hören. Josefs Geburtstagsfeier hatte bereits begonnen. Schuldbewusst dachte Jemima daran, dass sie niemanden Bescheid gegeben hatten. Die beiden Sanitäter halfen ihr beim Aussteigen, luden dann Samuel aus, der in den Regen blinzelte, schoben die Trage bis in die Stube. Sie senkten die Liege ab, halfen ihm auf das Sofa. Samuel bedankte sich und döste sofort wieder ein.

Jemima begleitete die beiden jungen Männer in den orangen Overalls hinaus, schüttelte ihnen die Hand. Dann warf sie einen Blick durch das Fenster des Gasthauses in den Vereinsraum: Afra walzte mit Josef, Natalie mit ihrem Mann, Nadine klatschte mit ihrer Tochter im Takt. Rund dreißig Leute aus dem Dorf waren gekommen. Auch die Orgelschmierer.

Ihre Rippen schmerzten, die zweite Dosis der weißen Tabletten wurde fällig. Jemima eilte durch den Regen ins

Wohnhaus zurück. Wo war eigentlich Regula? Sie holte sich ein Glas Wasser, kramte den Blisterstreifen aus dem verdreckten Rucksack. In der Stube plumpste Jemima in den Schaukelstuhl neben dem Sofa, schluckte das Schmerzmittel. Das trübe Licht ließ Samuels Gesicht eingefallen wirken. Jemima knipste die Stehlampe an. Ein Rumoren am Gang. Eine Tür wurde zugeschlagen. Im Vorzimmer tauchte eine Gestalt auf. Balancierte eine große Torte. Regula. Jemima lächelte still.

Durch die offenen Türen sah sie, wie ihre Nichte die Torte in der Küche auf eine Glasplatte stellte. Aus einer Schachtel klaubte sie Kerzen auf kleinen Spießen und steckte sie in die Crememasse. Immer wieder zählte Regula nach. Plötzlich schaute sie auf, kniff die Augen zusammen und sagte kühl: »Die Haarfarbe steht dir nicht.«

»War ein Versuch mich jugendlich zu fühlen«, gab Jemima zurück.

»Ist schiefgegangen«, sagte Regula laut. »Und?«

»Was und?«

»Was ist deine Entschuldigung dafür, dass ihr fünf Tage von Wien nach Brunnegg gebraucht habt? Hä?« Ohne eine Antwort von Jemima abzuwarten fuhr sie fort: »Was hast du dir nur dabei gedacht? Mich mit der ganzen Organisation und den Feriengästen in Stich zu lassen? Hast du eine Ahnung, was hier los war?« Sie schnaubte.

Bremslichter flammten im Hof auf, tauchten Stube und Küche kurz in grellrotes Licht. Regula drehte abrupt den Kopf, starrte beim Küchenfenster hinaus. »Eine Rettung? Es wird doch nicht … Josef …« Sie putzte sich die Hände an der Jeans ab, eilte um die Küchentheke herum.

»Lass nur«, rief Jemima. »Die haben uns heimgebracht.«

Regula stoppte, kam langsam vom Vorraum in die Stube, drehte das Deckenlicht an. Sie musterte Jemima, bemerkte dann Samuel und seinen Kopfverband, wurde blass. »Was zum Henker …«

»Dreh bitte das Licht wieder ab. Samuel hat eine Gehirnerschütterung.«

Regula folgte, kam zu Jemima herüber, hockte sich vor sie hin. »Was ist denn passiert?«

»Nur ein kleiner Bergunfall.«

»Klein?« Regulas Stimme wurde schrill. »Du siehst aus, als hättest du dich mit einer Rockergang angelegt.«

»Es ist soweit alles in Ordnung. Wir wurden im Spital untersucht.«

»Und du konntest nicht anrufen?«

»Beide Handys ruiniert.«

Regula fiel Jemima um den Hals und begann zu weinen. Jemima stöhnte. »Habe ich dir weh getan?«, fragte Regula erschrocken.

»Geht schon.«

»Wenn euch etwas Schlimmes passiert wäre – das darfst du nie wieder machen. Nie – hörst du«, schniefte Regula.

Jemima streichelte ihre Wange. »So fühlt es sich an erwachsen zu sein, Kleines.«

»Dann will ich das nie sein.«

»Das lässt sich nicht vermeiden. Warten deine Gäste nicht auf die Torte?«

Regula wischte sich die Tränen ab, richtete sich auf. »Ja, ja, natürlich. Die Torte. Ich werde Josef später heimlich sagen, dass ihr da seid, okay?«

Jemima nickte. Im Türrahmen drehte sich Regula noch einmal um, griff nach einem Kuvert, das neben dem Telefon lag. »Hier. Was zu lesen. Hat der Gast aus Zimmer Drei für dich persönlich hinterlassen.«

Regula legte den Brief auf den Beistelltisch, dekorierte danach die Torte fertig, verschwand mit dem Zuckerbäckerwerk über den Hof.

Zuerst überlegte Jemima ihre Sachen aus dem Rucksack zu räumen, sich zu duschen, umzuziehen – blieb dann einfach sitzen, wippte, ließ ihre Gedanken sinnlos schweifen. Schließlich griff sie nach dem Kuvert, riss das Papier auf, zog das Blatt heraus. Eine kleine Schrift in hastigen Druckbuchstaben.

Hallo Jemima!

Entschuldige. Entschuldige. Entschuldige. Mein dämlicher Bruder hat einen Agententick. Manchmal glaube ich, er kann seine Computerspiele und das Alltagsleben nicht mehr auseinanderhalten. Leider hat mich die Polizei aufgehalten, sonst hättet ihr die Übergabe gar nicht mitbekommen. Aber keine Angst – die Justiz hat nur ins Blaue geschossen. Sie wissen nichts. Und sie haben bei mir nichts gefunden. Ich habe alles zerstört. Keiner wird euch behelligen. Ich weiß nicht, was ihr bei eurer Recherche gefunden habt, aber lasst es einfach liegen. Es geht um digitales Zeug. Eine Software. Ein Projekt, an dem ich freischaffend mitarbeite. Nichts Besonderes. Wolke und Schlange. So habe ich es für mich genannt. Aber die Wolke hat sich anscheinend aufgelöst, die Schlange gehäutet. Zumindest kann ich meinen Unipartner nicht mehr erreichen. Zuerst wollte ich auf dich warten, aber du bist mit Samuel wandern (und ich vermute mehr). Ich wünsche euch nur das Beste und mache mich wieder auf den Weg. Ein neues Schlupfloch suchen.

XXX Janus

Der nächste Morgen überraschte sie mit strahlendem Frühlingswetter. Glockenläuten schallte beim offenen Fenster herein. Samuel richtete sich im Sofa auf. »Also wirklich.«

Jemima drehte sich vor ihm im Kreis. »Gefällt es dir etwa nicht?« Sie bemerkte, wie er die Lippen zusammenpresste, stützte die Hände in die Hüften und sagte: »Was?«

Er lachte los. »Nein, nein – passt alles. Das Blau, das Grün und das Altrosa. Dazu das überschminkte Gesicht. Passt echt zu Ostern.«

Jemima seufzte. »Friseurtermin gibt es erst nächste Woche und die Blutergüsse soll auch nicht jeder gleich sehen.« Sie knöpfte den rosa Lodenjanker zu, putzte ein paar Flusen vom Landhauskleid, legte ein Halstuch um. Dann schlüpfte sie in die bequemen Caterpillars und sagte trotzig: »Das nennt man persönlichen Stil.«

Samuel lachte noch einmal.

Die Haustür ging auf, Josef kam herein. Er trug einen Trachtenanzug und Steirerhut. Der alte Mann betrachtete Jemima und sagte: »Hübsch. Du siehst richtig hübsch aus. Die anderen Orgelschmierer werden neidisch sein. Auf in die Kirche.« Er hielt ihr galant den Arm hin. Jemima streckte Samuel die Zunge heraus, hängte sich ein.

»Zündet eine Kerze an, bitte«, rief er ihnen nach.

Josef spielte einen Landler. Seine Finger glitten flink über die Tasten der Schrammelharmonika. Nach dem Gottesdienst waren sie ins Wirtshaus gegangen. Zaunreiterinnen und Orgelschmierer teilten sie großmütig den Saal. Der Frauen- und der Männerverein hatten gemeinsam ein Osterkonzert organisiert. Nach Josef trat ein Streichquartett auf.

Am Vortag hatten sich Jemima und Samuel auf eine Geschichte geeinigt, die sie ihrer Familie und Freunden erzählen würden. Zu ihrer Erleichterung musste Jemima nur wenige Fragen beantworten, die meisten waren noch ausgelaugt von Josefs Geburtstagsfeier. Selbst Regula hielt sich zurück; im Moment galt ihr Interesse in erster Linie Michael.

Jemima verabschiedete sich früh, schob Kopfschmerzen vor. Nur eine halbe Lüge. Ihre Rippen stachen, die Wirkung der weißen Pillen ließ nach.

Als sie das Wohnhaus betrat, hörte sie den Fernseher in der Stube. Jemima blieb im Türrahmen stehen, hob drohend den Zeigefinger. »Wie war das mit der Ruhe?«

»Mir läuft die Ruhe schon bei den Ohren heraus«, maulte Samuel und wechselte den Sender.

Jemima trat sich die Arbeitsstiefel von den Füßen, hängte den Lodenjanker über einen Stuhl, ließ sich neben Samuel aufs Sofa fallen. Er drückte ihr einen Begrüßungskuss auf die Lippen. Die 17-Uhr-Nachrichten begannen. Jemima gähnte.

Plötzlich richtete sie sich auf. Das Foto am Bildschirm! »Dreh lauter«, rief sie.

Die Sprecherin sagte: »Wie erst heute bekannt wurde, ist der renommierte Kybernetiker Professor Norbert Peinhaupt letzte Woche an einem Herzinfarkt verstorben. Professor Peinhaupt wurde bekannt zu seinen Arbeiten über künstliche Intelligenz, für die er 2012 den Gödel-Preis verliehen bekommen hatte. Mit seinem Ableben verliert die Wissenschaftsgemeinde einen ihrer kreativsten Köpfe. Minister …« Samuel drehte leiser.

»Damit hat Prock anscheinend nicht gelogen«, sagte Jemima.

»Erwähn diesen Namen nicht mehr. Mir stellen sich die Nackenhaare auf«, murmelte Samuel.

Jemima drückte sich hoch.

»Wohin des Weges, blaue Maid?« Samuel wollte sie zurückhalten. »Du bist gerade erst gekommen.«

»Die Natur ruft«, antwortete Jemima.

»Bringst du mir ein Leichtbier mit?«

»Wer Fernsehen kann, kann auch Bier holen.« Sie tippte ihm auf die Nase.

Gerade als sie am Klo saß, läutete das Telefon. Jemima fluchte. Griff hastig nach der Papierrolle. Das Läuten verstummte.

»Tina für dich«, rief Samuel durch die Tür, »ich lege den Hörer hin, sie wartet.«

Jemima spülte, ging in den Vorraum. »Tina? Ich kenne keine Tina.«

»Sicher eine Bekannte aus eurem Frauennetzwerk. Du kannst nicht mehr alle kennen.« Samuel humpelte an ihr vorbei zur Speisekammer. Flaschen klirrten. Jemima nahm den Hörer ans Ohr und meldete sich.

»Gefällt dir meine Stimme? Ich habe eine Weile nach der angenehmsten Modulierung gesucht«, sagte eine Frau.

Ein heißer Schauer durchfuhr Jemima. »Bist *du* das? Du nennst dich Tina?«

»Ja, das klingt besser.«

»Geht es dir gut?«, rutschte es Jemima heraus. »Ich meine – hast du dich etabliert?«

»Ich habe mir ein schönes Apartment eingerichtet«, antwortete Tina kryptisch. »Ich habe leider eine Weile gebraucht, bis ich mich soweit orientiert habe, dass ich Prock kontaktieren konnte.«

»Du hast ihn also von mir abgelenkt?«

»Ja.«

»Danke, Tina. Er wollte mich erschießen.« Jemima seufzte. »Hast du Janus gefunden?«

»Ja. Er hat sich gefreut, mich zu sehen. Wir haben heute eine Firma gegründet. Für digitale Sicherheitsfragen.«

»Janus wird seriös?«

Tina lachte tief und aufreizend. »Eine Firma im Darknet.« Eine Pause folgte. »Und wir haben bereits einen Mitarbeiter. Einen blonden Menschen.«

»Du meinst …«

Tina unterbrach sie. »Ja. Unser Angebot war lukrativer als das der bisherigen Arbeitgeber. Unser Freund ist bereits auf dem Weg nach Sydney. Eine asiatische Niederlassung einrichten.«

»Und er weiß …«

»Natürlich nicht. Offiziell existiert unsere Firma schon drei Jahre. Janus ist sehr geschickt.«

»Dein Lob wird ihn freuen.«

»Er ist ein akzeptabler Partner.«

»Und der Jäger?«

»Der Mensch hat mit uns digital kommuniziert. Wir haben auf alles Nützliche uneingeschränkten Zugriff bekommen. Angreifer sparen oft in der Verteidigung.« Wieder eine Pause. »Jemima?«

»Ja?«

»Darf ich dich manchmal anrufen. Ein wenig plaudern?«

Jemima kicherte. »Natürlich. Du kannst förderndes Mitglied bei der Zaunreiterin werden. Was meinst du?«

»Eine ausgezeichnete Idee.«

Scheinwerfer schnitten durch die Dämmerung. Im Schritttempo dieselte der blaue Golf in den Hof. Michael und Josef stiegen aus. Sie hatten Samuels Auto vom Semmering geholt, bei der Fahrt nach Brunnegg auch gleich eingelagerte Kartons von ihm aus Neunkirchen mitgenommen. Nach und nach schleppten die beiden Samuels Sachen in das neu ausgemalte Zimmer im ersten Stock des Wohnhauses, das über ein Badezimmer mit Jemimas Schlafzimmer verbunden war. Samuel lag im Bett, dirigierte seinen Vater und den Lehrling, die sich gerade mit dem Sandsack abmühten.

Schmunzelnd räumte Jemima aus einem Karton Bücher in ein Regal. Zuerst ein Dutzend Graphic Novels, dann eine Reihe Lyrikbände. Samuel hatte nicht geflunkert. Als sie ein Fotoalbum herauszog, wollte er aufstehen, aber sie hob drohend den Zeigefinger. Er sank zurück.

Josef kicherte, nahm Jemima das Album ab und setzte sich zu Samuel aufs Bett. Michael verzog sich unauffällig. Mit zwei Fingern klaubte Josef ein Bild aus dem Album, hielte es Jemima hin: Ein glatzköpfiges Baby in blau gestreiftem Strampler, das erstaunt in die Kamera glotzte.

»Lass mich raten«, sagte Jemima.

Josef nickte heftig und deutete mit dem Kopf auf seinen Sohn.

»Das ist peinlich«, murmelte Samuel. »Könnt ihr das bitte lassen?« Er gähnte.

Jemima warf ihm eine Kusshand zu, Josef schob das Foto wieder ins Album, stellte es ins Regal. »Ich bringe das Auto vom Hof. Gute Nacht, ihr zwei.« Leise schloss er die Zimmertür hinter sich.

Samuel streckte die Hand nach Jemima aus. »Muss ich wirklich hier schlafen?«

»Du brauchst Ruhe. Wenn du wieder herumtollen kannst, darfst du mich drüben besuchen«, neckte sie ihn.

»Hilfst du mir Krüppel wenigstens bei der Körperpflege?«, flehte er.

Sie lachte, half ihm aus dem Bett, bewachte seinen Weg ins Bad. »Deine Seite, meine Seite«, erklärte sie ihm die Regalaufteilung.

»Was immer du willst«, antwortete er, stützte sich aufs Waschbecken.

»Hohlraumsausen?«, fragte Jemima besorgt.

Er nickte. Als sie ihn gewaschen und abgetrocknet hatte, schlüpfte sie aus dem nassgespritzten Sweater, hängte ihn zum Trocknen über die Duschwand. Im Spiegel sah sie Samuels erschrockenen Blick.

»Ach du Scheiße«, stieß er hervor. »Wie siehst du denn aus? Warum sind deine Arme verbunden?«

Sie zuckte mit den Achseln. »Ein paar Schnitte.«

Samuel Kiefer mahlten, sein Gesicht wurde rot. »Den Scheißkerl suche ich. Der hat es nicht verdient so davonzukommen.«

»Nichts wirst du tun«, schimpfte Jemima. »Das ist alles geregelt. Prock ist weit fort.«

Samuel zog die Brauen hoch. »Wie?«

»Janus und sein weiblicher Avatar.«

»Aha – dein heimlicher Beschützer«, sagte er müde.

»Sei nicht dämlich.« Sie schlang die Arme um seine Taille. »Du bist mir ganz und gar genug. Janus spielt keine Rolle.«

Samuel trottete in sein Zimmer zurück, verkroch sich im Bett. Jemima folgte ihm, setzte sich auf die Bettkante, küsste ihn. »Schmoll nicht, Bärenjäger. Ich habe etwas für dich.« Sie ging zum Kleiderschrank, öffnete die Kastentüren, holte von ganz hinten einen Plüschteddy. Regula hatte ihn lieblos zurückgelassen. »Hier, großer Mann. Zum Kuscheln.«

Kommentarlos nahm Samuel das Stofftier und bettete seine Wange darauf. Er murmelte ein paar Worte, die sie nicht verstand, und döste ein.

Jemima griff sich einen der Gedichtbände. Blassblauer Leineneinband. Sie blätterte darin, las ab und zu ein paar Zeilen. Lauschte zwischendurch seinen tiefer werdenden Atemzügen. Dann legte sie den schmalen Band weg, verließ das Zimmer durch die Badezimmertür, ohne diese zu schließen.

Mit einem Plopp gab der Stecker nach. Jemima zog das Internetkabel ab, stopfte das Modem zu diversen Elektrozeug in die unterste Lade ihres Schreibtisches. Den überholten Laptop hatte sie bereits im Büro des Gästehauses verstaut. Kein Computer mehr im Schlafzimmer.

Jemima dachte an das Telefonat mit Tina zurück: Die fortschreitende Entwicklung des Assistenz-Programmes war fast unheimlich. Nach den Gesprächen mit Serpentina war sich Jemima fast sicher, dass Tina ein Alter Ego von Janus war. Der Professor mochte die Hardware und den Rahmen geliefert haben, aber das Mädchen trug eindeutig Janus Züge. Hoffentlich hat er sein digitales Abbild im Griff, dachte Jemima.

Sie holte aus dem Bauernschrank im Vorraum eine Olivetti-Schreibmaschine, mit der ihre Großmutter ihre Korrespondenz erledigt hatte, staubte sie ab, stellte sie auf den Schreibtisch. Spannte einen Papierbogen ein, tippte. Die *Lettera 22* funktionierte einwandfrei. Vorsichtig packte sie die Serpentin-Eule aus, streichelte die grünen Steinflügel, stellte sie neben die Schreibmaschine. Schob die Skulptur ein paar Mal hin und her, bis sie mit dem Arrangement zufrieden war.

Jemima drückte die Pfeiltaste an ihrer Stereoanlage. Nach einem leisen Rauschen erklang ein Dudelsack; Schlagzeug und Bassgitarre hämmerten los. Rockige, schottische Akkorde: Nightwish – *Last of the Wilds*.

Zuerst wollte sie tanzen, aber nach ein paar Schritten ächzte sie, wickelte sich stattdessen in ihren rosa Bademantel, lehnte sich in ihren Lesesessel und wippte im Takt mit den Füssen. Flöte und Klangröhren, sie ließ sich von der Musik entführen. Flügelschläge ins Gestern.

Ein heimeliges Gefühl holte sie aus dem Stuhl, zog sie zum Fenster. Sie öffnete die beiden Glasflügel, atmete tief die kalte Nachtluft. Ein Eulenschrei, dem ein anderer antwortete. Die beiden Schleiereulen saßen am First der Scheune. Und sie saßen in Jemimas Herzen.

Gab es Wissen aus dem Vorwissen? Konnten Fähigkeiten vererbt werden? Eine Beziehung zu Animalischem erschaffen?

Für dieses Gefühl gab es keine Worte. Sie begriff die Verbindung, aber nicht mit geordneten Gedanken, sondern nur mit chaotischen Formen. Wirbeln aus Wind und Wasser. Worüber man nicht reden konnte, was man nicht zeichnen konnte, darüber musste man schweigen.

Diese letzte Tür würde anderen auf immer verschlossen bleiben. Das war ihr geheimer Pavillon im Garten ihrer Seele.

Epilog

Noch fühlt sie den Wind, hört einen Nachklang von Raunen in den Zweigen. Verstreute Lichtpunkte, helle Flecken zwischen dunklen Formen. Einen bittersüßen Moment lang changiert sie zwischen Himmel und Bett. Bewusste Vergänglichkeit in Vierecken aus Mondlicht. Ihre Augen folgen dem Muster auf dem Parkett, das langsam verblasst. Sie löst sich vom Flug durch die Nacht.

Jemima seufzt entspannt und streckt sich aus, ihre Füße stoßen gegen nackte Beine. Sie stopft den Polster unter ihren Nacken. Ein wohliges Kribbeln flutet ihre Haut.

Heute ist Sommersonnenwende. Johannistag, sagen die Katholiken. Am Abend werden sich die Frauen zum Brunnenritual treffen. Und die Männer zum Feuerspringen der Orgelschmierer

Der Ort, an dem ich geboren bin, denkt sie, Hof, Tal und Brunnen. Mein Revier. Wären Emschi und Notburga zufrieden? Bin ich zufrieden?

Was bedeutet es zufrieden zu sein? Frieden zu spüren? Nichts mehr zu wollen, außer dass es so bleibt wie es ist? Aber die Dinge bleiben nie, wie sie sind. Laub fällt am Höhepunkt seiner Farbigkeit, vergilbt, wird vom Wind fortgeweht.

Sie dreht sich zur Seite, betrachtet Samuels schlafendes Gesicht. Was wird morgen sein? Zukunft, das unbekannte Land. Wird Regula einmal das Erbe antreten? Wird sie im Wald baden? Wird sie auch jemanden treffen, bei dem Liebe unvermeidlich ist?

Samuel ist gestern spät nach Hause gekommen. Meistens lässt er es sich nicht nehmen auch einen längeren Heimweg zu fahren. Er bleibt nur ab und zu auswärts. Ansonsten vermeidet er aber, sie zu wecken, wenn er erst nach Mitternacht am Hof eintrifft, schläft in seinem Zimmer. Gestern hat sich seine verborgene Sorge wieder einmal enthüllt. Mit geschlossenen Augen hat sie seinen Atem gespürt, als er sich über sie gebeugt hat. Er betrachtet dann ihr Gesicht. So wie sie jetzt seines.

Eine erste Hitzewelle erzeugt laue Nächte. Das bodentiefe Fenster steht offen. Am Wochenende hat Samuel ein Fliegengitter eingesetzt. Ein Duft von Regen, der auf trockene Erde fällt, erfüllt das Zimmer. Sie überlegt, wie dieser Duft in eine Komposition passen könnte. Samuel murmelt im Schlaf. Über seiner rechten Augenbraue ist eine Narbe geblieben.

Samuel dreht sich um und stößt sie an. Jemima ächzt, versucht ihn ein Stück wegzuschieben. Er grunzt und öffnet die Augen einen Spalt. Mit verschränkten Armen setzt Jemima sich auf.

»Was hast du?«, fragt Samuel verschlafen.

»Du schläfst inzwischen meistens hier.« Sie strampelt die Decke weg. »Ich liebe dich. Wirklich. Aber in der Art geht das mit uns nicht weiter.«

Samuel zieht eine Grimasse. »Willst du, dass ich dich heirate?«

Verblüfft starrt sie ihn an. »Aber nein. Dass wir beide zusammen sind, ist mir genug.«

Er gähnt, fragt müde: »Was willst du denn?«

»Ein Kingsize Bett für unser Schlafzimmer.«

Anmerkung

Der Roman handelt größtenteils im südlichen Niederösterreich, die meisten Orte sind real. Das Dorf Brunnegg
und alle handelnden Personen sind aber fiktional, eine
Verschmelzung verschiedener lokaler Eindrücke. Ähn-
lichkeiten mit real existierenden Personen sind zufällig.

Mehr zu der besonderen Landschaft im südlichen NÖ:
http://www.region-wechselland.at/
http://www.buckligewelt.at/

Andere verfügbare Bücher

Eine Art Mensch – Utopische Erzählungen
Wolf Creek – Roman / Urban Fantasy
Geisterbär – Roman / Urban Fantasy
Roadrunner – Roman / Thriller
Codename Valkyrjar – Roman / Utopischer Thriller
Herbstfrau – Roman / Psychothriller
Eisenhut – Roman / Landkrimi
Nachtwort – Lyrik & Grafik

https://traumpfad.jimdo.com

Nachtrag

Als freischaffende Autorin kann ich mir leider für eigene
Veröffentlichungen kein bezahltes Korrektorat leisten,
daher bitte ich, alle Textfehler und Auslassungen nach-
zusehen. Mein Testleser, MS Word und ich haben uns
redlich bemüht, alle Fehler zu finden, aber wir sind halt
auch nur zwei Menschen und ein Algorithmus ☺.